Jane Austen

Persuasão

Jane Austen

Persuasão

Tradução
Ciro Mioranza

Lafonte

Título original: *Persuasion*

Edição Brasileira

Direção Editorial *Ethel Santaella*
Tradução *Ciro Mioranza*
Revisão *Suely Furukawa*
Diagramação *Eduardo Nojiri*
Capa *Giliard Andrade*
Imagem capa *Shutterstock.com*
Imagens *Ilustrações de C. E. Brock (edição de 1907) adaptados para p&b*

Dados Internacionais de Catalogação na Publicação (CIP)
(Câmara Brasileira do Livro, SP, Brasil)

Austen, Jane, 1775-1817
Persuasão / Jane Austen ; tradução Ciro Mioranza. -- São Paulo : Lafonte, 2017.

Título original: Persuasion.
ISBN 978-85-8186-262-0

1. Romance inglês I. Título.

18-12269 CDD-823

Índices para catálogo sistemático:

1. Romances : Literatura inglesa 823

1ª edição brasileira: 2017
Direitos de edição em língua portuguesa, para o Brasil, adquiridos por Editora Lafonte Ltda.

Av. Profa. Ida Kolb, 551 - 3º andar - São Paulo - SP - CEP 02518-000
Tel.: 55 11 3855-2286
atendimento@editoralafonte.com.br • www.editoralafonte.com.br

PRIMEIRA PARTE

≈ CAPÍTULO I ≈

Sir Walter Elliot, de Kellynch Hall, em Somersetshire, era um homem que, para seu próprio entretenimento, nunca tomou outro livro para ler a não ser o Baronetage; nele encontrava ocupação nas horas de ócio e consolo nas de angústia; nele seus sentidos eram despertados para a admiração e o respeito ao contemplar os limitados remanescentes dos títulos mais antigos; nele, quaisquer sensações indesejáveis, ocasionadas por assuntos domésticos, transformavam-se naturalmente em pena e desdém. Ao repassar as quase intermináveis nomeações de nobres do último século – e nele, se qualquer trecho fosse inexpressivo, ele podia ler sua própria história com um interesse que nunca arrefecia – esta era a página com que o volume favorito sempre se abria:

"ELLIOT DE KELLYNCH HALL.

"Walter Elliot, nascido em 1º. de março de 1760, casado em 15 de julho de 1784, com Elizabeth, filha de James Stevenson, senhor de South Park, no condado de Gloucester; com cuja senhora (que morreu em 1800) teve as filhas Elizabeth, nascida em 1º. de junho de 1785; Anne, nascida em 9 de agosto de 1787; um natimorto em 5 de novembro de 1789; Mary, nascida em 20 de novembro de 1791."

Precisamente assim estava redigido o parágrafo pelas mãos do impressor; mas Sir Walter o havia aprimorado acrescentando, para a própria informação e a de sua família, estas palavras depois da data de nascimento de Mary: "Casada em 16 de dezembro de 1810 com Charles, filho e herdeiro de Charles Musgrove, senhor de Uppercross, no condado de Somerset", e inserindo acuradamente o dia do mês em que havia perdido sua esposa.

Seguia-se então a história e a ascensão da antiga e respeitável família, nos termos usuais: como se havia primeiramente estabelecido em Cheshire, como era mencionada em Dugdale, ocupando o cargo de xerife, representando uma circunscrição eleitoral em três sucessivas legislaturas no parlamento, com atuações de lealdade, e o título de baronete no primeiro ano de Carlos II, com todas as Mary e Elizabeth com quem se haviam casado; o texto ocupava duas belas páginas inteiras in-duodecimo e se encerrava

"Poucas mulheres podiam conferir mais importância à aparência pessoal do que ele."

com as armas e a divisa: – "Principal sede, Kellynch Hall, no condado de Somerset"; e, novamente, a letra de Sir Walter neste final:

"Presumível herdeiro, senhor William Walter Elliot, bisneto do segundo Sir Walter."

A vaidade era o começo e o fim do caráter de Sir Walter Elliot – vaidade pessoal e de posição. Ele tinha sido notavelmente bonito em sua juventude e, aos 54 anos, ainda era um homem muito atraente. Poucas mulheres podiam conferir mais importância à aparência pessoal do que ele, nem o criado de qualquer recém-nomeado lorde podia ficar mais satisfeito com o lugar que ocupava na sociedade. Sir Walter Elliot considerava a bênção da beleza inferior somente à bênção da dignidade de baronete; e ele, que reunia essas dádivas, era objeto constante de seu mais caloroso respeito e devoção.

Sua boa aparência e sua posição eram um belo motivo para exercer atração, pois a elas devia o fato de ter conseguido uma esposa de caráter muito superior a qualquer coisa que merecesse. Lady Elliot havia sido uma mulher excelente, sensível e amável, cujos julgamento e conduta, se perdoada a paixão juvenil que a tornara Lady Elliot, nunca mais tiveram necessidade de indulgência. Ela havia tolerado, amenizado ou ocultado as falhas dele e promovido a verdadeira respeitabilidade do marido ao longo de dezessete anos; e, embora ela própria não fosse a criatura mais feliz do mundo, havia encontrado em seus deveres, em seus amigos e em suas filhas razão suficiente para apegar-se à vida e para não ser motivo de indiferença quando foi chamada a deixá-los. Três meninas, as duas mais velhas com dezesseis e catorze anos, era um tremendo legado para uma mãe deixar; melhor, um terrível fardo a confiar à autoridade e orientação de um pai vaidoso e tolo. Ela, no entanto, tinha uma amiga íntima, mulher sensível e prestativa, que havia sido levada, pela forte ligação existente entre as duas, a morar perto dela, na vila de Kellynch; e à sua bondade e conselhos Lady Elliot confiou de modo particular o auxílio e a manutenção dos bons princípios e da instrução que, com todo o esmero, sempre procurara dar às filhas.

Essa amiga e Sir Walter Elliot não se casaram, quaisquer que fossem as suposições levantadas por seus conhecidos a esse respeito. Treze anos já haviam transcorrido desde a morte de Lady Elliot, e os dois continuavam vizinhos e amigos íntimos; ele permanecia viúvo, e ela, viúva.

Que Lady Russel, mulher madura em idade e caráter, e muito bem provida financeiramente, não pensasse em contrair segundas núpcias não necessita de desculpas junto à opinião pública que, sem razão, se inclina a mostrar-se mais descontente quando uma mulher se casa novamente do que quando não o faz; mas o fato de Sir Walter continuar celibatário requer explicação. Que se saiba então que Sir Walter, como bom pai (depois de ter tido um ou dois desapontamentos pessoais com pedidos pouco razoáveis), orgulhava-se de permanecer celibatário pelo bem de sua querida filha. Por uma delas, a mais velha, realmente teria desistido de qualquer coisa que não estivesse muito tentado a fazer. Elizabeth, aos dezesseis anos, havia sucedido em tudo o que era possível à mãe em direitos e importância; e, sendo muito bonita e muito parecida com o pai, sempre havia exercido grande influência sobre ele e, juntos, os dois viviam muito felizes. Às duas outras filhas, ele lhes conferia um valor inferior. Mary havia adquirido pequena importância artificial ao desposar Charles Musgrove; mas Anne, com uma elegância de espírito e doçura de caráter que deveriam tê-la colocado em destaque entre pessoas de verdadeiro discernimento, não era ninguém para o pai nem para a irmã; suas palavras não tinham peso; seu papel era ceder sempre – ela era apenas Anne.

Para Lady Russell, na verdade, Anne era a mais querida e altamente prezada afilhada, favorita e amiga. Lady Russell amava a todas elas; mas era somente em Anne que podia imaginar a mãe revivida.

Alguns anos antes, Anne Elliot havia sido uma moça muito bonita, mas seu frescor cedo se havia esvaído; e como, mesmo no auge de sua beleza, o pai pouco havia encontrado a admirar nela (tão radicalmente diferentes eram suas delicadas feições e seus meigos olhos escuros dos dele), nada podia haver nesses traços da filha, agora que estava enlanguescida e magra, para despertar a estima dele. Nunca havia nutrido muita esperança, e agora não tinha nenhuma, de algum dia ler o nome de Anne em qualquer página de seu livro favorito. Qualquer aliança entre iguais devia repousar em Elizabeth, pois Mary se havia meramente unido a uma antiga família rural, respeitável e de grande fortuna, à qual tinha conferido toda a sua honra, sem receber nenhuma em troca; Elizabeth, mais cedo ou mais tarde, haveria de casar-se condignamente.

Acontece, às vezes, que uma mulher é mais bonita aos 29 anos do que o era dez anos antes; e, de modo geral, não havendo problemas de saúde ou ansiedade, essa é uma etapa da vida em que praticamente nenhum encanto é perdido. Assim foi com Elizabeth – ainda a mesma bela senhorita Elliot que tinha começado a despontar havia treze anos; e Sir Walter podia ser desculpado, portanto, ao esquecer-se da idade dela ou, pelo menos, ser considerado somente meio tolo ao pensar que ele próprio e Elizabeth mantinham o mesmo frescor de sempre no meio da perda da boa aparência de todos os outros; pois podia ver muito bem como estavam envelhecendo todo o resto da família e demais conhecidos. Anne emagrecida, Mary rude, todos os semblantes da vizinhança tornando-se mais feios, e o rápido aumento dos pés de galinha nas têmporas de Lady Russell eram para ele, fazia muito tempo, motivo de angústia.

Elizabeth não se igualava inteiramente ao pai em matéria de satisfação pessoal. Treze anos a haviam visto como senhora de Kellynch Hall, presidindo e dirigindo com uma segurança e autoridade que nunca podia ter dado a impressão de ser mais jovem do que de fato era. Por treze anos tinha tomado a si fazer as honras da casa, estabelecendo as normas domésticas, abrindo caminho para subir na carruagem e seguindo imediatamente atrás de Lady Russel ao sair de todas as salas de visita e de jantar da região. Treze geadas sucessivas de invernos a haviam visto abrir todos os bailes importantes que uma vizinhança tão diminuta proporcionava; e treze primaveras haviam mostrado seus brotos enquanto viajava a Londres com o pai para algumas semanas por ano de prazer em meio à alta sociedade. De tudo isso ela se lembrava; tinha consciência de estar com 29 anos, o que lhe provocava alguns arrependimentos e algumas apreensões; estava mais que satisfeita por ser ainda tão bonita como antes, mas sentia a aproximação dos anos perigosos, e se teria regozijado com a certeza de ser devidamente pedida em casamento por algum nobre baronete dentro do próximo ano ou dois. Poderia então retomar o livro dos livros com tanto prazer quanto no início da juventude; mas agora não gostava de fazê-lo. Ser sempre apresentada nele com a data do próprio nascimento e não ver seguir-se qualquer casamento a não ser o da irmã mais nova tornava o livro um tormento; e mais de uma vez, quando o pai o deixava aberto sobre a mesa a seu lado, ela o havia fechado, desviando os olhos, e o empurrava para longe.

Além disso, tivera uma decepção que aquele livro, e especialmente a história de sua própria família, sempre lhe traziam à lembrança. O presumido herdeiro, o próprio senhor William Walter Elliot, cujos direitos haviam sido tão generosamente defendidos pelo pai dela, a havia desapontado.

Quando muito jovem ainda, logo que soubera que ele, caso ela não tivesse nenhum irmão, seria o futuro baronete, havia tido a intenção de casar-se com ele; e o pai dela sempre havia desejado que isso ocorresse. Eles não o conheceram quando era menino; mas logo após a morte de Lady Elliot, porém, Sir Walter havia procurado estreitar os laços; e, embora suas tentativas não tivessem sido recebidas com qualquer simpatia, ele havia persistido em procurá-lo, atribuindo o acanhamento do rapaz a coisas da juventude; e, numa das excursões primaveris a Londres, quando Elizabeth estava no auge da beleza, o senhor Elliot havia sido forçado a aceitar a apresentação.

Na época, era um rapaz muito jovem, recém-matriculado no estudo de Direito; e Elizabeth o achou extremamente agradável, e todos os planos em relação a ele se confirmaram. Foi convidado a ir a Kellynch Hall: foi assunto de conversa e foi esperado durante todo o resto do ano; mas ele nunca apareceu. Na primavera seguinte, foi visto novamente na cidade, foi considerado igualmente agradável e, uma vez mais, encorajado, convidado e esperado, e de novo não apareceu; e as notícias seguintes foram de que se havia casado. Em vez de incrementar sua fortuna na linha demarcada para o herdeiro da casa dos Elliot, ele havia comprado a independência unindo-se a uma mulher rica de berço inferior.

Sir Walter havia ficado ressentido. Como cabeça do clã, sentia que deveria ter sido consultado, especialmente depois de ter demonstrado publicamente apreço pelo jovem: "Pois eles devem ter sido vistos juntos", observou ele, "uma vez em Tattersall e duas vezes no saguão da Câmara dos Comuns." Sua desaprovação foi expressa, mas aparentemente muito pouco levada em consideração. O senhor Elliot não havia tentado desculpar-se e mostrou-se tão indiferente em continuar recebendo atenções da família quanto Sir Walter passou a considerá-lo indigno de consideração: todas as relações entre eles cessaram de vez.

Essa constrangedora história do senhor Elliot, depois de um intervalo de vários anos, ainda causava raiva em Elizabeth, que havia gostado do homem pelo que era e, mais ainda, por ser o herdeiro do pai dela, e cujo forte orgulho familiar só nele podia ver um pretendente adequado para a filha primogênita de Sir Walter Elliot. Não havia nenhum baronete, de A a Z, a quem os sentimentos dela pudessem ter reconhecido tão facilmente como seu semelhante. Ainda assim, ele se havia comportado tão mal que, embora ela usasse agora (no verão de 1814) fitas pretas em sinal de luto pela esposa dele, nem sequer admitia que ainda fosse digno de seus pensamentos. A vergonha do primeiro casamento dele poderia, talvez, visto que não havia razões para supor que tivesse sido perpetuado por filhos, ter sido superada, se não tivesse feito coisa pior ainda; mas ele havia, segundo haviam sido informados pela costumeira intervenção de bons amigos, falado da forma mais desrespeitosa de todos eles, chegando a menosprezar e desdenhar a própria linhagem a que pertencia e as honrarias que mais adiante seriam as suas próprias. Isso não podia ser perdoado.

Eram esses os sentimentos e as sensações de Elizabeth Elliot; essas eram as preocupações que tumultuavam, as agitações que variavam a mesmice e a elegância, a prosperidade e o vazio do cenário de sua vida – esses eram os sentimentos que conferiam interesse a uma longa e monótona residência num único círculo interiorano, para preencher os momentos de ociosidade, onde não havia o hábito de fazer algo útil fora de casa, nem talentos ou realizações para ocupar-se dentro de casa.

Mas agora, outra ocupação e inquietação passavam a somar-se às demais. Seu pai estava ficando angustiado por falta de dinheiro. Ela sabia que agora, quando ele abria o Baronetage, era para afastar do pensamento as pesadas contas de seus fornecedores e as indesejáveis insinuações de seu administrador, o senhor Shepherd. A propriedade de Kellynch era boa, mas não era condizente com a expectativa de Sir Walter com relação às condições ideais requeridas de seu proprietário. Enquanto Lady Elliot vivia, houve método, moderação e economia que o tinham mantido dentro dos limites de sua renda; mas com ela haviam morrido todas essas corretas disposições e a partir desse período ele havia passado a ultrapassá-los constantemente. Não lhe fora possível gastar menos: ele nada mais havia feito do que cumprir as imperiosas obrigações de Sir Walter Elliot; mas por mais isento de culpa que fosse, não estava somente aumentando terrivelmente as dívidas, mas estava também ouvindo falar delas com tanta frequência, que se tornou inútil tentar escondê-las por mais tempo, mesmo que parcialmente, de sua filha. Chegara a fazer-lhe algumas insinuações a respeito na última primavera, na cidade; chegara até mesmo a dizer: "Será que podemos cortar gastos? Ocorre-lhe que possa haver algum item em que seja possível economizar?" – e Elizabeth, justiça lhe seja feita, tomada pelo primeiro impulso de alarme feminino, se havia posto a pensar seriamente no que poderia ser feito e, finalmente, propôs essas duas formas de economia: cortar algumas doações desnecessárias e desistir de trocar a mobília da sala de estar; a essas providências acrescentou mais tarde a feliz ideia de não levarem nenhum presente para Anne, como costumavam fazer todos os anos. Mas essas medidas, embora boas em si, eram insuficientes para a verdadeira extensão do mal, cuja abrangência Sir Walter se viu obrigado a confessar-lhe pouco tempo depois. Elizabeth não tinha nada a propor de maior eficácia. Sentia-se maltratada e desafortunada, como o próprio pai; e nenhum dos dois foi capaz de imaginar qualquer meio para reduzir as despesas sem comprometer sua dignidade ou renunciar a seu conforto de maneira a ficar insuportável.

Havia somente uma pequena parte de sua propriedade de que Sir Walter podia dispor; mas ainda que todos os acres pudessem ser alienados, isso não teria feito a menor diferença. Havia concordado em hipotecar até onde lhe fosse possível, mas jamais concordaria em vender. Não; nunca haveria de desgraçar seu nome a tal ponto. A propriedade de Kellynch seria transmitida integral e completa, como ele a havia recebido.

Seus dois amigos e confidentes, o senhor Shepherd, que morava na cidade vizinha, e Lady Russell, foram chamados para aconselhá-lo; e ambos, pai e filha, pareciam esperar que algo poderia ser imaginado por um ou por outro para remover seu constrangimento e reduzir suas despesas, sem envolver a perda de qualquer benefício de bom gosto ou orgulho.

≈ CAPÍTULO II ≈

O senhor Shepherd, advogado cortês e cauteloso, que, independentemente de sua influência ou opinião sobre Sir Walter, preferia que a desagradável sugestão fosse feita por outra pessoa; escusou-se em apresentar o mais leve palpite e somente pediu licença para recomendar uma referência implícita ao excelente julgamento de Lady Russell, de cujo reconhecido bom senso ele esperava plenamente ter o aconselhamento dessas medidas imperiosas que ansiava ver finalmente adotadas.

Lady Russell mostrou-se ansiosamente zelosa ao tratar do assunto e se devotou a ele com a mais séria consideração. Era uma mulher de habilidades mais eficientes que rápidas, cujas dificuldades para chegar a qualquer decisão nessa questão eram grandes, por causa da oposição de dois princípios fundamentais. Ela própria era de estrita integridade, com um delicado senso de honra; mas tinha tanto desejo de poupar os sentimentos de Sir Walter, era tão atenta à credibilidade da família, tão aristocrática em sua ideia do que lhes era devido quanto poderia ser qualquer pessoa de bom senso e honesta. Era uma mulher benevolente, caridosa e boa, capaz de fortes vínculos, muito correta em sua conduta, rígida em suas noções de decoro, e com modos que eram considerados um modelo de boa educação. Era culta e, de modo geral, racional e consistente; mas tinha alguns preconceitos em relação à linhagem; valorizava a posição social e o prestígio de tal modo que a deixava um tanto cega para os defeitos de quem os tinham. Ela própria viúva de um simples fidalgo, dava à dignidade de baronete todo o valor devido; e Sir Walter, independente das alegações de velho conhecido, vizinho atencioso, senhorio prestativo, marido de sua querida amiga, pai de Anne e das irmãs, tinha, sendo Sir Walter, em sua concepção, direito à maior compaixão e consideração ante as atuais dificuldades.

Deviam reduzir gastos; isso não admitia qualquer dúvida. Mas ela se mostrava ansiosa em fazer isso da maneira menos dolorosa possível para ele e Elizabeth. Traçou planos de economia, realizou cálculos exatos e fez o que ninguém mais pensara em fazer: consultou Anne, que nunca parecia ser considerada pelos outros como se tivesse qualquer interesse na questão. Consultou-a e, em certa medida, foi influenciada por ela na elaboração do esquema de corte de gastos, que foi finalmente submetido a Sir Walter. Todas as recomendações de Anne haviam sido a favor da honestidade em detrimento da importância. Ela queria medidas mais vigorosas, uma reforma mais completa, uma quitação mais rápida das dívidas, um tom bem mais enfático de indiferença por tudo que não fosse justo e igualitário. – Se pudermos persuadir seu pai de tudo isso – disse Lady Russell, ao examinar o papel –, muito poderá ser feito. Se ele adotar essas regras, em sete anos estará livre de dívidas; e espero que consigamos convencê-lo e a Elizabeth, de que Kellynch Hall possui uma respeitabilidade em si que não pode ser afetada por essas reduções; e que a verdadeira dignidade de Sir Walter Elliot não será de forma alguma diminuída aos olhos de pessoas sensatas, pelo fato de agir como homem de princípios. Com efeito, o que estará ele fazendo a não ser o que muitas de nossas primeiras famílias fizeram ou deveriam ter feito? Não haverá nada de singular no caso dele; e é a singularidade que, muitas vezes, constitui a pior parte de nosso sofrimento, tal como sempre faz com nossa conduta. Tenho grandes esperanças de que vamos conseguir persuadi-lo. Precisamos ser sérias e decididas; porque, depois de tudo, quem contraiu dívidas deve pagá-las; e, embora mereçam muita consideração os sentimentos de um cavalheiro e chefe de um clã como seu pai, maior consideração ainda merece o caráter de um homem honesto.

Esse era o princípio que Anne queria ver o pai seguir, com os amigos dele a incentivá-lo. Ela considerava como um ato de dever indispensável atender as reivindicações dos credores com toda a rapidez que o mais abrangente corte de gastos pudesse garantir, e não via nenhuma dignidade em fazer de qualquer outra forma. Queria que isso fosse recomendado e sentido como um dever. Tinha a influência de Lady Russell em alta conta; quanto ao severo grau de abnegação, que sua própria consciência sugeria, acreditava que deveria haver um pouco mais de dificuldade em persuadi-los por uma reforma completa do que por uma parcial. O conhecimento que tinha do pai e de Elizabeth a inclinava a pensar que o sacrifício de uma parelha de cavalos dificilmente seria menos doloroso do que de duas, e assim por diante, ao longo de toda a lista de reduções demasiado moderadas de Lady Russell.

Pouco importa como as mais rígidas requisições de Anne poderiam ter sido recebidas. As de Lady Russell não tiveram nenhum sucesso... não podiam ser acolhidas... não podiam ser toleradas. "Como? Todos os confortos da vida eliminados! Viagens, Londres, criados, cavalos, comida… cortes e restrições em toda parte! Não viver mais com a decência de um simples cavalheiro! Não, ele preferia deixar Kellynch Hall de imediato a permanecer ali em termos tão degradantes."

"Deixar Kellynch Hall." A sugestão foi imediatamente aceita pelo senhor Shepherd, cujo interesse estava envolvido na concretização dos cortes de gastos de Sir Walter e estava inteiramente persuadido de que nada poderia ser feito sem uma mudança de residência. "Uma vez que a ideia havia sido expressa por quem de direito, não tinha qualquer escrúpulo", disse ele, "de confessar que sua opinião pendia totalmente para essa solução. Não lhe parecia que Sir Walter pudesse alterar essencialmente seu estilo de vida numa casa que precisava manter tal padrão de hospitalidade e de dignidade ancestral. Em qualquer outro lugar, Sir Walter poderia fazer o que bem entendesse; e continuaria a ser considerado, ao regular seu modo de vida, qualquer que fosse a forma que viesse a escolher para administrar seu lar."

Sir Walter deixaria Kellynch Hall; e, depois de poucos dias de dúvida e indecisão, a grande questão de para onde iria foi resolvida, e o primeiro esboço dessa importante mudança foi traçado.

Havia três alternativas: Londres, Bath ou outra casa no campo. Todos os desejos de Anne tendiam para a última. Uma pequena casa nos arredores, onde ainda poderiam ter o convívio de Lady Russell, continuar perto de Mary e ainda ter o prazer de contemplar, por vezes, os gramados e os bosques de Kellynch, era o objeto de sua ambição. Mas o destino habitual de Anne se fez presente ao optar por algo totalmente oposto ao que sua inclinação determinara. Ela não gostava de Bath e não achava que lhe fizesse bem; e Bath haveria de tornar-se seu lar.

Sir Walter havia pensado primeiramente em Londres; mas o senhor Shepherd sentia que não poderia confiar nele em Londres e tinha sido bastante habilidoso para dissuadi-lo e fazê-lo preferir Bath. Era um lugar muito mais seguro para um cavalheiro em apuros: ali, ele poderia ser importante com despesas relativamente pequenas. Duas vantagens materiais de Bath em relação a Londres tinham tido, certamente seu peso, ou seja, a distância mais conveniente de Kellynch, de apenas 50 milhas, e o fato de Lady Russell lá passar parte de cada inverno; e, para grande satisfação de Lady Russell, cuja primeira preferência para a projetada mudança havia sido Bath, Sir Walter e Elizabeth foram induzidos a acreditar que não iriam perder prestígio nem prazeres ao se estabelecerem nessa cidade.

Lady Russell se sentiu obrigada a opor-se aos desejos expressos de sua querida Anne. Seria demais esperar que Sir Walter se mudasse para uma pequena casa nas cercanias. A própria Anne haveria de constatar as humilhações daí decorrentes, maiores do que havia previsto e, para os sentimentos de Sir Walter, elas deveriam ser terríveis. E com relação à antipatia de Anne por Bath, considerava-a um preconceito e um erro, provenientes, primeiro, da circunstância de ter estado três anos na escola de Bath depois da morte da mãe e, segundo, do fato de não ter se sentido perfeitamente bem no único inverno que por lá passou mais tarde em sua companhia.

Em resumo, Lady Russell adorava Bath, e estava inclinada a pensar que deveria ser conveniente para todos eles; e quanto à saúde de sua jovem amiga, qualquer perigo poderia ser evitado se passasse todos os meses mais quentes com ela em Kellynch Lodge; e era, com efeito, uma mudança que deveria lhe fazer bem tanto à saúde quanto ao ânimo. Anne havia passado muito pouco tempo fora de casa, muito pouco tinha sido vista. Não andava muito disposta. Um círculo social mais amplo lhe faria bem. Queria que fosse mais conhecida.

O fato de qualquer outra casa na mesma redondeza ser indesejável para Sir Walter foi reforçado por um aspecto muito importante do plano, que felizmente havia sido incluído desde o início. Ele não apenas haveria de deixar a casa, mas também a veria nas mãos de outros; uma prova de coragem que cabeças mais fortes que a de Sir Walter teriam considerado exagerada. Kellynch Hall deveria ser arrendada. Isso, no entanto, era um grande segredo, que não deveria transparecer fora de seu próprio círculo.

Sir Walter não teria suportado a degradação de tornar conhecida sua intenção de alugar a própria casa. O senhor Shepherd havia mencionado uma vez a palavra "anunciar"; mas nunca mais ousara voltar a pronunciá-la: Sir Walter rejeitava a ideia de que fosse oferecida de qualquer maneira; proibiu a mais leve alusão de que essa fosse sua intenção; e só a alugaria realmente na hipótese de que lhe fosse espontaneamente solicitado, por algum candidato irrepreensível, em seus próprios termos e como um grande favor.

Como surgem depressa as razões para aprovar o que nos agrada! Lady Russell tinha outro excelente motivo para estar por demais contente com a saída dessa região de Sir Walter e família. Ultimamente, Elizabeth havia estreitado uma amizade que ela gostaria de ver interrompida. Era com uma filha do senhor Shepherd que, depois de um casamento malsucedido, tinha voltado para a casa do pai, com o fardo adicional de duas crianças. Era uma jovem esperta, que entendia da arte de agradar... ou, pelo menos, da arte de agradar em Kellynch Hall; e que se havia tornado tão simpática à senhorita Elliot que já se havia hospedado na casa mais de uma vez, apesar de tudo o que Lady Russell, que achava essa amizade um tanto inadequada, pudesse sugerir por mais precaução e reserva.

Lady Russell, na verdade, pouca influência tinha sobre Elizabeth e parecia gostar dela mais porque assim o desejava e não porque Elizabeth o merecesse. Nunca havia recebido dela mais que uma atenção superficial, nada além das normas de cortesia; nunca havia conseguido impor seu ponto de vista quando a prévia inclinação da outra era contrária. Repetidamente, havia tentado com real empenho para que Anne fosse incluída nas viagens a Londres, sensivelmente tocada por toda a injustiça e por todo o descrédito dos arranjos egoístas que a excluíam, e em algumas ocasiões menos importantes tinha tentado beneficiar Elizabeth com as vantagens de seu próprio julgamento e experiência... mas sempre em vão: Elizabeth fazia tudo a seu modo; e nunca havia mostrado mais incisiva oposição a Lady Russell do que nessa escolha de amizade com a senhora Clay, afastando-se da companhia de uma irmã tão merecedora para entregar seu afeto e sua confiança a alguém que nada deveria representar para ela a não ser o objeto de distante cortesia.

Sob o prisma de condição social, a senhora Clay era, na opinião de Lady Russell, de todo desigual e, quanto ao caráter, acreditava ela, uma companhia muito perigosa; e uma mudança que deixasse a senhora Clay para trás e propiciasse à senhorita Elliot a escolha de amizades mais adequadas era, portanto, uma questão de primordial importância.

≈ CAPÍTULO III ≈

— Peço licença para observar, Sir Walter – disse o senhor Shepherd, certa manhã em Kellynch Hall, ao pôr de lado o jornal –, que a atual conjuntura nos é muito favorável. Essa paz trará de volta para a terra firme todos os nossos ricos oficiais da Marinha. Todos eles vão querer uma moradia. Não poderia haver época melhor, Sir Walter, para escolher inquilinos, e inquilinos muito responsáveis. Não poucas respeitáveis fortunas foram feitas durante a guerra. Se um rico almirante cruzasse nosso caminho, Sir Walter…

– Ele seria um homem de muita sorte, Shepherd – retrucou Sir Walter; – é tudo o que tenho a comentar. Na verdade, Kellynch Hall seria um prêmio para ele; até mesmo o maior prêmio de todos, embora tenha recebido muitos outros antes... hein, Shepherd?

O senhor Shepherd riu, porque sabia que deveria rir, dessa brincadeira e então acrescentou:

– Tomo a liberdade de observar, Sir Walter, que, em se tratando de negócios, os cavalheiros da Marinha são bons de lidar. Adquiri algum conhecimento de seus métodos de fazer negócios; e posso afirmar que eles têm noções muito liberais e que seriam provavelmente inquilinos mais desejáveis que qualquer outro grupo de pessoas que se pudesse encontrar. Por isso, Sir Walter, o que eu me permitiria sugerir é que, em decorrência de quaisquer rumores de sua intenção venham a difundir-se... o que deve ser contemplado como algo possível, porque sabemos como é difícil manter ações e projetos de uma parte do mundo alheios à atenção e à curiosidade de outra… o prestígio tem seu ônus… eu, John Shepherd, posso ocultar qualquer questão familiar que quiser, pois ninguém haveria de achar que vale a pena me observar; mas Sir Walter Elliot tem olhos voltados para ele, muito difíceis talvez de iludir; e, portanto, posso até adiantar que não me haveria de surpreender demais se, com toda a nossa precaução, algum rumor sobre a verdade dos fatos se propagasse; na suposição de que isso venha a ocorrer, como pretendia observar, visto que haverão de surgir inevitavelmente ofertas, pensaria que qualquer um de nossos ricos comandantes navais seria particularmente digno de atenção... e peço permissão para acrescentar que duas horas me trarão aqui a qualquer momento, a fim de poupar-lhe o trabalho de responder.

Sir Walter apenas acenou com a cabeça. Mas logo depois, levantando-se e caminhando pela sala, observou sarcasticamente:

– Imagino que haja poucos cavalheiros da Marinha que não se surpreenderiam ao ver-se dentro de uma casa como esta.

– Olhariam em torno deles, sem dúvida, e dariam graças à sua boa sorte – disse a senhora Clay, porque a senhora Clay estava presente: o pai a tinha levado consigo, nada sendo mais benéfico à saúde dela que uma ida a Kellynch; – mas estou plenamente de acordo com meu pai ao pensar que um marinheiro poderia ser um pretendente desejável. Conheci muitos dessa profissão; e, além da liberalidade, são muito asseados e cuidadosos em tudo o que fazem! Esses seus valiosos quadros, Sir Walter, se optar por deixá-los aqui, estariam perfeitamente seguros. Tudo o que há dentro e fora da casa seria extremamente bem cuidado! Os jardins e as plantas ornamentais seriam mantidos num estado quase tão vistoso como estão agora. Não precisa temer, senhorita Elliot, que seus belos canteiros de flores sejam negligenciados.

– Com relação a tudo isso – retrucou Sir Walter, friamente –, supondo que eu fosse induzido a alugar minha casa, de forma alguma me decidi ainda sobre os privilégios a serem anexados a ela. Não estou particularmente disposto a favorecer um inquilino. O parque ficaria aberto, é claro, e poucos oficiais da Marinha ou homens de qualquer outra condição podem ter desfrutado de tamanho espaço; mas que restrições eu poderia impor ao uso das áreas de lazer é outra coisa. Não gosto da ideia de conceder livre acesso contínuo a meus arvoredos; e recomendaria à senhorita Elliot tomar cuidado com relação a seus canteiros de flores. Estou muito pouco disposto, asseguro-lhes, a conceder a um inquilino de Kellynch Hall qualquer favor extraordinário, seja ele marinheiro ou soldado.

Depois de breve pausa, o senhor Shepherd se atreveu a dizer:

– Em todos esses casos, há costumes estabelecidos que tornam todas as coisas claras e cômodas entre proprietário e inquilino. Seus interesses, Sir Walter, estão em boas mãos. Depende de mim tomar cuidado para que nenhum inquilino tenha mais do que seus justos direitos. Atrevo-me a insinuar que Sir Walter Elliot não pode ser tão ciumento de seus bens quanto John Shepherd será no lugar dele.

Nesse instante, Anne falou:

– A Marinha, acho, que tanto fez por nós, tem pelo menos os mesmos direitos que qualquer outro grupo de homens no tocante a todo o conforto e a todos os privilégios que qualquer casa pode proporcionar. Devemos admitir que os marinheiros trabalham duro para merecer seu conforto.

– É verdade, é verdade. O que a senhorita Anne está dizendo é a pura verdade, – foi a observação do senhor Shepherd, e – Oh, certamente! –, foi a de sua filha.

Mas o reparo de Sir Walter logo se seguiu:

– A profissão tem sua utilidade, mas eu lamentaria ver algum amigo meu fazer parte dela.

– Verdade? – foi a resposta, com um olhar de surpresa.

– Não, Sir Walter – exclamou a senhora Clay. – Isso é ser severo demais. Tenha um pouco de compaixão pelos pobres homens. Nem todos nascemos para sermos bonitos. Certamente, o mar não é um embelezador; os marinheiros realmente envelhecem antes do tempo; observei-o com frequência; perdem cedo a aparência de jovens. Mas não acontece o mesmo com muitas outras profissões, talvez com a maioria? Os soldados da ativa não têm melhor sorte; e até mesmo nas profissões mais tranquilas há uma fadiga e um esforço da mente, quando não do corpo, que raramente deixam a aparência de um homem sob a única influência dos efeitos naturais do tempo. O advogado trabalha duro, inteiramente desgastado por preocupações; o médico se levanta a qualquer hora e viaja com qualquer tempo; e até mesmo o clérigo… – ela parou por um momento para considerar o que poderia ocorrer com o clérigo... – até mesmo o clérigo, bem sabe, é obrigado a entrar em recintos infectos e a expor a saúde e a aparência a todos os malefícios de um ambiente insalubre. De fato, como estou há muito tempo convencida, embora todas as profissões sejam necessárias e honradas à sua maneira, somente aqueles que não são obrigados a seguir nenhuma delas, que podem levar uma vida regrada no campo, escolhendo seus próprios horários, de acordo com seus objetivos, e vivendo de seus próprios bens de raiz, sem o tormento de tentar obter mais; somente esses, podem gozar das bênçãos da saúde e da boa aparência em seu grau máximo: não conheço nenhum outro grupo de homens que não perca algo de seus atrativos quando deixam de ser bastante jovens.

Foi como se o senhor Shepherd, em sua ansiedade por conquistar a boa vontade de Sir Walter para que aceitasse como inquilino um oficial da Marinha, tivesse sido agraciado com o dom da previsão; pois a primeira oferta para alugar a casa veio de certo almirante Croft, com quem se encontrou pouco tempo depois ao assistir a uma audiência do tribunal em Taunton; e, na verdade, havia recebido informações do almirante por parte de um correspondente em Londres. Segundo o relatório, que se apressou a levar a Kellynch, o almirante Croft era natural de Somersetshire e, depois de acumular uma bela fortuna, desejava fixar residência em sua própria região de origem, e tinha ido a Taunton para olhar de perto alguns locais anunciados naquelas imediatas redondezas que, no entanto, não lhe haviam agradado. Ao ouvir por acaso (justamente como havia previsto, observou o senhor Shepherd, os interesses de Sir Walter não podiam ser mantidos em segredo) da possibilidade de alugar Kellynch Hall e sabendo de sua (do senhor Shepherd) ligação com o proprietário, havia se apresentado a ele para obter informações mais detalhadas e tinha, no decorrer de uma conversa bastante longa, demonstrado pelo lugar um interesse tão incisivo quanto podia ter um homem que só o conhecia por descrição; e havia dado ao sr. Shepherd, com explícitas informações de si próprio, todas as provas de ser um inquilino extremamente responsável e qualificado.

– E quem é o almirante Croft? – foi a pergunta fria e desconfiada de Sir Walter.

O senhor Shepherd respondeu que pertencia a uma família de cavalheiros e mencionou um lugar; e Anne, depois da pequena pausa que se seguiu, acrescentou:

– Ele é contra-almirante da esquadra branca. Lutou em Trafalgar e logo depois foi para as Índias Orientais; lá, ele serviu, acredito, por vários anos.

– Então tomo-o por certo – observou Sir Walter – que o rosto dele é tão alaranjado quanto os punhos e as capas dos uniformes de meus criados.

O senhor Shepherd se apressou em garantir-lhe que o almirante Croft era um homem muito saudável, robusto e de boa aparência, certamente um pouco castigado pelo tempo, mas não muito, e perfeito cavalheiro em todas as suas opiniões e comportamento... não era provável que criasse a menor dificuldade com relação aos termos do contrato... só queria uma casa confortável e passar a ocupá-la o mais rápido possível... sabia que deveria pagar por seu conforto... sabia a quanto poderia chegar o preço do aluguel de uma casa mobiliada dessa importância... não teria ficado surpreso se Sir Walter tivesse pedido mais... havia perguntado sobre as terras... com certeza ficaria contente se pudesse desfrutar delas, mas não fazia muita questão... disse que sacou da arma algumas vezes, mas nunca havia matado... um perfeito cavalheiro.

O senhor Shepherd foi eloquente em relação ao assunto, ressaltando todos os pormenores da família do almirante, que o tornavam um inquilino particularmente desejável. Era casado e sem filhos; condição realmente ideal. Uma casa nunca era bem cuidada, observou o senhor Shepherd, sem uma senhora: não sabia se os móveis corriam mais perigo de danos onde não houvesse uma senhora ou onde houvesse muitas crianças. Uma senhora sem filhos era a pessoa mais indicada do mundo para a preservação da mobília. Tinha visto também a senhora Croft; ela estava em Taunton com o almirante e estivera presente durante quase todo o tempo em que conversaram sobre o assunto.

– Pareceu-me uma senhora muito educada, distinta e perspicaz – continuou ele; – fez mais perguntas sobre a casa, os termos do aluguel e os impostos, do que o próprio almirante, e parecia mais familiarizada com negócios; e além disso, Sir Walter, descobri que ela tem ligações nesta região, bem mais que o marido; ou seja, é irmã de um cavalheiro que já residiu em Monkford alguns anos atrás. Meu Deus! Qual o nome dele? Agora não consigo lembrar o nome dele, embora o tenha ouvido há tão pouco tempo. Penélope, minha querida, pode me ajudar a lembrar do nome do cavalheiro que morou em Monkford, irmão da senhora Croft?

Mas a senhora Clay estava tão entretida conversando com a senhorita Elliot que não ouviu o pedido.

– Não faço ideia de quem possa estar falando, Shepherd; não me recordo de nenhum cavalheiro residente em Monkford desde a época do velho governador Trent

– Meu Deus! Que estranho! Suponho que logo mais vou esquecer meu próprio nome. Um nome com o qual estou tão bem familiarizado; conhecia o cavalheiro tão bem de vista; vi-o centenas de vezes; uma vez veio me consultar, lembro-me, sobre uma invasão por parte de um de seus vizinhos; um empregado entrando em seu pomar... muro derrubado... maçãs roubadas... apanhado no ato; e depois, contrariamente à minha opinião, resolvido com um acordo amigável. Realmente, muito estranho!

Depois de esperar mais um momento...

– Imagino que esteja se referindo ao senhor Wentworth! – disse Anne.

O senhor Shepherd ficou imensamente grato.

– Wentworth, esse era o nome! Senhor Wentworth, esse era realmente o homem! Bem sabe, Sir Walter, ele foi o pároco de Monkford, faz algum

"Até que enfim você chegou!"

tempo, por dois ou três anos. Chegou em torno do ano... 5, acho. Estou certo de que se lembra dele.

– Wentworth? Oh sim! O senhor Wentworth, o cura de Monkford. O senhor me confundiu com o termo cavalheiro. Pensei que estivesse falando de algum homem de posses: o senhor Wentworth não era ninguém, lembro-me; não tinha grande relacionamento; nada tinha a ver com a família Strafford. É de admirar como os nomes de tantos de nossa nobreza se tornaram tão comuns.

Quando o senhor Shepherd percebeu que essa ligação dos Croft de nada servia para Sir Walter, não a mencionou mais; voltando, com todo o seu zelo, a estender-se nas circunstâncias mais indiscutivelmente a seu favor: idade, número de pessoas e fortuna, o alto conceito que tinham de Kellynch Hall e a extrema ansiedade ante as vantagens de alugá-la; fazendo parecer como se nada fosse mais importante para eles do que a felicidade de ser os inquilinos de Sir Walter Elliot: um bom gosto extraordinário, certamente, como se eles estivessem por dentro do segredo da avaliação de Sir Walter sobre as obrigações de um inquilino.

Foi bem-sucedido, no entanto; e embora Sir Walter sempre olhasse com desconfiança qualquer um que pretendesse morar naquela casa, e os considerasse infinitamente afortunados por terem permissão de alugá-la por preço tão elevado, foi induzido a liberar o senhor Shepherd para que seguisse adiante com as negociações e autorizou-o a encontrar o almirante Croft, que permanecia ainda em Taunton, e marcar um dia para visitar a casa.

Sir Walter não era um homem muito sagaz; mas tinha bastante experiência de vida para pressentir que dificilmente se apresentaria um locatário mais irrepreensível, sob todos os aspectos, do que o almirante Croft. Seu entendimento chegava até esse ponto; e sua vaidade encontrava um pequeno alento adicional com a posição social do almirante, suficientemente elevada e não alta demais. "Aluguei minha casa ao almirante Croft" soaria extremamente bem; muito melhor do que a um simples senhor; um senhor (salvo, talvez, uma meia dúzia na nação) sempre precisa de uma nota explicativa. Um almirante transmite sua própria importância e, ao mesmo tempo, nunca pode fazer um baronete parecer pequeno. Em todas as suas negociações e contatos, Sir Walter Elliot deveria ter sempre a precedência.

Nada poderia ser feito sem consultar Elizabeth, mas sua inclinação por uma mudança estava se tornando tão forte que ficou feliz em vê-la fixada e acelerada por um locatário ao alcance da mão; e não disse palavra para suspender a decisão.

O senhor Shepherd tinha plenos poderes para agir; e tão logo foi fechado o acordo, Anne, que havia sido a mais atenta de todos, deixou a sala para buscar no ar fresco alívio para suas faces coradas; e, ao caminhar ao longo do bosque preferido, disse, com um leve suspiro: "Mais alguns meses e ele, talvez, possa estar andando por aqui."

≈ CAPÍTULO IV ≈

Ele não era o senhor Wentworth, antigo pároco de Monkford, por mais suspeitas que pudessem ser as aparências, mas certo capitão Frederick Wentworth, irmão dele, que, promovido a comandante por sua participação nas ações bélicas perto de Santo Domingo e sem ter recebido outra missão imediata, tinha ido a Somersetshire no verão de 1806; e sem pais vivos, havia fixado residência por meio ano em Monkford. Na época, era um jovem notavelmente atraente, de grande inteligência, entusiasmo e brilho; e Anne era uma jovem extremamente bonita, dotada de bondade, modéstia, bom gosto e sensibilidade. Metade da soma desses atrativos, de ambos os lados, poderia ter sido suficiente, pois ele nada tinha para fazer, e ela dificilmente tinha alguém para amar; mas o encontro de tão pródigas recomendações não poderia ser inútil. Foram se conhecendo aos poucos e, depois de se conhecerem, apaixonaram-se rápida e profundamente. Seria difícil dizer qual dos dois havia visto no outro maior perfeição ou qual havia sido mais feliz: ela, ao receber suas declarações e propostas ou ele, ao vê-las aceitas.

Seguiu-se um curto período de intensa felicidade, mas muito curto mesmo. Logo surgiram problemas. Sir Walter, ao lhe ser feito o pedido de noivado, sem realmente recusar seu consentimento ou dizer que nunca o haveria de dar, mostrou que o negaria por meio de grande espanto, grande frieza, grande silêncio e a resolução expressa de nada fazer pela filha. Considerava o enlace muito degradante; e Lady Russell, embora com orgulho mais moderado e desculpável, julgava-o desastroso.

Anne Elliot, com todos os seus atributos de berço, beleza e inteligência, desperdiçar-se a si mesma aos dezenove anos; envolver-se aos dezenove anos num noivado com um jovem que nada tinha para recomendá-lo senão ele mesmo, sem esperanças de ficar rico a não ser que o acaso de uma profissão muito incerta o ajudasse, e sem relações que lhe garantissem mais adiante sua ascensão nessa profissão, seria, na verdade, um desperdício que a afligia só em pensar! Anne Elliot, tão jovem; conhecida por tão poucos, ser arrebatada por um estranho sem alianças ou fortuna; ou antes, ser mergulhada por ele num estado de dependência desgastante, ansiosa e destruidora da juventude! Não deveria ser assim se pudesse ser evitado por alguma amável interferência de amizade, por algum aconselhamento da parte de alguém que tivesse um amor e direitos quase maternais.

O capitão Wentworth não tinha fortuna. Tivera sorte na profissão, mas, ao gastar com facilidade o que havia ganhado com facilidade, nada acumulara. Mas estava confiante de que logo enriqueceria: cheio de vida e energia, sabia que logo teria um navio e logo estaria numa situação que o levaria a tudo o que desejava. Sempre tivera sorte; sabia que continuaria a tê-la. Essa confiança, poderosa em seu próprio entusiasmo e fascinante na habilidade com que muitas vezes a expressava, deveria ter sido suficiente para Anne; mas Lady Russell a via de forma muito diferente. O temperamento otimista e a intrepidez da mente dele funcionavam de modo bem diverso com ela. Via neles um agravamento do mal. Só acrescentavam a ele um caráter perigoso. Ele era brilhante, era obstinado. Lady Russell tinha pouco apreço pela agudeza de espírito e tinha horror a tudo que se aproximasse da imprudência. Desaprovava o enlace sob todos os aspectos.

Essa oposição e esses sentimentos produzidos eram demais para que Anne conseguisse combater. Jovem e meiga como era, talvez lhe tivesse sido possível resistir à malevolência do pai, embora não fosse amenizada por uma palavra ou por um olhar gentil por parte da irmã; mas Lady Russell, a quem sempre amara e em quem sempre confiara, não podia, com tal firmeza de opinião e com tal ternura em suas maneiras, estar continuamente a aconselhá-la em vão. Foi persuadida a acreditar que o noivado era um erro: imprudente, inconveniente, dificilmente exitoso e não merecedor de sucesso. Mas não foi por uma precaução meramente egoísta que agiu ao rompê-lo. Se ela própria não tivesse imaginado que estava agindo pelo bem dele, até mais do que pelo próprio, dificilmente teria desistido dele. A convicção de estar sendo prudente e altruísta, principalmente para o bem dele, foi seu maior consolo na amargura de uma separação... uma separação definitiva; e todo o consolo era necessário, pois ela ainda teve de enfrentar toda a dor adicional de ouvir as ponderações dele, totalmente inconformado e inflexível, sentindo-se lesado por um rompimento tão forçado. Em decorrência disso, havia deixado a região.

Poucos meses haviam transcorrido entre o começo e o fim de seu relacionamento; mas não foi com poucos meses que terminou a cota de sofrimento de Anne. Seu afeto e remorsos tinham anuviado por longo tempo toda a alegria da juventude; e uma perda precoce de exuberância e disposição tinha sido seu efeito duradouro.

Mais de sete anos se haviam passado desde que essa pequena história de triste interesse tivera seu desfecho; e o tempo tinha amenizado em muito, talvez quase todo, seu singular afeto por ele, mas ela tinha confiado demais no passar do tempo apenas: não tivera nenhuma ajuda com uma eventual mudança de lugar (exceto por uma visita a Bath logo após o rompimento) ou com qualquer novidade ou ampliação de suas amizades. Jamais havia aparecido alguém no círculo social de Kellynch que pudesse ser comparado a Frederick Wentworth, tal como este permanecia em sua memória. Nenhum outro relacionamento, o único remédio inteiramente natural, feliz e suficiente nessa fase da vida, tinha sido possível para a delicada elegância de seu espírito e para a exigência de seu gosto, dentro dos estreitos limites da sociedade que os rodeava. Por volta dos 22 anos, havia recebido a proposta de mudar de nome pelo mesmo jovem que, não muito tempo depois, encontrou uma mente mais solícita em sua irmã mais nova; e Lady Russell havia lamentado sua recusa, pois Charles Musgrove era o primogênito de um homem cujas propriedades e importância geral, nessa região, só eram superadas pelas de Sir Walter; e o jovem tinha bom caráter e boa aparência; e, se bem que Lady Russell pudesse ter ainda desejado mais quando Anne tinha 19 anos, teria ficado muito satisfeita ao vê-la, aos 22 anos, tão respeitavelmente das parcialidades e injustiças da casa de seu pai e estabelecida de forma permanente perto de sua própria casa. Mas nesse caso, Anne não estivera disposta a ouvir conselhos; e embora Lady Russell, sempre satisfeita com seu próprio entendimento, nunca desejasse desfazer o passado, começava agora a ter uma ansiedade, que beira o desespero, para que Anne fosse tentada por algum homem de talento e independência a entrar num estado para o qual a considerava especialmente apta por sua índole amorosa e seus hábitos domésticos.

Nenhuma das duas conhecia a opinião da outra, fosse opinião constante ou mutável, sobre o ponto principal da conduta de Anne, pois nunca faziam qualquer alusão ao assunto; mas Anne, aos 27 anos, pensava de modo muito diferente da que fora levada a pensar aos 19. Não culpava Lady Russell nem se culpava a si mesma por ter se deixado guiar por ela; mas sentia que, caso qualquer jovem em circunstâncias similares lhe pedisse conselho, jamais receberia um de tanta certeza de infelicidade imediata, de tanta incerteza de felicidade futura. Estava persuadida de que, mesmo em vista de todas as desvantagens da desaprovação em casa e de toda a ansiedade em relação à profissão dele, de todos os prováveis medos, adiamentos e despontamentos, ainda assim teria sido uma mulher mais feliz mantendo o compromisso de noivado do que tinha sido ao sacrificá-lo; e isso, acreditava ela piamente, mesmo se tivessem enfrentado a cota habitual ou cota ainda maior que a habitual de semelhantes preocupações e suspense, sem qualquer referência aos resultados reais do caso deles, que, do modo como ocorreu, lhes teria proporcionado prosperidade bem mais cedo do que seria razoável prever. Todas as expectativas otimistas, toda a confiança dele haviam se justificado. Dava a impressão que seu gênio e ardor haviam previsto e direcionado seu caminho de sucesso. Pouco depois de rompido o compromisso de noivado, ele havia conseguido uma colocação; e tudo o que ele lhe havia dito que iria acontecer se havia realizado. Ele se havia destacado, logo havia sido promovido a um posto superior e já devia, após sucessivas conquistas, ter acumulado uma bela fortuna. Ela dispunha somente os registros da Marinha e os jornais como fonte de informação, mas não podia duvidar que ele tivesse enriquecido; e, em vista da constância dele, não tinha qualquer motivo para acreditar que tivesse casado.

Como Anne Elliot poderia ter sido eloquente! Como, pelo menos, eram eloquentes seus desejos em defesa de um caloroso relacionamento precoce e uma alegre confiança no futuro, contra aquela precaução demasiadamente ansiosa que parece insultar o empenho e desconfiar da providência! Havia sido forçada a seguir a prudência na juventude; ao ficar mais velha, havia aprendido a ser romântica... a sequela natural de um começo não natural.

Com todas essas circunstâncias, lembranças e sentimentos, ela não podia ouvir falar que a irmã do capitão Wentworth provavelmente iria morar em Kellynch sem que se reavivasse a antiga dor; e foram necessários muitos passeios e muitos suspiros para dissipar a agitação dessa ideia. Muitas vezes disse a si mesma que aquilo era uma loucura, antes de poder fortalecer suficientemente os nervos para não ver perigo na contínua discussão sobre os Croft e seus negócios. Foi ajudada, contudo, por aquela perfeita indiferença e aparente inconsciência da parte de seus três únicos amigos sabedores do segredo do passado, que pareciam quase negar qualquer lembrança dele. Podia compreender a superioridade dos motivos de Lady Russell nesse ponto, em relação aos do pai e de Elizabeth; podia respeitar todos os melhores sentimentos provenientes da calma dela; mas o clima geral de esquecimento que reinava entre eles era de extrema importância, qualquer que fosse sua origem. E na eventualidade de o almirante Croft alugar realmente Kellynch Hall, ela se alegrou novamente com a convicção, que sempre lhe havia sido grata, de que o passado era conhecido somente por aquelas três pessoas entre todas as suas relações, e pelas quais nenhuma sílaba, acreditava ela, jamais seria sussurrada, e ainda com a certeza de que, da parte dele, somente o irmão com quem tinha morado havia recebido alguma informação do breve noivado entre os dois. Esse irmão há muito que havia sido transferido da região; e, sendo um homem sensato e, além disso, solteiro naquela época, ela nutria uma forte confiança de que nenhum ser humano teria ouvido dele qualquer coisa a respeito.

A irmã, a senhora Croft, estava então fora da Inglaterra, acompanhando o marido num posto no exterior, e sua própria irmã, Mary, estava na escola quando tudo aconteceu; e, pelo orgulho de uns e pela delicadeza de outros, nunca chegou a saber absolutamente de nada mais tarde.

Com essas garantias, esperava que o relacionamento entre ela própria e os Croft, que, com Lady Russell ainda residindo em Kellynch e Mary estabelecida a apenas três milhas de distância, deveria ser antecipado, sem envolver qualquer constrangimento peculiar.

≈ CAPÍTULO V ≈

Na manhã marcada para que o almirante Croft e a senhora Croft visitassem Kellynch Hall, Anne achou muito natural fazer sua caminhada diária até a casa de Lady Russell e ficar fora de vista até que tudo estivesse acabado. Achou também muito natural lamentar ter perdido a oportunidade de vê-los.

Esse encontro entre as duas partes se revelou altamente satisfatório e toda a negociação foi decidida rapidamente. As duas senhoras já estavam predispostas a um acordo e nada viram, portanto, senão boas maneiras uma na outra; com relação aos cavalheiros, havia da parte do almirante um bom humor tão cordial, uma liberalidade tão franca e confiante que não podiam deixar de influenciar Sir Walter que, além do mais, se havia sentido lisonjeado a ponto de mostrar o melhor e mais elegante comportamento pelas afirmações do senhor Shepherd de que teriam relatado ao almirante ser ele um modelo de boa educação.

A casa, as terras e a mobília foram aprovadas, os Croft foram aprovados, termos, prazo, tudo e todos estavam corretos; e os auxiliares do senhor Shepherd se puseram a trabalhar sem que houvesse uma única diferença preliminar a ser modificada em tudo o que "Este contrato ratifica".

Sir Walter, sem hesitação, declarou que o almirante era marinheiro mais elegante que jamais conhecera, e chegou a ponto de dizer que, se tivesse seu próprio criado dado um jeito de arrumar-lhe o penteado, não teria vergonha de aparecer na companhia dele em qualquer lugar; e o almirante, com simpática cordialidade, observou à esposa enquanto voltavam atravessando o parque: "Achei que logo chegaríamos a um acordo, minha querida, apesar do que nos disseram em Taunton. O baronete não é lá tudo isso, mas parece que não é um mau sujeito." Elogios recíprocos que poderiam ter sido considerados mais ou menos equivalentes.

Os Croft deveriam tomar posse da propriedade no dia da festa de São Miguel; e como Sir Walter propôs mudar-se para Bath no decorrer do mês precedente, não havia tempo a perder com todos os preparativos necessários.

Lady Russell, convencida de que não seria conferida a Anne qualquer utilidade ou importância na escolha da casa em que iriam residir, mostrou-se pouco disposta a deixar que a levassem embora tão depressa e queria fazer o possível para que ficasse para trás até que ela própria pudesse levá-la a Bath depois do Natal. Mas como tinha compromissos que a afastariam de

Kellynch por várias semanas, não pôde fazer o convite completo como gostaria; e Anne, embora receando enfrentar o possível calor de setembro sob toda a claridade ofuscante de Bath e lamentando perder toda a influência tão suave e tão triste dos meses de outono no campo, não pensava que, considerando todas as coisas, desejasse ficar. Seria mais correto e mais sensato e, portanto, deveria envolver menos sofrimento partir com os outros.

Algo ocorreu, no entanto, que a pôs diante de uma obrigação diferente. Mary, frequentemente adoentada e sempre dando muita importância aos próprios queixumes e com o contínuo hábito de chamar Anne quando havia algum problema, estava indisposta; e, prevendo que não teria um só dia de boa saúde durante todo o outono, pediu, ou melhor, exigiu, porque dificilmente podia ser chamado de pedido, que Anne fosse para Uppercross Cottage e lhe fizesse companhia pelo tempo que ela precisasse, em vez de ir a Bath. "Não posso ficar por aqui sem Anne", foi o raciocínio de Mary ; e a resposta de Elizabeth foi: "Então tenho certeza de que é melhor para Anne ficar, pois ninguém vai querê-la em Bath."

Ser considerada útil, embora num estilo impróprio, é pelo menos melhor do que ser rejeitada como totalmente inútil. E Anne, contente por ser de alguma serventia, feliz por ter algo definido como um dever, e com certeza nada descontente pelo fato do cenário desse dever ser no campo, e seu próprio amado campo, prontamente concordou em ficar.

Esse convite de Mary afastou todas as dificuldades de Lady Russell, e, consequentemente, logo ficou decidido que Anne só iria para Bath quando Lady Russell a levasse e que todo o período até que isso ocorresse seria dividido entre Uppercross Cottage e Kellynch Lodge.

Até então, tudo estava perfeitamente correto; mas Lady Russell quase teve um sobressalto pelo descumprimento de parte do plano de Kellynch Hall quando irrompeu a notícia de que a senhora Clay havia sido convidada a ir a Bath com Sir Walter e Elizabeth, como importante e valiosa assistente desta última em todas as tarefas que teria pela frente. Lady Russell lamentou profundamente que se tivesse recorrido a tal medida – mostrou-se admirada, ofendida e temerosa; – e a afronta que representava para Anne o fato de a senhora Clay ser de tanta utilidade enquanto Anne não tinha nenhuma, era um agravante muito doloroso.

Anne já estava calejada com semelhantes afrontas; mas percebeu a imprudência do arranjo quase tão agudamente quanto Lady Russell. Com grande dose de discreta observação e um conhecimento, que muitas vezes desejava fosse menor, do caráter do pai, estava ciente de que consequências mais sérias para a família eram mais que possíveis em decorrência dessa intimidade. Não imaginava que o pai tivesse ideia disso no momento. A senhora Clay tinha sardas, um dente saliente e um punho deformado, sobre os quais ele fazia continuamente severas observações, na ausência dela; mas ela era jovem e certamente, no todo, de boa aparência, além de ter, com sua mente aguda e modos sempre agradáveis, atrativos infinitamente mais perigosos do que qualquer outro encanto meramente físico. Anne estava tão impressionada com o grau do perigo que não pôde deixar de tentar torná-los perceptíveis à irmã. Tinha pouca esperança de ter êxito; mas Elizabeth que, na eventualidade de tal revés seria muito mais digna de pena do que ela própria, nunca teria razão, pensava ela, para recriminá-la por não tê-la advertido.

Ela falou e pareceu que só fez ofender. Elizabeth não podia conceber como tal absurda suspeita poderia lhe ocorrer, e indignadamente respondeu que cada um deles sabia perfeitamente sua posição.

– A senhora Clay – disse ela, com veemência – nunca se esquece de quem é; e como conheço bem melhor os sentimentos dela do que você, e garanto-lhe que, no tocante a casamentos, seus sentimentos são particularmente escrupulosos, e que ela reprova toda desigualdade de condição e de posição social mais incisivamente que a maioria das pessoas. E com relação a meu pai, realmente não teria pensado que ele, que se manteve sozinho durante tanto tempo por nossa causa, devesse agora ser alvo de suspeita. Se a senhora Clay fosse uma mulher muito bonita, admito que poderia ser um erro tê-la comigo por tanto tempo; não que houvesse algo no mundo, tenho certeza, que pudesse induzir meu pai a fazer um enlace degradante; mas isso poderia torná-lo infeliz. Mas a pobre senhora Clay... que, com todos os seus méritos, nunca poderia ser considerada toleravelmente bonita... realmente acho que a pobre senhora Clay pode ficar aqui em perfeita segurança. Poder-se-ia imaginar que você nunca ouviu meu pai falar das desventuras pessoais dela, embora eu saiba que deve ter ouvido isso cinquenta vezes. Aquele dente e aquelas sardas dela! Sardas que não me desagradam tanto quanto a ele. Conheci rostos nem tanto assim desfigurados por umas poucas, mas ele as abomina. Você já deve tê-lo ouvido falar das sardas da senhora Clay.

– Dificilmente há um defeito físico – replicou Anne – que não possa ser relevado, aos poucos, por maneiras agradáveis.

– Eu penso de modo bem diferente – retorquiu Elizabeth, asperamente. – Maneiras agradáveis podem realçar belas feições, mas nunca podem alterar as feias. De qualquer modo, no entanto, como tenho muito mais em jogo, nesse ponto, do que qualquer outra pessoa, acho um tanto desnecessário que venha aqui me aconselhar.

Anne fizera sua parte... contente por tudo ter terminado e de forma alguma sem ânimo para agir corretamente. Elizabeth, embora se ressentisse pela suspeita, poderia, em função desta, ficar atenta.

A última tarefa da carruagem de quatro cavalos era levar Sir Walter, a senhorita Elliot e a senhora Clay para Bath. O grupo partiu com ótimo humor: Sir Walter se preparou com condescendentes acenos para todos os aflitos agregados e camponeses aos quais deve ter sido sugerido que se mostrassem; e Anne caminhava, ao mesmo tempo, numa espécie de desolada tranquilidade, para Kellynch Lodge, onde iria passar a primeira semana.

Sua amiga não estava mais bem-disposta que ela própria. Lady Russell sentiu demais essa dissolução da família. Sua respeitabilidade lhe era tão cara quanto a sua própria, e o contato diário se havia tornado um hábito precioso. Era doloroso ver a propriedade deserta, e pior ainda antecipar as novas mãos em que iriam cair; e, para fugir da solidão e da melancolia de um vilarejo tão alterado e para estar fora do caminho quando o almirante e a senhora Croft chegassem, havia decidido fazer com que sua própria ausência de casa haveria de começar no dia da transferência de Anne. Consequentemente, a mudança das duas foi feita em conjunto e Anne se estabeleceu em Uppercross Cottage, na primeira etapa da viagem de Lady Russell.

Uppercross era uma aldeia de tamanho médio, que poucos anos antes ainda se apresentava totalmente em estilo inglês antigo; contendo apenas duas casas de aparência superior às dos pequenos proprietários e empregados, via-se a mansão do nobre senhor da região, com seus altos muros, grandes portões e velhas árvores, imponente e antiquada, e a diminuta e compacta casa paroquial cercada por um jardim bem cuidado, com uma videira e uma pereira entrelaçadas em volta das janelas; mas com o casamento do jovem senhor, havia recebido a melhoria de uma casa de fazenda elevada à condição de chalé para sua residência; e Uppercross Cottage, com sua varanda, janelas francesas e outros encantos tinha praticamente a mesma probabilidade de atrair os olhares do viajante quanto o mais consistente e considerável aspecto e adjacências da Great House, cerca de um quarto de milha mais adiante.

Anne já se havia hospedado muitas vezes ali. Conhecia os caminhos de Uppercross tão bem quanto os de Kellynch. As duas famílias se encontravam com tanta frequência e estavam tão acostumadas a entrar e sair das respectivas casas a qualquer hora, que para ela foi quase uma surpresa ao encontrar Mary sozinha; mas por estar sozinha, era quase certo que estivesse indisposta e deprimida. Embora mais prendada que a irmã mais velha, Mary não tinha a compreensão ou o temperamento de Anne. Quando estava bem, feliz e adequadamente atendida, tinha ótimo humor e excelente disposição excelente; mas qualquer indisposição a derrubava completamente. Não possuía recursos para enfrentar a solidão; e, tendo herdado uma considerável porção da presunção dos Elliot, era muito propensa a somar a todas as outras angústias a de se imaginar negligenciada e maltratada. Na aparência, era inferior às duas irmãs e, mesmo na exuberância da juventude, só tinha alcançado a dignidade de ser "uma boa menina". Estava agora deitada no puído sofá da bela e pequena sala de estar, cujos outrora elegantes móveis foram aos poucos se tornando desgastados, sob a influência de quatro verões e duas crianças; e, ao ver Anne aparecer, cumprimentou-a com estas palavras:

– Até que enfim você chegou! Já começava a pensar que nunca a veria. Estou tão doente que mal consigo falar. Não vi uma única criatura a manhã inteira!

– Sinto muito encontrá-la indisposta, – replicou Anne. – Você me mandou notícias tão boas na quinta-feira!

– Sim, fiz o melhor que pude... sempre faço; mas estava longe de me sentir bem na ocasião; e acho que nunca estive tão mal na vida como toda esta manhã... sem condições para ser deixada sozinha, com certeza. Imagine se eu fosse acometida repentinamente por algum mal-estar terrível e não conseguisse tocar a campainha! Então, Lady Russell não quis vir. Acho que não esteve nesta casa três vezes neste verão.

Anne falou o que era mais adequado e perguntou-lhe pelo marido.

– Oh! Charles está caçando. Não o vejo desde as sete horas. Fez questão de ir, embora eu lhe dissesse o quanto estava doente. Falou que não ficaria fora por muito tempo; mas ainda não voltou e já é quase uma da tarde. Garanto-lhe que não vi uma alma sequer em toda esta longa manhã.

– E seus meninos não ficaram com você?

– Sim, enquanto pude suportar a barulheira deles; mas são tão incontroláveis que me fazem mais mal que bem. O pequeno Charles não se importa com uma palavra que eu diga, e Walter está crescendo do mesmo jeito.

– Bem, você logo vai melhorar – replicou Anne, alegremente.

– Sabe que sempre a curo quando venho aqui. Como vão seus vizinhos da Great House?

– Não posso lhe dar qualquer notícia deles. Não vi nenhum deles hoje, exceto o senhor Musgrove, que só parou e falou comigo pela janela, mas sem apear do cavalo; e embora lhe tenha dito o quanto estava doente, nenhum deles veio até mim. Suponho que não devia ser conveniente para as senhoritas Musgrove, e elas nunca modificam seus próprios planos.

– Vai vê-las ainda, talvez, antes do fim da manhã. É cedo.

– Nunca as quero ver aqui, garanto-lhe. Falam e riem muito, é demais para mim. Oh! Anne, estou tão mal! Foi totalmente indelicado de sua parte não ter vindo na quinta-feira.

– Minha querida Mary, lembre-se do relato confortador que você me mandou a seu respeito! Escreveu da maneira mais alegre e disse que estava perfeitamente bem, e que eu não me apressasse; sendo assim, devia estar ciente de que meu desejo seria o de ficar com Lady Russell até o último momento: e além do que sinto por ela, estive realmente tão ocupada, tive tantas coisas a fazer, que não podia ser muito conveniente que eu deixasse Kellynch mais cedo.

– Meu Deus! O que é que você pode ter para fazer?

– Muitas e muitas coisas, garanto. Mais do que posso me lembrar de momento, mas posso lhe citar algumas. Estive fazendo uma cópia do catálogo dos livros e quadros de meu pai. Estive várias vezes no jardim com Mackenzie, tentando entender e fazê-lo entender quais plantas de Elizabeth são para Lady Russell. Tive todas as minhas pequenas coisas a arrumar, livros e partituras para separar, e todos os meus baús para refazer, por não ter entendido a tempo como se pretendia arrumar as carroças. E tive de fazer uma coisa, Mary, de natureza mais complicada: ir a quase todas as casas da paróquia como uma espécie de despedida. Disseram-me que era o que desejavam. Mas todas essas coisas me tomaram muito tempo.

– Oh, claro!; – e depois de um momento de pausa –, mas ainda não me perguntou nada sobre nosso jantar na casa dos Poole ontem.

– Então você foi? Não fiz qualquer pergunta porque imaginei que você tivesse sido obrigada a desistir do encontro.

– Oh, sim, eu fui! Estava me sentindo muito bem ontem; não havia nada de errado comigo até hoje de manhã. Teria sido estranho se não tivesse ido.

– Fico muito contente por ter estado bem, e espero que tenha sido uma festa agradável.

– Nada de notável. Sempre se sabe antecipadamente qual será o jantar e quem vai estar presente; e é desconfortável não ter a própria carruagem. O senhor e a senhora Musgrove me levaram e estávamos tão apertados! Os dois são muito grandes e ocupam espaço demais; e o senhor Musgrove sempre senta na frente. Assim, lá estava eu, imprensada no banco traseiro com Henrietta e Louisa; e acho bastante provável que minha doença de hoje se deva a isso.

Um pouco mais de perseverança em termos de paciência e de alegria forçada por parte de Anne quase produziram uma cura em Mary. Logo conseguiu sentar-se ereta no sofá e começou a ter esperanças de poder levantar-se para a hora do jantar. Então, esquecendo-se de pensar nisso, já estava do outro lado da sala, ajeitando um buquê de flores: comeu então uma porção de frios e logo estava bastante bem para propor uma pequena caminhada.

– Para onde vamos? – perguntou ela, quando estavam prontas. – Suponho que não gostaria de ir à Great House antes que eles venham visitá-la.

– Não tenho a menor objeção quanto a isso – replicou Anne. – Nunca pensaria em fazer tanta cerimônia com pessoas que conheço tão bem quanto a senhora e as senhoritas Musgrove.

– Oh! mas elas deveriam vir visitá-la assim que possível. Devem sentir o que lhe é devido na condição de minha irmã. Mesmo assim, porém, podemos ir até lá e ficar com elas por algum tempo e, depois disso, podemos desfrutar de nossa caminhada.

Anne sempre havia considerado esse estilo de relacionamento altamente imprudente; mas havia deixado de empenhar-se em impedi-lo por acreditar que, embora houvesse de ambos os lados constantes motivos de queixas, nenhuma das duas famílias poderia agora prescindir dessa ligação. Consequentemente, as duas foram a Great House e ali passaram toda a meia hora sentadas na antiquada sala de visitas quadrangular, com o piso reluzente e um pequeno tapete, à qual as atuais filhas da casa iam aos poucos dando o apropriado ar de confusão com um grande piano e uma harpa, floreiras e mesinhas dispostas por toda parte. Oh! se pudessem os originais dos retratos dependurados nos lambris, se pudessem os cavalheiros em veludo marrom e as senhoras em cetim azul ter visto o que acontecia, se pudessem ter tomado conhecimento de tamanha decadência de toda ordem e bom gosto! Os próprios retratos pareciam fitar tudo isso com espanto.

Os Musgrove, como suas casas, estavam numa fase de mudança, talvez de melhoramento. O pai e a mãe seguiam o antigo estilo inglês e os jovens, o novo. O senhor e a senhora Musgrove eram pessoas muito boas, amistosos e hospitaleiros, não muito cultos e nada elegantes. Os filhos tinham mentes e modos mais modernos.

Era uma família numerosa, mas os dois únicos crescidos, exceto Charles, eram Henrietta e Louisa, moças de dezenove e vinte anos que haviam trazido de uma escola em Exeter todo o habitual estoque de habilidades e agora, assim como milhares de outras jovens, viviam para ser elegantes, felizes e divertidas. Suas roupas eram da melhor qualidade, seus rostos bastante bonitos, seu estado de espírito extremamente bom, suas maneiras desembaraçadas e agradáveis; eram consideradas em casa e estimadas fora dela. Anne sempre as contemplava como algumas das criaturas mais felizes de suas relações; mesmo assim, porém, livre, como somos todos por alguma confortável sensação de superioridade que nos leva a desejar uma possibilidade de troca, ela não haveria de desistir de sua mente mais elegante e culta por todos os divertimentos delas; e em nada as invejava a não ser aquele aparente bom entendimento e harmonia, aquele bem-humorado afeto mútuo que ela própria havia tido tão pouco com qualquer uma das irmãs.

Foram recebidas com grande cordialidade. Não parecia haver nada de errado com a família de Great House que, em geral, como Anne bem sabia, não havia do que censurá-la. A meia hora transcorreu em conversas bastante agradáveis; e ela não ficou nada surpresa, no final, quando, a convite especial de Mary, as senhoritas Musgrove resolveram acompanhá-las na caminhada.

≈ CAPÍTULO VI ≈

Anne não precisava dessa visita a Uppercross para saber que a transferência de um grupo de pessoas para outro, embora a uma distância de apenas três milhas, muitas vezes inclui uma total mudança total de conversa, opiniões e ideias. Ela nunca tinha se hospedado ali antes sem se impressionar com isso ou sem desejar que outros Elliot pudessem ter, como ela, a vantagem de ver como eram ali desconhecidos ou desconsiderados os assuntos que em Kellynch Hall eram tratados como de grande importância e de interesse geral. Mesmo assim, com toda essa experiência, acreditava que agora devia conformar-se com outra lição que se lhe tornava necessária na arte de conhecer nossa própria insignificância fora de nosso próprio círculo; pois certamente, ao chegar como chegou, com o coração tomado pelo assunto que havia ocupado completamente as duas casas em Kellynch durante muitas semanas, ela havia esperado um pouco mais de curiosidade e simpatia do que encontrou nas distintas mas muito similares observações do senhor e da senhora Musgrove: "Então, senhorita Anne, Sir Walter e sua irmã já partiram; e em que área de Bath acha que vão se estabelecer?" E isso sem esperar muito por uma resposta; ou ainda no acréscimo das jovens: "Espero que possamos ir a Bath no inverno; mas lembre-se, pai, se formos, devemos estar em boas instalações... nada de Queen Square para nós!" Ou na ansiosa complementação de Mary : "Palavra de honra, vou ficar muito bem por aqui quando vocês todos tiverem partido para gozar da felicidade em Bath!"

Ela só pôde decidir evitar semelhantes desilusões no futuro e pensar com a maior gratidão na extraordinária bênção de ter uma amiga tão verdadeiramente benevolente como Lady Russell.

Os senhores Musgrove tinham sua própria caça para vigiar e destruir, seus próprios cavalos, cães e jornais para passar o tempo; e as mulheres estavam inteiramente ocupadas em todas as outras tarefas comuns de casa, vizinhos, vestidos, dança e música. Ela reconhecia que era bem adequado que cada pequena comunidade social ditasse seus próprias temas de conversa; e esperava em breve tornar-se um membro não indigno daquela para a qual foi agora transplantada. Com a perspectiva de passar pelo menos dois meses em Uppercross, sentia-se na estrita obrigação de direcionar o máximo possível sua imaginação, sua memória e todas as suas ideias ao modo de viver em Uppercross.

Não tinha medo desses dois meses. Mary não era tão repulsiva e pouco fraternal como Elizabeth, nem tão inacessível a qualquer influência sua; nem havia qualquer coisa, entre os outros moradores do chalé, que pudesse prejudicar o conforto. Sempre tivera boas relações com o cunhado; e nos meninos, que a amavam quase tanto quanto à mãe e a respeitavam bem mais que esta, tinha um objeto de interesse, diversão e exercício salutar.

Charles Musgrove era educado e agradável; em sensatez e índole era indubitavelmente superior à esposa, mas não tinha dons, conversa ou graça para fazer do passado, desde que estavam unidos, uma contemplação perigosa; embora, ao mesmo tempo, Anne acreditasse, como Lady Russell, que um enlace menos desigual poderia tê-lo melhorado muito e que uma mulher de verdadeiro discernimento poderia ter dado mais coerência a seu caráter e mais utilidade, racionalidade e elegância a seus hábitos e ocupações. Como era, ele nada fazia com muito zelo a não ser esporte; à parte isso, seu tempo era desperdiçado sem o benefício da leitura ou de qualquer outra coisa. Tinha ótima disposição, que nunca parecia muito afetada pelas ocasionais depressões da esposa, cuja irracionalidade às vezes suportava a ponto de causar admiração em Anne; e, no todo, embora houvesse com bastante frequência alguma pequena desavença (em que ela se envolvia, às vezes, mais do que desejava, solicitada por ambas as partes), podiam passar por um casal feliz. Estavam sempre de perfeito acordo quanto à necessidade de mais dinheiro e acalentavam uma forte expectativa por um belo presente do pai dele; mas nisso, como em muitos outros pontos, ele se mostrava superior, pois enquanto Mary considerava uma grande vergonha que tal presente não chegasse, ele sempre argumentava que o pai tinha muitos outros usos para o próprio dinheiro e tinha ainda o direito de gastá-lo como bem entendesse.

Quanto à educação dos filhos, a teoria dele era muito melhor que a da esposa, e a prática não era tão ruim. "Eu poderia educá-los muito bem, se não fosse a interferência de Mary ", era o que Anne muitas vezes o ouvia dizer, e nisso acreditava piamente; mas ao escutar a recriminação de Mary, por sua vez, de que "Charles mima tanto as crianças que não consigo fazê-las respeitar nada", ela nunca tinha a menor tentação de dizer: "E é bem verdade."

Uma das circunstâncias menos agradáveis de sua permanência em Uppercross era a de ser tratada com demasiada confiança por todos e a de penetrar em demasia no segredo das queixas de cada uma das casas. Conhecida por ter alguma influência sobre a irmã, era continuamente solicitada a exercê-la, além do que era praticável, ou, pelo menos, recebia insinuações para fazê-lo. "Gostaria que conseguisse persuadir Mary a parar de se imaginar sempre doente", eram as palavras de Charles; e, com humor tristonho, assim falava Mary : "Acredito realmente que, se Charles me visse morrendo, não acharia que houvesse algo de errado comigo. Tenho certeza, Anne, que se você quisesse, poderia persuadi-lo de que estou, de fato, muito doente... muito pior do que jamais admiti."

Mary afirmava: "Detesto mandar os meninos para a Great House, embora a avó esteja sempre querendo vê-los, pois ela os afaga e mima a tal ponto, e lhes dá tantas bobagens e doces, que sempre voltam adoentados e irritados e assim ficam pelo resto do dia." E a senhora Musgrove aproveitou da primeira oportunidade de estar a sós com Anne, para dizer: "Oh! Senhorita Anne, não posso deixar de desejar que a senhora Charles tivesse um pouco de seu método com essas crianças. São criaturas totalmente diferentes quando estão com você! Mas em geral, com certeza, são tão mimados! Que pena que não possa transmitir a sua irmã o melhor meio de educar esses meninos. São os mais saudáveis que já se viu, pobres queridinhos, sem pretender ser parcial; mas a senhora Charles não sabe como deveriam ser tratados! Que Deus me perdoe, como são importunos, às vezes! Garanto-lhe, senhorita Anne, que isso me impede de querer vê-los em nossa casa com tanta frequência como poderia ser. Creio que a senhora Charles não esteja muito contente por não convidá-los mais seguidamente, mas bem sabe que é muito ruim ter crianças que é preciso ficar controlando a todo momento; 'não faça isso' e 'não faça aquilo', ou então que só se pode manter num comportamento tolerável dando-lhes mais bolo do que é bom para elas."

Além disso, recebeu esse comunicado de Mary: "A senhora Musgrove acha todas as suas criadas tão confiáveis que questionar o fato seria alta traição; mas tenho certeza, sem exagero, que a criada principal e a lavadeira, em vez de cuidar de suas tarefas, passam o dia inteiro andando pelo vilarejo. Eu as encontro aonde quer que vá; e afirmo que nunca entro duas vezes no quarto das crianças sem cruzar com elas. Se Jemima não fosse a mais confiável e leal criatura do mundo, isso bastaria para estragá-la, pois ela me conta que as outras a estão sempre tentando para dar uma volta com elas." E da parte da senhora Musgrove, escutava: "Tenho por norma nunca interferir em qualquer assunto de minha nora, pois sei que não daria certo; mas vou lhe dizer, senhorita Anne, porque a senhorita pode conseguir endireitar as coisas, que não tenho muito boa opinião da babá da senhora Charles: ouço histórias estranhas a respeito dela; está sempre perambulando por aí; e, por conhecimento próprio, posso afirmar que é uma senhora tão bem-vestida que basta para estragar qualquer serviçal de quem se aproxime. Sei que a senhora Charles confia plenamente nela, mas só lhe passo essas informações para que tome cuidado, porque, caso veja algo inoportuno, não precisará ter receio de mencioná-lo."

E de novo era a queixa de Mary de que a senhora Musgrove não lhe concedia regularmente a precedência que lhe era devida quando jantavam na Great House com outras famílias; e não via razão alguma para ser considerada tão íntima na casa a ponto de perder seu lugar de direito. E um dia, quando Anne estava passeando somente com as senhoritas Musgrove, uma delas, depois de falar de posição social, pessoas de posição social e ciúmes de posição social, disse:

– Não tenho escrúpulos em comentar com você como algumas pessoas são incoerentes em relação à própria posição, pois todos sabem como você se mostra tranquila e indiferente a esse respeito; mas gostaria que alguém conseguisse convencer Mary que seria bem melhor se ela não fosse tão obstinada; de modo particular, se não estive sempre se precipitando para tomar o lugar de mamãe. Ninguém duvida de seu direito de precedência sobre mamãe, mas seria mais digno da parte dela não ficar sempre insistindo nisso. Não que se importe minimamente com isso, mas sei que muitas pessoas reparam.

Como haveria Anne de colocar todas essas questões em seu devido lugar? Pouco poderia fazer além de escutar pacientemente, amenizar toda mágoa e levar a desculpar-se uns com os outros; e mais, dar-lhes sugestões sobre a necessária tolerância entre vizinhos tão próximos e tornar essas sugestões mais amplas quando se destinassem a favorecer a irmã.

Em todos os outros aspectos, sua visita começou e continuou muito bem. Sua disposição melhorou com a mudança de lugar e de assunto, e com o fato de estar a três milhas de distância de Kellynch; as indisposições de Mary diminuíram por ter uma companheira constante; e o contato diário que elas tinham com a outra família, desde que não houvesse no Cottage afeto, confidência ou ocupação a ser por ele interrompido, chegava a ser uma vantagem. Certamente esse contato era tão intenso quanto possível, pois se encontravam todas as manhãs e dificilmente passavam uma noite separadas; mas ela acreditava que não teriam passado tão bem sem a visão das respeitáveis figuras do senhor e da senhora Musgrove nos lugares habituais ou sem as conversas, risos e cantos de suas filhas.

Anne tocava piano muito melhor que as duas senhoritas Musgrove; mas como não tinha voz, nenhuma intimidade com a harpa, nem pais amorosos que ficassem sentados a seu lado dizendo-se encantados, ninguém dava atenção a seu desempenho a não ser por mera cortesia ou para propiciar descanso às outras, como ela bem percebia. Sabia que, quando tocava, dava prazer somente a si mesma; mas essa não era uma sensação nova: excetuando-se um curto período em sua vida, ela nunca, desde os catorze anos de idade, nunca desde a perda de sua querida mãe, tinha provado a felicidade de ser ouvida ou encorajada por uma justa apreciação ou verdadeiro bom gosto. Na música, desde sempre estava habituada a sentir-se sozinha no mundo; e a extremosa parcialidade do senhor e da senhora Musgrove em favor da performance de suas próprias filhas e a total indiferença em relação a qualquer outra pessoa, dava-lhe muito mais prazer por elas do que humilhação para si própria.

O grupo da Great House era, às vezes, aumentado por outras pessoas. A vizinhança não era numerosa, mas todos vinham visitar os Musgrove, que tinham mais jantares festivos, mais visitas e mais hóspedes convidados e ocasionais do que qualquer outra família. Eram realmente muito populares.

As moças eram loucas por dança; e as noites terminavam, ocasionalmente, com um pequeno baile improvisado. Havia uma família de primos, a uma distância de uma caminhada de Uppercross, em condições menos favoráveis, que dependiam dos Musgrove para todas as suas diversões: eles viriam a qualquer hora e participariam de qualquer jogo ou dançariam em qualquer lugar; e Anne, preferindo acima de tudo a função de músico a outro papel mais ativo, tocava para eles contradanças durante horas; uma gentileza que, mais de qualquer outra coisa, sempre recomendava seu talento musical ao senhor e à senhora Musgrove, e com frequência lhes arrancava este elogio: "Muito bem, senhorita Anne! Muito bem mesmo! Meu Deus! Como voam esses seus dedinhos!"

Assim se passaram as primeiras três semanas. O dia de São Miguel chegou; e agora o coração de Anne deve estar novamente em Kellynch. Um lar amado entregue a outros; todos os preciosos cômodos e móveis, bosques e paisagens, começando a reconhecer outros olhos, outras pernas! Ela não conseguia pensar em outra coisa no dia 29 de setembro; e à noite ouviu esta casual referência de Mary que, ao precisar anotar o dia do mês, exclamou: "Meu Deus! Não é hoje o dia em que os Croft deveriam chegar a Kellynch? Estou contente por não ter pensado nisso antes. Como me deprime!"

Os Croft tomaram posse com verdadeira pompa naval, e era preciso visitá-los. Mary deplorou essa necessidade. "Ninguém sabia o quanto haveria de sofrer. Adiaria isso quanto pudesse." Mas não se tranquilizou até conseguir que Charles a levasse até lá quanto antes; e, ao voltar, estava num animado e confortável estado de imaginária agitação. Anne se havia alegrado sinceramente por não ter sido possível sua ida. Desejava, contudo, conhecer os Croft e ficou contente por estar em casa quando a visita foi retribuída. Eles vieram: o dono da casa não estava, mas as duas irmãs estavam juntas; e como o acaso colocava a senhora Croft aos cuidados de Anne enquanto o almirante se sentava ao lado de Mary e se mostrava muito agradável por sua bem-humorada atenção dada aos meninos, ela teve a oportunidade de procurar uma semelhança que, se não a vislumbrou nas feições, captou-a na voz ou no modo de sentir e de se expressar.

A senhora Croft, embora nem alta nem gorda, tinha formas amplas, aprumadas e vigorosas, que lhe conferiam ares de importância. Tinha brilhantes olhos escuros, bons dentes e um semblante, no conjunto, agradável; embora sua pele avermelhada e castigada pelo clima, consequência de ter passado quase tanto tempo no mar quanto o marido, a fizesse parecer ter vivido alguns anos a mais no mundo do que seus verdadeiros 38. Seus modos eram francos, agradáveis e decididos, como alguém que confia em si mesmo e não tem qualquer dúvida quanto ao que deve fazer, mas sem qualquer indício de grosseria ou qualquer falta de bom humor. Na verdade, Anne deu-lhe crédito pelos sentimentos de grande consideração para com ela própria em tudo o que se relacionava a Kellynch; e isso a agradou: especialmente, como tinha ficado satisfeita logo no primeiro meio minuto, no próprio instante da apresentação, por não haver o menor indício de qualquer conhecimento ou suspeita da parte da senhora Croft que a induzisse a ter qualquer tipo de preconceito. Estava inteiramente tranquila quanto a isso e, consequentemente, cheia de força e coragem, até que, em certo momento, ficou eletrizada com as súbitas palavras da senhora Croft:

– Foi com você, e não com sua irmã, creio, que meu irmão teve o prazer de se relacionar quando esteve nesta região.

Anne esperava ter ultrapassado a idade de enrubescer; mas a idade da emoção certamente não a havia ultrapassado.

– Talvez não tenha ficado sabendo que ele se casou – acrescentou a senhora Croft.

Pôde então responder como devia; e ficou feliz ao constatar, quando as palavras seguintes da senhora Croft explicaram que estava se referindo ao senhor Wentworth, que nada havia dito que não pudesse se aplicar a qualquer um dos dois irmãos. Percebeu imediatamente como era razoável que a senhora Croft estivesse pensando e falando de Edward, e não de Frederick; envergonhada de seu próprio esquecimento, dedicou-se a pedir informações com adequado interesse sobre a situação atual do antigo vizinho.

O resto foi só tranquilidade; até ouvir, quando eles estavam de saída, o almirante dizer a Mary:

– Estamos esperando, para muito breve, a chegada de um irmão da senhora Croft; atrevo-me a dizer que a senhora o conhece de nome.

Ele foi interrompido pelos impulsivos ataques dos meninos, dependurando-se nele como se fosse um velho amigo e pedindo para que não fosse embora; e sendo tão absorvido por propostas de carregá-los nos bolsos do casaco, etc., não teve tempo de terminar ou recordar o que havia começado a dizer, o que levou Anne a persuadir-se, da melhor maneira que pôde, de que se tratava do mesmo irmão. Não conseguiu, contudo, chegar a tal grau de certeza para não ficar ansiosa por saber se algo fora dito sobre o assunto na outra casa, onde os Croft tinham estado antes.

A família de Great House iria passar a noite desse dia em Uppercross Cottage; e como o ano já estava muito adiantado para que essas visitas fossem feitas a pé, começava-se a ouvir o rumor da carruagem quando a mais jovem das senhoritas Musgrove entrou. Que ela viesse para pedir desculpas e dizer que ficariam sozinhas em casa, foi a primeira ideia que lhes passou pela cabeça; e Mary já estava pronta para se mostrar ofendida quando Louisa consertou tudo dizendo que só tinha vindo a pé para deixar mais espaço para a harpa, que estava sendo trazida na carruagem.

– E vou lhes dizer o motivo – acrescentou ela – e tudo a respeito disso. Vim antes para avisá-los que papai e mamãe estão deprimidos esta noite, especialmente mamãe; ela está pensando demais no pobre Richard! E concordamos que seria melhor ouvirmos harpa, pois parece que a alegra mais que o piano. Vou lhes contar por que ela está deprimida. Quando os Croft foram nos visitar hoje de manhã (vieram aqui mais tarde, não é?), disseram que o irmão dela, o capitão Wentworth, acabou de regressar à Inglaterra, ou passou para a reserva, ou algo desse tipo, e que está vindo imediatamente para vê-los;

e infelizmente mamãe acabou se lembrando, depois que os Croft já haviam saído, que Wentworth, ou algo muito parecido, era o nome do capitão do pobre Richard, em algum momento... não sei quando nem onde, mas muito tempo antes de ele morrer, pobre rapaz! E depois as cartas e coisas dele, achou que era isso mesmo; e está plenamente segura de que esse deve ser o próprio e mesmo homem, e não para de pensar nisso e no pobre Richard! Desse modo, devemos todos ficar o mais alegres possível, para que ela não continue rememorando essas coisas tristes.

As verdadeiras circunstâncias desse patético episódio da história familiar eram que os Musgrove tinham tido a má sorte de ter um filho deveras problemático e incorrigível, e a boa sorte de perdê-lo antes que completasse os vinte anos; que havia sido mandado para o mar, porque era estulto e intratável em terra; que nunca havia sido bem tratado em qualquer tempo pela família, embora o fosse bem mais do que ele merecia; raramente tinham notícias dele e quase não fora pranteado quando a informação de sua morte no exterior havia chegado a Uppercross, dois anos antes.

Na realidade, embora suas irmãs estivessem fazendo agora tudo o que podiam por ele, chamando-o de "pobre Richard", ele não havia passado de um cabeçudo, insensível e imprestável Dick Musgrove, que nunca havia feito nada, vivo ou morto, para que merecesse mais que a abreviação do próprio nome.

Havia passado vários anos no mar e, no decurso daquelas transferências a que todos os recrutas estão sujeitos, e especialmente aqueles de quem os capitães desejam se ver livres, havia estado seis meses a bordo da fragata do capitão Frederick Wentworth, a Laconia; e da Laconia, sob a influência de seu capitão, ele havia escrito as únicas duas cartas que seus pais tinham recebido dele durante toda a sua ausência; ou seja, as únicas duas cartas desinteressadas... todas as outras tinham sido meros pedidos de dinheiro.

Em cada uma das cartas, ele havia falado bem de seu capitão; mas ainda assim, eles estavam tão pouco habituados a tratar desses assuntos, e eram tão desatentos e indiferentes a nomes de homens ou de navios, que o elogio ao capitão quase não lhes causara qualquer impressão na época; e o fato de a senhora Musgrove ter ficado subitamente em sobressalto, nesse dia, com a lembrança do nome de Wentworth como estando ligado a seu filho parecia ser uma daquelas extraordinárias eclosões da mente que, às vezes, realmente ocorrem.

Ela havia vasculhado as cartas recebidas e descobriu o que já supunha; e a releitura dessas cartas depois de tanto tempo, o pobre filho para sempre desaparecido, e toda a realidade de seus erros esquecida haviam afetado profundamente seu estado de espírito e a haviam mergulhado numa tristeza muito maior do que havia sentido ao ficar sabendo de sua morte. O senhor Musgrove foi, em menor grau, igualmente afetado; e quando chegaram ao Cottage, evidentemente almejavam, primeiro, serem ouvidos a respeito do assunto e, depois, todo o consolo que companheiros agradáveis pudessem lhes dar.

Ouvi-los falar tanto do capitão Wentworth, repetindo tantas vezes seu nome, revolvendo anos passados e, por fim, concluir que podia, que provavelmente poderia tratar-se realmente do mesmo capitão Wentworth, que lembravam ter encontrado, uma ou duas vezes, depois de regressarem de Clifton – um jovem muito distinto; mas não sabiam dizer se fora sete ou oito anos atrás – foi uma nova espécie de prova para os nervos de Anne. Ela descobriu, contudo, que era uma prova com a qual teria de se acostumar. Uma vez que ele era realmente esperado na região, ela deveria aprender a ser insensível diante desses assuntos. E parecia não somente que ele era esperado, e para breve, mas também que os Musgrove, em sua calorosa gratidão pela bondade por ele demonstrada para com o pobre Dick e com imenso respeito por seu caráter, evidenciado pelo fato de o pobre Dick ter passado seis meses sob seus cuidados e tê-lo mencionado com um grande elogio, embora mal redigido, como "um camarada de qualidade, só muito exigente como instrutor", estavam inclinados a apresentar-se a ele e tentar travar relações, assim que viessem a saber de sua chegada.

A decisão de assim fazer ajudou a tornar confortável a noite de todos eles.

≈ CAPÍTULO VII ≈

Poucos dias depois soube-se que o capitão Wentworth estava em Kellynch, que o senhor Musgrove o havia visitado e tinha voltado muito bem-impressionado com ele; além disso, o capitão se comprometera, juntamente com os Croft, a jantar em Uppercross no final da semana seguinte. Havia sido um grande desapontamento para o senhor Musgrove saber que nenhum outro dia mais próximo podia ser marcado, tão impaciente estava para mostrar sua gratidão, tendo o capitão Wentworth sob seu próprio teto e recebendo-o com o que houvesse de mais forte e de melhor em sua adega. Mas uma semana haveria de transcorrer; só uma semana, pelos cálculos de Anne, e então, assim supunha ela, deveriam se encontrar; e logo começou a desejar que podia sentir-se segura, mesmo que fosse por uma semana.

O capitão Wentworth retribuiu muito prontamente a cortesia do senhor Musgrove, e por muito pouco ela não apareceu por lá durante a mesma meia hora! Ela e Mary estavam realmente se dirigindo para a Great House onde, como souberam mais tarde, deveriam inevitavelmente encontrar-se com ele, quando foram impedidas naquele momento pela chegada do menino mais velho, levado para casa em consequência de uma queda. O estado da criança deixou a visita inteiramente de lado, mas ela não ficou indiferente ao saber do que havia escapado, mesmo em meio à séria preocupação que as envolvia por causa do menino.

Constatou-se que havia deslocado a clavícula e tão grande era a contusão nas costas que provocou as mais alarmantes ideias. Foi uma tarde de angústia e Anne tinha de fazer tudo de imediato... mandar chamar o farmacêutico... o pai a ser localizado e informado... a mãe a ser acalmada e impedir sua histeria... os criados a controlar... o menino mais novo a ser afastado e o pobre que sofria a cuidar e consolar... além de mandar notícias à outra casa,, assim que se lembrou disso, o que trouxe para junto de si companheiros assustados e curiosos em vez de ajudantes úteis.

A volta de seu cunhado foi o primeiro conforto... ele poderia cuidar melhor da esposa, e a segunda bênção foi a chegada do farmacêutico. Até que ele chegasse e examinasse a criança, as apreensões de todos eram as piores, por serem vagas; suspeitavam de grande dano, mas não sabiam onde; mas agora a clavícula já estava recolocada no lugar e, embora o senhor Robinson apalpasse repetidas vezes, massageasse, parecesse sério e pronunciasse algumas palavras em voz baixa para o pai e para a tia, ainda assim todos esperavam pelo melhor e passaram a separar-se e fazer as refeições em tolerável tranquilidade de espírito; e foi então, pouco antes de se separarem, que as duas jovens tias se distanciaram tanto do assunto das condições do sobrinho a ponto de dar informações sobre a visita do capitão Wentworth. Permanecendo cinco minutos mais que os pais para tentar expressar o quanto estavam encantadas com ele, como o acharam mais bonito e infinitamente mais agradável que qualquer outro entre seus conhecidos do sexo masculino que tivesse sido até então um favorito... como ficaram contentes ao ouvir o pai convidá-lo para jantar... como ficaram tristes quando ele disse que era praticamente impossível aceitar... e como ficaram contentes de novo quando ele havia prometido, em resposta aos novos e insistentes convites do pai e da mãe, que viria jantar com eles sem falta no dia seguinte! E ele o havia prometido de maneira tão agradável, como se captasse, exatamente como deveria, o real motivo da atenção deles. Em resumo, ele havia olhado e dito tudo com tão rara graça que elas podiam garantir a todos que lhes havia virado a cabeça! E saíram correndo, praticamente tão cheias de alegria quanto de amor, e aparentemente mais envolvidas com o capitão Wentworth do que com o pequeno Charles.

A mesma história e os mesmos arroubos se repetiram quando as duas moças voltaram com o pai, na escuridão da noite, para obter mais informações; e o senhor Musgrove, não mais sob a inquietação com o herdeiro como de início, pôde acrescentar sua confirmação, seus elogios e a esperança de que agora não haveria razões para cancelar a visita do capitão Wentworth, e só lamentava acreditar que os moradores do Cottage não quisessem, provavelmente, deixar o menino para participar do encontro. "Oh, não! Nem pensar em deixar o menino." Ambos, pai e mãe, estavam ainda sob demasiado forte e recente choque para suportar a ideia; e Anne, na alegria de escapar dessa, não pôde evitar de acrescentar seus calorosos protestos aos deles.

Charles Musgrove, na verdade, mostrou-se, mais tarde, mais inclinado a sair: "O menino estava passando tão bem... e ele desejava tanto ser apresentado ao capitão Wentworth que, talvez, pudesse se juntar a eles à noite; não jantaria fora de casa, mas poderia ir até lá e ficar por uma meia hora." Mas a isso se opôs com firmeza sua esposa, dizendo: "Oh, não! Na verdade, Charles, não posso suportar que você vá. Imagine só se algo acontecer."

O menino teve uma noite tranquila e, no dia seguinte, estava bem melhor. Seria uma questão de tempo para ter certeza de que nenhum dano havia sido causado à coluna; mas o senhor Robinson nada encontrou que provocasse algum alarme e, consequentemente, Charles Musgrove passou a não sentir mais necessidade de mais tempo de confinamento. A criança deveria ser mantida na cama e distraída com a maior calma possível; mas o que havia ali para um pai fazer? Esse era um caso para mulheres e seria totalmente absurdo para ele, que não tinha qualquer utilidade em casa, ficar ali trancado. Seu pai queria muito que ele conhecesse o capitão Wentworth e, não havendo motivo suficiente em contrário, ele deveria ir; e tudo terminou com uma ousada e pública declaração, feita ao chegar da caçada, de sua intenção de vestir-se imediatamente e ir jantar na outra casa.

– Nada pode estar melhor que o menino – disse ele; – assim, falei agora mesmo com meu pai que eu iria, e ele achou que eu estava com toda a razão. Como sua irmã vai estar aqui com você, minha querida, não tenho qualquer escrúpulo. Você não gostaria de deixá-lo, mas pode ver que não tenho serventia alguma. Anne mandará me chamar se algo acontecer.

Maridos e esposas em geral entendem quando a oposição será inútil. Mary soube, pelo modo de falar de Charles, que ele estava realmente decidido a ir e que de nada adiantaria importuná-lo. Nada disse, portanto, até o momento em que ele já estava fora do quarto; mas tão logo havia somente Anne para ouvir, falou:

– Assim, você e eu somos deixadas para nos arranjarmos sozinhas com esta pobre criança doente... e nenhuma criatura vai se achegar a nós a noite inteira! Eu sabia como seria. Essa é sempre minha sina. Sempre que há algo desagradável ocorrendo, os homens sempre caem fora, e Charles é tão mau quanto qualquer um deles. Totalmente insensível! Devo dizer que é muito insensível da parte dele estar fugindo de seu pobre menininho; e andar dizendo que está tão bem. Como pode saber que está bem ou que não pode haver uma súbita mudança daqui a meia hora? Não pensava que Charles fosse tão insensível. E assim, lá se vai ele e se diverte e, porque sou a pobre mãe, não me é permitido revoltar-me; e mais ainda, estou certa de que sou a pessoa menos indicada para cuidar da criança. O fato de eu ser a mãe é precisamente a razão pela qual meus sentimentos não deveriam ser postos à prova. Não me sinto à altura dessa tarefa. Você viu como fiquei histérica ontem.

– Mas isso foi somente o efeito do repentino pavor... do choque. Não vai ficar histérica de novo. Ouso dizer que não teremos nada com que nos preocupar. Compreendo perfeitamente as instruções do senhor Robinson e não tenho nada a recear; e, na verdade, Mary, não posso estranhar a atitude de seu marido. Cuidar de crianças não é tarefa própria de homem, não cabe a ele. Uma criança doente é sempre da alçada da mãe; geralmente, seus próprios sentimentos fazem com que assim seja.

– Espero amar tão profundamente meu filho como qualquer outra mãe, mas não sei se, de alguma forma, sou mais útil no quarto de um doente do que Charles, pois não posso ficar repreendendo e importunando uma pobre criança doente; e você viu, hoje de manhã, que se lhe dizia para ficar quieto, era certo que ele começava a se remexer. Não tenho nervos para esse tipo de coisa.

– Mas você se sentiria bem se passasse a noite toda longe do pobre menino?

– Sim; você vê que o pai pode, e por que eu não poderia? Jemima é muito cuidadosa. Poderia nos mandar notícias dele de hora em hora. Acho realmente que Charles podia muito bem ter dito ao pai que todos nós iríamos. Agora não estou mais alarmada que ele com relação ao pequeno Charles. Fiquei terrivelmente apavorada ontem, mas o caso é bem diferente hoje.

– Bem, se não achar que é tarde demais para avisar, suponho que deva ir, bem como seu marido. Deixe o pequeno Charles a meus cuidados. O senhor e a senhora Musgrove não poderão achar errado, se eu ficar com ele.

– Está falando sério? – exclamou Mary, com os olhos brilhando. – Meu Deus! Que ótima ideia, realmente ótima. Com certeza, tanto faz eu ir ou não, porque não tenho qualquer serventia em casa... não é? E isso só me atormenta. Você, que não tem sentimentos de mãe, é de longe a pessoa mais adequada. Você consegue do pequeno Charles fazer tudo o que lhe disser; ele sempre atende a qualquer palavra sua. Vai ser muito melhor do que deixá-lo somente com Jemima. Oh! Claro que vou; tenho certeza de que devo ir se puder, tanto quanto Charles, porque eles querem muito mesmo que eu conheça o capitão Wentworth, e sei que você não se importa em ser deixada sozinha. Na verdade, uma excelente ideia a sua, Anne! Vou avisar Charles e vou me aprontar imediatamente. Pode mandar nos buscar, bem sabe, a qualquer momento, se for o caso; mas ouso dizer que não vai haver nada que possa alarmá-la. Não iria, pode ter certeza, se não me sentisse inteiramente tranquila em relação a meu querido filho.

No momento seguinte, já estava batendo na porta do quarto de vestir do marido; e como Anne a seguiu escada acima, chegou a tempo de ouvir a conversa toda, que começou com Mary dizendo, num tom de grande exultação:

– Pretendo ir com você, Charles, pois não tenho mais serventia que você em casa. Mesmo que eu ficasse para sempre trancada com o menino, não conseguiria persuadi-lo a fazer qualquer coisa de que ele não gostasse. Anne vai ficar; Anne se dispõe a ficar em casa e cuidar dele. Foi uma proposta da própria Anne e por isso irei com você, o que será muito melhor, porque desde terça-feira que não janto na outra casa.

– É muita gentileza da parte de Anne – foi a resposta do marido – e ficaria muito contente se você fosse; mas parece um tanto injusto que ela seja deixada sozinha em casa e exatamente para cuidar de nosso filho doente.

Anne estava bastante perto agora para defender sua própria causa; e a sinceridade de sua atitude sendo logo suficiente para convencê-lo, visto que o convencimento no caso era no mínimo muito agradável, ele não teve mais escrúpulos em deixá-la jantar sozinha, embora ainda quisesse que ela fosse se juntar a eles mais tarde quando o menino já estivesse repousando à noite, e insistisse cordialmente para que lhe permitisse vir buscá-la; mas ela não se deixou persuadir; e assim sendo, logo teve o prazer de vê-los sair juntos, muito animados. Tinham ido, esperava ela, para ser felizes, por mais estranha que pudesse parecer a construção daquela felicidade; quanto a ela, foi deixada com tantas sensações de conforto quantas, talvez, jamais fosse provável experimentar novamente na vida. Sabia que era de suma utilidade para a criança; e que lhe importava e Frederick Wentworth estava a meia milha de distância somente, sendo agradável para outros?

Ela teria gostado de saber como ele se sentia nem eventual encontro. Talvez indiferente, se é que pode existir indiferença em tais circunstâncias. Deveria estar indiferente ou relutante em encontrá-la. Se tivesse desejado vê-la novamente, não precisava ter esperado até este momento; teria feito o que ela não podia deixar de acreditar que, no lugar dele, teria feito há muito tempo, quando os acontecimentos haviam proporcionado a ele a independência, que era a única coisa que lhes faltava.

Seu cunhado e irmã voltaram encantados com o novo conhecido e com a visita em geral. Houve música, cantos, conversas, risos, tudo o que havia de mais agradável; o capitão Wentworth tinha modos encantadores, nenhuma timidez ou reserva; todos pareciam conhecer-se perfeitamente uns aos outros, e ele viria logo na manhã seguinte para caçar com Charles. Deveria vir para o café da manhã, mas não em Uppercross Cottage, embora isso tivesse sido proposto de início; mas, em vez disso, havia sido induzido a ir à Great House, e ele parecia receoso de ser um peso para a senhora Charles Musgrove por causa da criança; e por isso, de algum modo, eles mal sabiam como, foi definido que Charles o encontraria para o café na casa do pai dele.

Anne entendeu muito bem. Ele quis evitar vê-la. Soube que havia perguntado por ela, de forma casual, como podia convir a uma antiga relação superficial, parecendo atribuir-lhe pouca importância como ela o havia feito, movido, talvez, pela mesma intenção de fugir de uma apresentação quando os dois se encontrassem.

As atividades matinais do Cottage eram sempre mais tardias que as da outra casa; e no dia seguinte, a diferença foi tão grande que Mary e Anne mal estavam começando a tomar o café quando Charles entrou para dizer que eles já estavam saindo, que tinha vindo buscar os cães e que suas irmãs viriam com o capitão Wentworth; as irmãs pretendiam visitar Mary e a criança, e o capitão Wentworth propôs também ficar ali por alguns minutos, se não fosse inconveniente; e embora Charles tivesse respondido que o estado da criança não era de natureza a tornar a visita inconveniente, o capitão Wentworth não ficaria satisfeito, caso não passasse para ter notícias.

Mary, muito grata por essa atenção, ficou encantada por recebê-lo; enquanto milhares de sentimentos se acumulavam em Anne, entre os quais o mais consolador era que aquilo logo haveria de terminar. E logo terminou. Dois minutos depois da chegada de Charles, os outros apareceram; estavam na sala de estar. O olhar dela cruzou por um instante com o do capitão Wentworth; uma inclinação, uma cortesia e só; ela ouviu a voz dele... falava com Mary; disse tudo o que era apropriado; falou alguma coisa às senhoritas Musgrove, o suficiente para indicar uma passagem cômoda: a sala parecia cheia... cheia de pessoas e vozes... mas em poucos minutos tudo terminou. Charles apareceu à janela, tudo estava pronto, o visitante fez uma inclinação e foi embora; as senhoritas Musgrove também se foram; de repente haviam decidido acompanhar os caçadores até o final do vilarejo: a sala ficou vazia, e Anne pôde terminar seu café da manhã da melhor forma que foi capaz.

– Acabou! Acabou! – repetia ela para si mesma sem parar, em nervosa gratidão. – O pior já passou!

Mary falava, mas ela não conseguia prestar atenção. Ela o tinha visto. Eles tinham se encontrado. Uma vez mais tinham estado na mesma sala.

Logo, contudo, começou a raciocinar e a tentar ser menos emotiva. Oito anos, quase oito anos se haviam passado desde que tudo havia terminado. Como era absurdo estar revivendo a agitação que um intervalo tão amplo havia relegado à distância e ao olvido! O que oito anos não fariam? Acontecimentos de toda espécie, mudanças, alienações, transferências... tudo, tudo podia estar contido neles; e esquecimento do passado… como seria natural, como seria certo também! Oito anos representavam cerca de um terço de sua própria vida.

Ai! Com todo o seu raciocinar, ela descobriu que, para sentimentos reprimidos, oito anos podem ser pouco mais que nada.

Agora, como deveriam ser interpretados os sentimentos dele? Indicariam como que um desejo de evitá-la? E no instante seguinte, ela passava a odiar-se a si própria pela loucura de ter feito essa pergunta.

Quanto a outra pergunta, que talvez nem mesmo sua extrema sensatez tivesse impedido, logo foi poupada de toda suspense; pois, após as senhoritas Musgrove terem regressado e terminado sua visita ao Cottage, ela recebeu esta espontânea informação de Mary:

– O capitão Wentworth não se mostrou muito galante com você, Anne, embora tenha sido tão atencioso comigo. Quando eles saíram, Henrietta perguntou-lhe o que achava de você; e ele respondeu que "estava tão mudada que ele não a teria reconhecido".

Mary não tinha sentimentos que a levassem a respeitar os da irmã, como seria de todo normal; mas de modo algum suspeitava que lhe estava reabrindo uma ferida.

"Mudada e muito mais do que ele pode sonhar!" Foi isso que Anne admitiu inteiramente, em silenciosa e profunda mortificação. Sem dúvida, assim era; e ela não podia revidar, pois ele não estava mudado, ou não para pior. Ela já o havia reconhecido para si mesma e não podia pensar de forma diferente; ele que pensasse dela o que quisesse. Não; os anos que haviam destruído sua juventude e vigor só haviam dado a ele uma aparência mais radiante, viril e franca, sem diminuir de modo algum suas qualidades. Ela tinha visto o mesmo Frederick Wentworth.

"Tão mudada que ele não a teria reconhecido!" Essas eram palavras que só podiam calar profundamente no íntimo dela. Ainda que logo começasse a regozijar-se por tê-las ouvido. Eram de caráter sóbrio; amainavam a agitação; apaziguavam-na e, consequentemente, deveriam torná-la mais feliz.

Frederick Wentworth tinha usado essas palavras, ou algo similar, mas sem ter ideia de que seriam levadas a ela. Ele a havia julgado terrivelmente mudada e, no primeiro instante depois da pergunta, havia falado o que sentia. Não havia perdoado Anne Elliot. Ela o havia tratado mal; o abandonado e decepcionado; e pior, ao fazê-lo, havia demonstrado uma fraqueza de caráter que o temperamento decidido e confiante dele não podia aturar. Desistiu dele para agradar a outros. Foi o efeito de persuasão excessiva. Aquilo havia sido fraqueza e timidez.

Ele tinha estado entranhadamente apegado a ela e, desde então, nunca mais encontrou outra mulher que a igualasse; mas, exceto por alguma sensação natural de curiosidade, não tinha o menor desejo de encontrá-la novamente. O poder que ela exercia sobre ele havia desaparecido para sempre.

Seu objetivo agora era se casar. Estava rico e, uma vez de volta à terra firme, estava totalmente inclinado a constituir família tão logo fosse adequadamente tentado; na realidade, estava olhando em volta, pronto para se apaixonar com toda a pressa que uma mente esclarecida e uma rápida escolha pudessem lhe permitir. Seu coração pendia para qualquer uma das duas senhoritas Musgrove, se conseguissem conquistá-lo; um coração, disponível para qualquer moça agradável que cruzasse seu caminho, exceto Anne Elliot. Essa era sua única exceção secreta quando disse à irmã, em resposta a suas suposições:

– Sim, aqui estou eu, Sophia, inteiramente pronto a fazer uma escolha insensata. Qualquer uma entre quinze e trinta anos pode receber minha proposta. Um pouco de beleza, alguns sorrisos, uns poucos elogios à Marinha, e sou um homem perdido. Isso não seria bastante para um marinheiro que não teve convivência com mulheres que o tornassem refinado?

Ele disse isso, ela sabia, para ser contradito. Seu olhar brilhante e orgulhoso revelava a alegre convicção de que ele era refinado; e Anne Elliot não estava longe de seus pensamentos quando descreveu, mais seriamente, a mulher que gostaria de encontrar. "Uma mente determinada e ponderação nas atitudes", tal era o início e o fim de sua descrição.

– Essa é a mulher que eu quero, – disse ele. – Até um pouco menos, e eu certamente me contentaria, mas não pode ser muito menos. Se sou tolo, serei tolo de verdade, pois pensei no assunto mais do que a maioria dos homens.

≈ CAPÍTULO VIII ≈

A partir de então, o capitão Wentworth e Anne Elliot passaram a estar repetidas vezes no mesmo círculo de pessoas. Logo estavam jantando juntos na casa do senhor Musgrove, pois o estado de saúde do menino não fornecia mais à tia um pretexto para se ausentar; e esse foi apenas o começo de outros jantares e de outros encontros.

Se antigos sentimentos haveriam de ser renovados, era algo que deveria ser posto à prova; tempos antigos deveriam, sem dúvida, ser trazidos à lembrança de cada um deles; não podiam deixar de voltar a eles; o ano de seu noivado não poderia deixar de ser citado por ele nas pequenas narrativas ou descrições que a conversa trazia à tona. Sua profissão o qualificava, sua disposição o levava a falar; e "Isso foi no ano seis", "Isso aconteceu antes que eu fosse para o mar, no ano seis" ocorreram no decorrer da primeira noite que passaram juntos: e embora a voz dele não vacilasse e embora ela não tivesse motivos para supor que seu olhar se dirigisse a ela enquanto ele falava, Anne sentiu a total impossibilidade, pelo conhecimento que tinha da mente dele, de não estar mergulhando em lembranças como ela. Deveria haver a mesma imediata associação de ideias, embora ela estivesse bem longe de imaginar que a dor fosse igual.

Não mantinham qualquer conversa entre si, nenhuma comunicação a não ser a exigida pela mais elementar cortesia. Uma vez, era tanto um para o outro! Agora, nada! Houve um tempo em que, mesmo no meio de todo o grande grupo que agora lotava a sala de estar em Uppercross, teriam achado muito difícil parar de conversar um com o outro. Excetuando-se, talvez, o almirante e a senhora Croft, que pareciam particularmente unidos e felizes (Anne não se permitiria qualquer outra exceção, mesmo entre os casais), não poderia ter havido dois corações tão abertos, gostos tão similares, sentimentos tão em uníssono, atitudes tão amorosas. Agora eram como dois estranhos; não, pior que estranhos, pois nunca poderiam tornar-se conhecidos. Era um perpétuo afastamento.

Quando ele falava, ela ouvia a mesma voz e reconhecia a mesma mente. Havia em todos no grupo uma ignorância generalizada a respeito de todas as questões navais; e ele era alvo de muitas perguntas, especialmente por parte das duas senhoritas Musgrove, que pareciam praticamente ter olhos só para ele, em relação ao modo de vida a bordo, regulamentos diários, comida, horários, etc.;

e a surpresa delas diante dos relatos, ao ficar sabendo do nível de acomodação e de organização possível a bordo, arrancaram dele agradáveis gracejos, que levaram Anne a recordar dias passados quando ela também nada sabia e ela também havia sido acusada de supor que os marinheiros vivessem a bordo sem nada para comer, sem cozinheiro para preparar as refeições se houvesse comida, ou sem criados para servir ou sem qualquer faca ou garfo para usar.

Dessa atenção e reflexão, ela foi despertada por um cochicho da senhora Musgrove que, dominada por profundo pesar, não pôde deixar de dizer:

– Ah! Senhorita Anne, se os céus tivessem feito o favor de poupar meu pobre filho, aposto que hoje ele seria alguém muito diferente.

Anne reprimiu um sorriso e ouvia amavelmente enquanto a senhora Musgrove aliviava um pouco mais o coração; e por alguns minutos, portanto, não pôde acompanhar a conversa dos outros. Quando conseguiu deixar sua atenção retomar o curso natural, viu as senhoritas Musgrove folheando o registro da Marinha (lista naval que era delas, a primeira a aparecer em Uppercross) e sentando-se lado a lado para examiná-lo, com o expresso propósito de encontrar os navios que o capitão Wentworth havia comandado.

– Lembro-me de que seu primeiro navio foi o Asp; vamos procurar o Asp.

– Não vão encontrá-lo ali. Muito desgastado e arruinado. Fui o último homem a comandá-lo. Já na época, quase totalmente inadequado para o serviço. Foi declarado apto para serviços de pequeno curso por um ano ou dois... e, em decorrência disso, fui mandado para as Índias Ocidentais.

As moças pareciam totalmente perplexas.

– O almirantado – continuou ele – de vez em quando se diverte mandando algumas centenas de homens para o mar num navio sem condições de uso. Mas tem muitos homens à disposição; e, entre os milhares que tanto podem ir para o fundo do mar como não, é impossível distinguir a tripulação que menos lhe faria falta.

– Ho! ho! – exclamou o almirante. – Quanta bobagem sai da boca desses jovens camaradas! Nunca houve chalupa melhor que o Asp em sua época. Para uma chalupa construída à moda antiga, não se veria outra igual. Feliz do camarada que conseguisse seu comando! Ele sabe que devia ter havido ao mesmo tempo vinte homens melhores do que ele, querendo comandá-la. Feliz do camarada que conseguisse algo assim tão cedo, sem nenhuma influência a não ser por sua própria capacidade.

– Sei que foi sorte minha, almirante, sem dúvida alguma, – replicou o capitão Wentworth, sério. – Fiquei tão satisfeito com meu posto quanto se pode desejar. Para mim, era um grande objetivo, na época, estar no mar... um objetivo muito grande. Queria me ocupar com alguma coisa.

– Certamente, que você queria. O que um jovem camarada como você faria em terra por meio ano seguido? Se um homem não tem esposa, logo quer zarpar novamente.

– Mas, capitão Wentworth – exclamou Louisa –, como deve ter ficado decepcionado ao chegar ao Asp e ver a velharia que lhe tinham dado.

– Sabia muito bem o que ele era antes desse dia, – disse ele, sorrindo.

– Não tinha mais descobertas a fazer do que a senhorita teria em relação ao modelo e à resistência de qualquer velha peliça que já tivesse visto ser emprestada a cerca da metade de suas conhecidas, até onde sua memória alcançava, e que, por fim, num dia muito chuvoso, fosse emprestada justamente a você. Ah! Para mim, ele era o velho e querido Asp! Fazia tudo que eu queria. Eu sabia que faria. Sabia que ou afundaríamos juntos ou ele seria minha salvação; e nunca tive dois dias seguidos de mau tempo durante todo o período em que a bordo dele estive no mar; e, depois de tomar vários navios corsários por puro divertimento, tive a sorte, em minha rota para casa no outono seguinte, de me deparar justamente com a fragata francesa que eu queria. Levei-a para Plymouth; e ali tive outro momento de sorte. Não fazia seis horas que estávamos no canal quando caiu uma tempestade que durou quatro dias e quatro noites, e que teria destruído o pobre Asp na metade do tempo, visto que nosso contato com a Grande Nação não havia melhorado muito nossa situação. Em torno de 24 horas depois, eu teria sido apenas um galante capitão Wentworth num breve parágrafo ocupando um dos cantos dos jornais; e tendo soçobrado numa mera chalupa, ninguém haveria de pensar em mim.

Os arrepios de Anne não foram externados; mas as senhoritas Musgrove podiam ser tão transparentes quanto sinceras em suas exclamações de pena e horror.

– E então, suponho – disse a senhora Musgrove, em voz baixa, como se pensasse em voz alta –, então ele foi para o Laconia, e lá conheceu nosso pobre menino... Charles, meu querido – chamando-o com um aceno para si, – pergunte ao capitão Wentworth onde foi que ele conheceu seu pobre irmão. Sempre me esqueço.

"Estavam separados apenas pela senhora Musgrove."

– Foi em Gibraltar, mãe, eu sei. Dick tinha sido deixado doente em Gibraltar, com uma recomendação de seu antigo capitão ao capitão Wentworth.

– Oh! Mas, Charles, diga ao capitão Wentworth que ele não precisa ter receio de mencionar o pobre Dick diante de mim, pois seria um prazer ouvi-lo ser citado por um amigo tão bom.

Charles, um tanto mais atento quanto às probabilidades de ser esse o caso, só meneou a cabeça em sinal de aprovação e se retirou.

As moças estavam agora procurando o Laconia; e o capitão Wentworth não se negaria ao prazer de tomar o precioso volume com as próprias mãos para lhes poupar o trabalho e ler, uma vez mais em voz alta, a breve informação relativa ao nome e à categoria do navio, e sua atual classe de barco subalterno, observando ainda que aquele também havia sido um dos melhores amigos que o homem pode ter.

– Ah, dias felizes foram aqueles em que tive o Laconia! Como ganhei dinheiro depressa com ele! Um amigo e eu fizemos uma viagem fascinante pelas Ilhas Ocidentais... Pobre Harville, minha irmã! Você sabe como ele precisava de dinheiro... muito mais do que eu. Tinha uma esposa. Excelente camarada! Nunca vou me esquecer da felicidade dele. Felicidade toda que sentia por amor a ela. Teria gostado de tê-lo comigo novamente no verão seguinte, quando tive a mesma sorte no Mediterrâneo.

– E tenho certeza, senhor – disse a senhora Musgrove – de que foi um dia de sorte para nós, quando foi nomeado capitão desse navio. Nós jamais vamos nos esquecer do que fez.

Sua emoção fez com que falasse baixo; e o capitão Wentworth, ouvindo apenas em parte, e não tendo provavelmente Dick Musgrove em seus pensamentos, olhou com ar de expectativa, como se aguardasse por algo mais.

– Meu irmão – sussurrou uma das moças; – mamãe está pensando no pobre Richard.

– Meu pobrezinho! – continuou a senhora Musgrove – Ele estava ficando tão seguro e tão bom correspondente quando sob seus cuidados! Ah! Teria sido uma felicidade se ele nunca o houvesse abandonado. Posso lhe garantir, capitão Wentworth, que lamentamos muito por ele tê-lo deixado.

Houve uma expressão momentânea no rosto do capitão Wentworth diante dessas palavras, um certo lampejo em seus olhos brilhantes e um encrespamento em sua bela boca, que convenceram Anne de que, em vez de compartilhar os amáveis desejos da senhora Musgrove em relação ao filho, ele provavelmente havia tido alguma dificuldade para se livrar dele; Mas essa condescendência de satisfação interior foi passageira demais para ser detectada por qualquer um que o entendesse menos que ela; no momento seguinte, ele já estava perfeitamente controlado e sério; e quase instantaneamente se dirigiu ao sofá em que ela e a senhora Musgrove estavam acomodadas, sentou-se ao lado desta última e começou a conversar com ela, em voz baixa, sobre o filho, fazendo-o com tanta simpatia e graça natural que demonstravam a mais benévola consideração por tudo o que era real e verdadeiro nos sentimentos dos pais.

Estavam realmente no mesmo sofá, pois a senhora Musgrove prontamente abrira espaço para ele... estavam separados apenas pela senhora Musgrove. Na verdade, não era uma barreira insignificante. A senhora Musgrove era de tamanho considerável, substancial, infinitamente mais dotado pela natureza para exprimir boa animação e bom humor do que ternura e sentimento; e enquanto as agitações da forma esbelta e do semblante pensativo de Anne podiam ser consideradas completamente escondidas, ao capitão Wentworth poderia ser concedido algum crédito pelo autocontrole com que ouvia seus amplos e gordos suspiros pelo destino de um filho com quem, quando vivo, ninguém se importara.

Porte físico e tristeza mental certamente não precisam ser exatamente proporcionais. Uma silhueta grande e volumosa tem o mesmo direito de estar em profunda aflição que o mais gracioso par de pernas do mundo. Mas, justo ou injusto, há conjunções inconvenientes que a razão tentará em vão proteger... que o bom gosto não pode tolerar... que serão tomadas pelo lado ridículo.

O almirante, depois de dar duas ou três reanimadoras voltas pela sala com as mãos nas costas, ao ser chamado à ordem pela esposa, aproximou-se então do capitão Wentworth e, sem observar o que poderia estar interrompendo, tendo em mente apenas seus próprios pensamentos, começou dizendo:

– Se você tivesse estado uma semana depois em Lisboa na primavera passada, Frederick, eu lhe teria solicitado a trazer no navio Lady Mary Grierson com as filhas.

– É mesmo? Então fico contente por não ter estado lá uma semana depois.

O almirante o recriminou por sua falta de cavalheirismo. Ele se defendeu, embora confessando que nunca admitiria de bom grado nenhuma senhora a bordo de um de seus navios, exceto para um baile ou uma visita, que durariam poucas horas.

– Mas, se me conheço bem – disse ele –, não é por falta de cavalheirismo para com elas. É, muito mais, do sentimento de como é impossível, por mais esforços e sacrifícios que se façam, proporcionar a bordo acomodações apropriadas para mulheres. Não pode haver falta de cavalheirismo, almirante, ao classificar como elevadas as exigências femininas em relação ao conforto pessoal... e é isso o que faço. Detesto ouvir falar de mulheres a bordo ou vê-las a bordo; e nenhum navio sob meu comando, se depender de mim, jamais levará uma família de senhoras para onde quer que seja.

Isso provocou a reação da irmã dele.

– Oh! Frederick! Mas não posso acreditar que isso venha de você. Que refinamento mais à toa! Mulheres podem sentir-se tão confortáveis a bordo como na melhor casa da Inglaterra. Acredito ter vivido a bordo tanto quanto a maioria das mulheres, e não conheço nada que seja superior às acomodações de um navio de guerra. Afirmo que não tenho nenhum conforto ou amenidade à minha volta – com uma gentil inclinação para Anne – mesmo em Kellynch Hall, que superem o que sempre tive na maioria dos navios em que vivi; e foram cinco, ao todo.

– Nada a ver – retrucou o irmão. – Você vivia com seu marido; e era a única mulher a bordo.

– Mas você, você mesmo, levou a senhora Harville, a irmã dela, o primo e três crianças, de Portsmouth até Plymouth. Onde estava então essa refinada e extraordinária espécie de cavalheirismo?

– Totalmente impregnado em minha amizade, Sophia. Eu ajudaria a esposa de qualquer colega oficial que pudesse e traria do fim do mundo qualquer coisa de Harville, se ele quisesse. Mas não imagine que eu não considerava tal fato um mal em si.

– Pode acreditar, todas se sentiram perfeitamente confortáveis.

– Posso não gostar muito mais delas por isso, talvez. Tantas mulheres e crianças não têm direito de se sentir confortáveis a bordo.

– Meu caro Frederick, você só está falando bobagem. Por favor, o que seria de nós, pobres esposas de marinheiros, que com tanta frequência queremos ser levadas a um porto ou outro, para junto de nossos respectivos maridos, se todos compartilhassem de seus sentimentos?

– Meus sentimentos, como vê, não me impediram de levar a senhora Harville e toda a família até Plymouth.

– Mas detesto ouvi-lo falar dessa forma, como um cavalheiro refinado e como se as mulheres fossem todas senhoras refinadas, em vez de criaturas racionais. Nenhuma de nós espera estar em águas calmas todos os dias de nossa vida.

– Ah, minha querida! – disse o almirante. – Quando ele tiver uma esposa, vai cantar outra música. Quando estiver casado, se tivermos a sorte de viver até a próxima guerra, veremos que vai fazer como você e eu, e muitos outros, fizemos. Vamos vê-lo muito grato a qualquer um que leve sua esposa de navio até ele.

– Oh! é o que veremos.

– Agora basta! – exclamou o capitão Wentworth. – Quando os casados começam a me atacar com "Oh, você vai pensar diferente quando estiver casado", só posso dizer: "Não, não vou não", e eles então dizem de novo: "Sim, vai sim", e tudo termina aí.

Ele se levantou e se afastou.

– Com certeza, a senhora deve ter viajado muito! – disse a senhora Musgrove à senhora Croft.

– Bastante, senhora, durante os quinze anos de meu casamento, embora muitas mulheres tenham viajado mais. Atravessei o Atlântico quatro vezes, e fui uma vez às Índias Orientais, ida e volta, uma vez só, além de ter estado em diversos lugares mais perto de casa: Cork, Lisboa, Gibraltar. Mas nunca passei dos Estreitos e nunca estive nas Índias Ocidentais. Não consideramos as Bermudas ou as Bahamas, bem sabe, parte das Índias Ocidentais.

A senhora Musgrove não encontrou palavra para discordar; não podia ser acusada de tê-las considerado qualquer coisa em todo o decurso de sua vida.

– E posso lhe garantir, minha senhora – prosseguiu a senhora Croft –, que nada pode superar as acomodações de um navio de guerra; falo, bem sabe, das classes superiores. A bordo de uma fragata, é claro, a gente fica mais confinada; embora qualquer mulher sensata possa ser perfeitamente feliz numa delas; e, sem dúvida alguma, posso dizer que a parte mais feliz de minha vida foi passada a bordo de um navio. Quando estávamos juntos, bem sabe, não havia nada a temer. Graças a Deus! Sempre fui abençoada com excelente saúde e nenhum clima me faz mal. Sempre ficava um pouco enjoada nas primeiras 24 horas, mas depois nunca soube o que era enjoo. A única vez em que realmente sofri no corpo ou na mente, a única vez em que de fato me senti mal ou tive qualquer sensação de perigo foi no inverno que passei sozinha em Deal, quando o almirante (então capitão Croft) estava nos mares do Norte. Na época, eu vivia em perpétuo pavor e me sentia acometida de toda doença imaginária por não saber o que fazer comigo mesma ou quando poderia ter notícias dele; mas enquanto pudemos estar juntos, nada me afligia e nunca me deparei com a menor inconveniência.

– Ah! Com certeza. Sim, de fato! Oh, sim! Estou plenamente de acordo, senhora Croft – foi a amável resposta da senhora Musgrove. – Não há nada tão ruim como uma separação. Sou totalmente da mesma opinião. Eu sei o que é isso, pois o senhor Musgrove sempre comparece às sessões do tribunal do condado, e fico deveras contente quando terminam e ele chega tranquilamente em casa.

A noite se encerrou com danças. Ao ser instada, Anne, como sempre, oferecia seus serviços e, embora seus olhos, às vezes, se enchessem de lágrimas ao sentar ao piano, estava extremamente contente por estar ocupada e nada mais desejava em troca a não ser passar despercebida.

Foi uma reunião divertida e alegre, e ninguém parecia mais bem-disposto que o capitão Wentworth. Anne sentia que ele tinha todos os motivos para estar animado, pois atraía a atenção e a deferência de todos e, especialmente, das jovens. As senhoritas Hayter, moças da família de primos já mencionada, viram ser-lhes aparentemente concedida a honra de estarem apaixonadas por ele; e quanto a Henrietta e Louisa, ambas pareciam inteiramente obcecadas por ele. Nada a não ser a manifestação contínua do mais perfeito entendimento entre as duas poderia fazer acreditar que não eram rivais declaradas. Quem poderia se surpreender se ele estivesse um pouco envaidecido por admiração tão geral, tão viva?

Esses eram alguns dos pensamentos que ocupavam Anne enquanto seus dedos percorriam o teclado automaticamente durante meia hora sem cometer erro e sem consciência do que faziam. Uma vez sentiu que ele estava olhando para ela... observando suas feições alteradas, tentando talvez detectar nelas as ruínas do rosto que um dia o haviam encantado; e uma vez soube que devia ter falado dela... quase não se deu conta até ouvir a resposta; mas teve então certeza de que ele havia perguntado à sua parceira se a senhorita Elliot nunca dançava. A resposta foi: "Oh, não, nunca; ela desistiu para sempre de dançar. Prefere tocar. Nunca se cansa de tocar." Uma vez, também, ele falou com ela. Ela havia deixado o piano ao final da dança e ele havia se sentado na banqueta para tentar tocar uma melodia, da qual desejava dar uma ideia às senhoritas Musgrove. Sem intenção, ela havia voltado para aquele lado da sala; ele a viu e, levantando-se instantaneamente, disse, com estudada polidez:

– Peço perdão, senhora, este lugar é seu.

E embora ela recuasse imediatamente, com uma negativa incisiva, ele não se deixaria induzir a sentar-se ali novamente.

Anne não queria mais saber de semelhantes olhares e falas. A fria polidez e a cerimoniosa graça dele eram piores do que qualquer outra coisa.

≈ CAPÍTULO IX ≈

O capitão Wentworth tinha ido para Kellynch como se fosse para sua própria casa, para ficar quanto tempo quisesse, uma vez que era alvo da total e fraterna benevolência do almirante e de sua esposa. Logo ao chegar, pretendera partir em seguida para Shropshire e visitar o irmão que morava naquele condado, mas os atrativos de Uppercross induziram-no a mudar de ideia. Havia tanta afabilidade, adulação, tanto de tudo o que era mais cativante na acolhida, os mais velhos eram tão hospitaleiros e os jovens tão agradáveis, que ele não pôde senão decidir permanecer onde estava e prolongar um pouco mais o convívio com os encantos e perfeições da esposa de Edward.

Logo estava com ele em Uppercross quase todos os dias. Os Musgrove dificilmente podiam se mostrar mais dispostos a convidá-lo, e ele a aceitar, especialmente pela manhã, quando não tinha companhia em casa, pois o almirante e a senhora Croft em geral saíam juntos, interessados na nova propriedade, seus gramados e ovelhas, passeando com um vagar que não seria suportável para uma terceira pessoa ou então saindo de charrete recentemente acrescentada a seus bens.

Até então, a opinião dos Musgrove e seus familiares em relação ao capitão Wentworth tinha sido unânime. Por parte de todos só havia uma invariável e calorosa admiração; mas essa íntima relação mal se havia estabelecido quando certo Charles Hayter retornou ao convívio deles, mostrando-se bastante incomodado e julgando o capitão Wentworth um intruso.

Charles Hayter era o mais velho de todos os primos e um jovem muito afável e simpático, parecendo haver, entre ele e Henrietta, uma considerável atração afetiva, anterior à chegada do capitão Wentworth. Ele era um padre já ordenado; e como tinha um curato nas proximidades, sem obrigatoriedade de residência, vivia na casa do pai, a apenas duas milhas de Uppercross. Uma curta ausência de casa havia deixado sua predileta privada de suas atenções nesse período crítico e, ao retornar, teve o desgosto de encontrar atitudes muito alteradas, além da presença do capitão Wentworth.

A senhora Musgrove e a senhora Hayter eram irmãs. Ambas tinham sido ricas, mas os respectivos casamentos haviam acarretado uma grande diferença em sua posição social. O senhor Hayter tinha algumas posses, mas eram insignificantes em comparação com as do senhor Musgrove; e enquanto os Musgrove pertenciam à primeira classe da sociedade local, os jovens Hayter, em decorrência do modo de vida inferior, isolado e tosco dos pais e de sua própria instrução deficiente, dificilmente haveriam de pertencer a alguma classe a não ser por sua relação de parentesco com Uppercross, excetuando-se, é claro, esse filho mais velho, que havia optado por ser um homem instruído e um cavalheiro, e que era muito superior a todos os outros em cultura e boas maneiras.

As duas famílias sempre haviam mantido um ótimo relacionamento, não havendo orgulho de um lado nem inveja do outro, e somente certa consciência de superioridade por parte das senhoritas Musgrove que as deixava contentes em poder aprimorar as condições dos primos. As atenções de Charles para com Henrietta haviam sido observadas pelos pais sem qualquer desaprovação. "Não seria um grande casamento para ela; mas se Henrietta gosta dele..." E Henrietta parecia realmente gostar dele.

A própria Henrietta tinha absoluta certeza disso antes da chegada do capitão Wentworth; mas a partir de então o primo Charles tinha sido praticamente esquecido.

Qual das duas irmãs era preferida pelo capitão Wentworth era ainda bastante duvidoso, até onde alcançava a observação de Anne. Henrietta era talvez a mais bonita, e Louisa era bem mais alegre; e ela não sabia agora se a de caráter mais meigo ou a de caráter mais expansivo tinha mais probabilidade de atraí-lo.

O senhor e a senhora Musgrove, fosse por não observarem muito ou por inteira confiança na discrição de ambas as filhas e de todos os jovens que delas se aproximavam, pareciam deixar tudo por conta do acaso. Não havia a menor aparência de ansiedade ou de comentários a respeito delas na Great House; mas no Cottage era diferente: ali, o jovem casal era mais propenso a especular e a conjeturar; e o capitão Wentworth não havia estado mais que quatro ou cinco vezes em companhia das senhoritas Musgrove, e Charles Hayter mal havia reaparecido, quando Anne teve de ouvir as opiniões do cunhado e da irmã sobre qual das duas era a preferida. Charles apostava em Louisa, Mary em Henrietta, mas os dois concordavam que vê-lo casado com qualquer uma das duas seria por demais encantador.

Charles "nunca tinha visto homem mais agradável em toda a sua vida; e, pelo que tinha ouvido o próprio capitão Wentworth dizer uma vez, tinha toda a certeza de que ele não havia acumulado menos de 20 mil libras durante a guerra. Isso era realmente uma fortuna; além do que, haveria a possibilidade de que poderia ganhar mais ainda em qualquer guerra futura; e não tinha dúvida de que o capitão Wentworth era o tipo de homem que se distinguiria como qualquer outro oficial da Marinha. Oh! Seria um ótimo casamento para qualquer uma das duas irmãs".

– Não resta dúvida, que seria – replicou Mary. – Meu Deus! E se ele fosse agraciado com uma grande honraria! E se fosse nomeado baronete! "Lady Wentworth" soa muito bem. Na verdade, seria algo maravilhoso para Henrietta! Ela então teria a primazia em relação a mim, e Henrietta não se aborreceria com isso. Sir Frederick e Lady Wentworth! Mas seria um título novo, e nunca tenho em grande conta esses títulos novos.

Era mais conveniente para Mary pensar que Henrietta fosse a preferida, exatamente por causa de Charles Hayter, cujas pretensões ela desejava ver anuladas. Ela desprezava decididamente os Hayter e pensava que seria realmente uma infelicidade ver renovados os laços já existentes entre as duas famílias... muito triste para ela e para seus filhos.

– Sabe – disse ela –, não consigo pensar nele como um bom partido para Henrietta; e considerando as alianças feitas pelos Musgrove, ela não tem o direito de se jogar fora. Não acho que moça alguma tenha o direito de fazer uma escolha que possa ser desagradável e inconveniente para a parte mais importante da família e criar laços menos bons para aqueles que a eles não estão acostumados. E, por favor, quem é Charles Hayter? Um simples cura de aldeia. É um enlace realmente impróprio para a senhorita Musgrove de Uppercross.

O marido, contudo, não concordava com ela nesse ponto; pois, além de ter apreço pelo primo, Charles Hayter era um primogênito, e ele via as coisas como primogênito que também era.

– Agora você está falando bobagens, Mary – foi, portanto, sua resposta. – Não seria um grande partido para Henrietta, mas Charles tem uma chance muito boa, por intermédio dos Spicer, de obter algo do bispo no decorrer de um ou dois anos; e, por gentileza, lembre-se de que ele é o filho primogênito: quando meu tio morrer, ele vai receber uma bela herança. A propriedade de Winthrop não tem menos de 250 acres, além da fazenda perto de Taunton, que é uma das melhores terras da região. Concedo que qualquer um deles, exceto Charles, seria um partido inconveniente para Henrietta e, na verdade, não poderia ser; ele é o único que poderia ser possível; ele é muito afável, um bom camarada; e quando

Winthrop cair em suas mãos, irá transformá-la num lugar bem diferente e viverá de uma maneira muito diferente; e com essa propriedade nunca será um homem desprezível... uma boa e perpétua propriedade. Não, não: Henrietta poderia fazer coisa bem pior do que se casar com Charles Hayter; e, se ela ficar com ele e Louisa conquistar o capitão Wentworth, estarei realmente muito satisfeito.

– Charles pode dizer o que quiser, – exclamou Mary para Anne, assim que ele saiu da sala –, mas seria chocante ver Henrietta se casar com Charles Hayter: seria muito ruim para ela, e pior ainda para mim; e, portanto, é de todo desejável que o capitão Wentworth logo o tire inteiramente da cabeça dela, e tenho muito pouca dúvida de que já o fez. Ela mal deu atenção a Charles Hayter ontem. Queria que você tivesse estado lá para ver como ela se comportou. E quanto ao capitão Wentworth gostar tanto de Louisa quanto de Henrietta, é tolice afirmar isso, pois ele com certeza gosta muito mais de Henrietta. Mas Charles é tão otimista! Queria que você tivesse estado conosco ontem, pois assim poderia ter decidido entre nós dois; e tenho certeza de que teria pensado como eu, a menos que estivesse decidida a ficar contra mim.

Um jantar na casa dos Musgrove havia sido a ocasião em que todas essas coisas deveriam ter sido vistas por Anne; mas ela havia ficado em casa, sob o duplo pretexto de uma dor de cabeça e de leve quadro de indisposição no pequeno Charles. Só havia pensado em evitar o capitão Wentworth; mas escapar de ser chamada como árbitro somava-se agora às vantagens de uma noite tranquila.

Quanto à preferência do capitão Wentworth, ela considerava mais importante que ele deveria se definir o mais cedo possível para não colocar em risco a felicidade de nenhuma das duas irmãs ou prejudicar sua própria honra, do que o fato de preferir Henrietta a Louisa ou Louisa a Henrietta. Qualquer uma das duas seria, com toda a probabilidade, uma esposa afetuosa e bem-humorada. Com relação a Charles Hayter, Anne possuía uma sensibilidade que devia se magoar pela conduta leviana de uma jovem bem-intencionada, e um coração que simpatizava com qualquer sofrimento ocasionado por essa conduta; mas caso Henrietta descobrisse estar enganada quanto à natureza de seus sentimentos, esse engano não haveria de transparecer tão cedo.

Charles Hayter havia encontrado no comportamento da prima muito com que se inquietar e consternar. Sua estima por ele era demasiado antiga para que ela demonstrasse um distanciamento tão grande a ponto de, em apenas dois encontros, extinguir todas as esperanças passadas, deixá-lo sem outra alternativa a não ser afastar-se de Uppercross; mas a mudança era tamanha que se tornava realmente alarmante quando um homem como o capitão Wentworth podia ser considerado a provável causa. Ele havia se ausentado somente por dois domingos; e quando os dois se separaram, ela continuava interessada, até mesmo na ambição acalentada por ele com a perspectiva de logo deixar a atual paróquia e obter a de Uppercross. Tinha-lhe parecido então que o desejo mais caro a seu coração era que o Dr. Shirley, o reitor, que por mais de quarenta anos vinha cumprindo zelosamente todos os deveres do cargo, mas que agora estava demasiado doente para muitos deles, se decidisse a solicitar os serviços de um pároco, o que tornaria a paróquia tão boa quanto pudesse se permitir e que a prometesse a Charles Hayter. A vantagem de ter de ir apenas até Uppercross, em vez de percorrer seis milhas na direção contrária, de ter uma paróquia melhor sob todos os aspectos, de estar a serviço do caro Dr. Shirley, e de o caro e bom Dr. Shirley ser poupado dos deveres que não podia mais exercer sem penosa fadiga, representaria muito até mesmo para Louisa, mas havia representado tudo para Henrietta. Quando ele voltou, infelizmente todo o zelo pela causa havia desaparecido. Louisa nem sequer se interessou em ouvir todo o relato de uma conversa que ele acabara de ter com o Dr. Shirley: estava à janela, à espera do capitão Wentworth; e até mesmo Henrietta teve, no máximo, apenas uma atenção dividida a lhe dar e parecia ter esquecido todas as antigas dúvidas e preocupações relativas à negociação.

– Bem, na verdade, fico muito contente; mas sempre achei que você iria consegui-la... sempre tive certeza. Não me parecia que... em resumo, você sabe, o Dr. Shirley precisa de um pároco, e você já havia obtido dele a promessa. Ele está chegando, Louisa?

Certa manhã, pouco tempo depois do jantar na casa dos Musgrove, ao qual Anne não estivera presente, o capitão Wentworth entrou na sala de estar do Cottage, onde estavam somente ela e o pequeno e doente Charles, deitado no sofá.

A surpresa de se encontrar quase a sós com Anne Elliot privou os modos dele da habitual compostura: ele se espantou e, antes de caminhar até a janela para se recompor e refletir sobre como deveria se comportar, só conseguiu dizer: "Pensei que as senhoritas Musgrove estivessem aqui; a senhora Musgrove me disse que as encontraria aqui."

– Estão no andar de cima com minha irmã; vão descer daqui a momentos, ouso dizer – foi a resposta de Anne, toda confusa como era natural; e, se o menino não a houvesse chamado para fazer algo para ele, teria saído da sala no momento seguinte para alívio do capitão Wentworth como o dela própria.

Ele continuou colado à janela; e, depois de dizer calma e polidamente "Espero que o menino esteja melhor", ficou em silêncio.

Ela foi obrigada a ajoelhar-se perto do sofá e permanecer assim para contentar seu paciente; e dessa maneira permaneceram durante alguns minutos quando, para sua imensa satisfação, ouviu alguém atravessando o pequeno vestíbulo. Esperava, ao virar a cabeça, ver o dono da casa; mas era alguém muito menos adequado para facilitar as coisas... Charles Hayter, provavelmente tão contrariado ao ver o capitão Wentworth quanto o capitão Wentworth havia ficado ao ver Anne.

Ela só tentou dizer: "Como vai? Não quer sentar-se? Os outros já vão chegar."

O capitão Wentworth, contudo, veio da janela, aparentemente com a boa intenção de conversar; mas Charles Hayter logo pôs um fim a suas tentativas ao sentar-se perto da mesa e apanhar o jornal; e o capitão Wentworth retornou à sua janela.

Outro minuto trouxe outro acréscimo. O menino mais novo, criança notadamente robusta e extrovertida, de dois anos de idade, tendo conseguido que alguém do lado de fora lhe abrisse a porta, fez sua decidida aparição perante eles e foi diretamente para o sofá, a fim de ver o que estava acontecendo e pedir qualquer coisa gostosa que pudesse estar sendo distribuída.

Como não havia nada para comer, só lhe restava brincar um pouco; e como a tia não o deixasse perturbar o irmão adoentado, começou a se agarrar a ela, que estava ajoelhada e ocupada com Charles, de tal maneira que ela não conseguia se desvencilhar dele. Falou com ele, ordenou, pediu e insistiu em vão. Conseguiu empurrá-lo para longe uma vez, mas o menino teve ainda mais prazer em voltar a subir imediatamente em suas costas.

– Walter – disse ela –, desça daí agora mesmo. Você está perturbando demais. Estou muito zangada com você.

– Walter, – gritou Charles Hayter – por que não faz o que estão mandando? Não ouve o que sua tia está dizendo? Venha cá, Walter; venha com o primo Charles.

Mas Walter não se moveu.

No momento seguinte, porém, ela se sentiu na situação de estar sendo libertada dele; alguém o estava tirando de cima dela, embora ele a tivesse feito baixar tanto a cabeça que suas fortes mãozinhas tiveram de ser descoladas do pescoço dela e ele foi resolutamente retirado, antes que ela soubesse que fora o capitão Wentworth quem o havia feito.

Suas sensações ao fazer a descoberta deixaram-na totalmente sem fala. Não conseguiu sequer lhe agradecer. Só pôde debruçar-se sobre o pequeno Charles com os sentimentos totalmente desordenados. A gentileza dele ao se adiantar para libertá-la, a maneira e o silêncio como foi feito, os pequenos detalhes da circunstância somados à convicção que logo foi forçada a admitir, pelo barulho que ele deliberadamente estava fazendo com o menino, de que ele pretendia evitar seus agradecimentos e, mais ainda, provocado para demonstrar que conversar com ela era o último de seus desejos, produziram tal confusão de variada, mas muito dolorosa, agitação de que não pôde se recobrar, até que a entrada de Mary e das senhoritas Musgrove lhe permitisse confiar o pequeno paciente a seus cuidados e se retirar da sala. Não podia ficar. Poderia ter sido uma oportunidade para observar os amores e os ciúmes dos quatro... estavam todos juntos agora; mas ela não poderia ficar para nada disso. Era evidente que Charles Hayter não nutria nenhuma simpatia pelo capitão Wentworth. Ela teve a nítida impressão de tê-lo ouvido dizer, num tom de voz irritado, depois da interferência do capitão Wentworth: "Você deveria ter me ouvido, Walter; eu lhe disse para não perturbar sua tia." E podia compreender seu desagrado pelo fato de o capitão Wentworth fazer o que ele próprio deveria ter feito. Mas nem os sentimentos de Charles Hayter nem os sentimentos de mais ninguém poderiam interessá-la antes que ela tivesse posto um pouco de ordem nos seus. Sentia vergonha de si mesma, tinha muita vergonha de ter ficado tão nervosa, tão abalada por semelhante ninharia; mas assim era, e foi preciso um longo período de solidão e reflexão para se recobrar.

≈ CAPÍTULO X ≈

Outras oportunidades de fazer suas observações não poderiam deixar de ocorrer. E logo Anne já havia estado em companhia dos quatro juntos com bastante frequência para formar uma opinião, embora fosse sensata demais para externá-la em casa, onde sabia que seu julgamento não teria agradado nem ao marido nem à esposa; pois, embora considerasse que a favorita fosse Louisa, não podia deixar de pensar, até onde se atrevia a julgar com base na memória e na experiência, que o capitão Wentworth não estava apaixonado por nenhuma das duas. Elas estavam mais apaixonadas por ele; mas mesmo isso não era amor. Era uma pequena febre de admiração; mas que poderia, provavelmente deveria, se transformar em amor por parte de alguém. Charles Hayter parecia estar ciente de ser menosprezado, mas ainda assim Henrietta às vezes dava a impressão de estar dividida entre os dois. Anne ansiava poder expor a eles tudo o que se passava e ressaltar alguns dos riscos a que estavam se expondo. Não atribuía culpa a nenhum deles. Sua maior satisfação foi acreditar que o capitão Wentworth não tinha a menor consciência da dor que estava ocasionando. Não havia triunfo, nenhum triunfo mesquinho, em suas maneiras. Provavelmente nunca tinha ouvido falar nem tinha pensado que houvesse qualquer pretensão por parte de Charles Hayter. Ele só errava ao aceitar (pois aceitar deve ser a palavra adequada) as atenções de duas moças ao mesmo tempo.

Depois de um breve combate, no entanto, Charles Hayter pareceu abandonar o campo de batalha. Três dias se passaram sem que ele fosse uma única vez a Uppercross; uma mudança incisiva. Chegara até a recusar um convite formal para jantar; e, na mesma ocasião, tendo sido flagrado pelo senhor Musgrove com alguns livros grandes diante de si, o senhor e a senhora Musgrove tiveram certeza de que nem tudo poderia estar correndo bem e comentaram, com semblantes carregados, que ele estava se matando de tanto estudar. Mary esperava e acreditava que ele havia recebido uma recusa decisiva de Henrietta, e o marido vivia na constante expectativa de vê-lo no dia seguinte. Anne só podia pensar que Charles Hayter era sensato.

Certa manhã, em torno desse período, quando Charles Musgrove e o capitão Wentworth tinham saído juntos para caçar, e quando as irmãs no Cottage estavam tranquilamente sentadas trabalhando, foram vistas à janela pelas irmãs da Great House.

Era um belo dia de novembro e as senhoritas Musgrove atravessaram o pequeno gramado e pararam com o único propósito de dizer que estavam preparadas para fazer uma longa caminhada, e por isso concluíram que Mary não gostaria de ir com elas; e quando Mary imediatamente replicou, um tanto ofendida por não ser considerada uma boa caminhante, "Oh! Sim, gostaria muito de acompanhá-las, gosto muito de uma longa caminhada", Anne se sentiu persuadida, pelos olhares das duas moças, que era precisamente o que elas não desejavam, e novamente se admirou da espécie de necessidade que os hábitos familiares pareciam produzir, de que tudo devia ser comunicado e tudo devia ser feito junto, por mais indesejável e inconveniente que fosse. Tentou dissuadir Mary de ir, mas em vão; e, assim sendo, achou melhor aceitar o convite muito mais cordial que lhe foi feito pelas senhoritas Musgrove para que ela também fosse, visto que poderia ser útil retornando com a irmã e minimizar a interferência em qualquer plano que as duas pudessem ter.

– Não consigo imaginar por que elas iriam supor que não gosto de uma longa caminhada! – disse Mary, enquanto subia para o andar de cima. – Todos estão sempre supondo que não sou uma boa caminhante! E ainda assim, não teriam ficado satisfeitas, caso tivéssemos recusado a acompanhá-las. Quando as pessoas vêm dessa forma deliberada nos convidar, como é que se pode dizer não?

Exatamente no momento em que estavam partindo, os cavalheiros retornaram. Haviam levado um cão jovem que lhes havia arruinado a caçada e os havia obrigado a voltar cedo. Seu tempo e vigor, juntamente com sua disposição eram, portanto, os mais particularmente apropriados para essa caminhada e eles se somaram ao grupo com prazer. Se Anne pudesse ter previsto tal encontro, teria ficado em casa; mas, movida por algum tipo de interesse e curiosidade, imaginou que agora fosse tarde demais para recuar, e os seis partiram juntos na direção escolhida pelas senhoritas Musgrove, que evidentemente se consideravam as guias da caminhada.

O objetivo de Anne era não se atravessar no caminho de ninguém e, quando as trilhas estreitas através dos campos tornavam necessárias muitas separações, manter-se junto ao cunhado e à irmã. Para ela, o prazer da caminhada deveria brotar do exercício e do dia, da visão dos últimos sorrisos do ano sobre as folhas amareladas e as sebes ressequidas, e da repetição para si mesma de algumas das milhares de descrições poéticas existentes do outono, essa estação de peculiar e inexaurível influência sobre as mentes de bom gosto e ternura, essa estação que havia inspirado em todo poeta, digno de ser lido, alguma tentativa de descrição ou algumas linhas de emoção. Ela ocupava a mente tanto quanto possível nessas meditações e citações; mas era impossível, quando estava ao alcance da conversa do capitão Wentworth com qualquer das duas senhoritas Musgrove, que não tentasse ouvi-la; ainda assim, de pouca importância era o que escutava. Era simples conversa animada, como poderiam ter quaisquer jovens de relações mais próximas. Ele se entretinha mais em Louisa do que com Henrietta. Certamente Louisa dava mais motivos para interessá-lo do que a irmã. Essa distinção parecia aumentar, e então uma fala de Louisa a surpreendeu. Depois de um dos muitos elogios ao dia, que afluíam continuamente, o capitão Wentworth acrescentou:

– Que tempo glorioso para o almirante e minha irmã! Eles pretendiam fazer um longo passeio de charrete hoje pela manhã; talvez possamos saudá-los numa dessas colinas. Falaram em vir para este lado dos campos. Pergunto-me onde vão capotar hoje. Oh! Acontece com frequência, posso lhe garantir; mas minha irmã não se preocupa: para ela tanto faz ser ou não atirada para longe.

– Ah! Está exagerando, sei disso – exclamou Louisa; – mas se realmente assim fosse, eu faria exatamente o mesmo no lugar dela. Se eu amasse um homem como ela ama o almirante, estaria sempre com ele, nada poderia nos separar, e eu preferiria capotar com ele a ser conduzida em segurança por qualquer outra pessoa.

Isso foi dito com entusiasmo.

– É mesmo? – exclamou ele, empregando o mesmo tom. – Meus cumprimentos!

E por breves momentos houve silêncio entre os dois.

Anne não conseguiu relembrar imediatamente alguma citação. As delicadas cenas de outono foram deixadas de lado por instantes, exceto por um terno soneto, carregado de adequada analogia do ano em declínio, da felicidade em declínio e das imagens da juventude, da esperança e da primavera, todas perdidas ao mesmo tempo, que ressurgiu em sua memória. Quando entraram ordenadamente em outra trilha, ela se sentiu estimulada a dizer: "Este não é um dos caminhos para Winthrop?" Mas ninguém a ouviu ou, pelo menos, ninguém lhe respondeu.

Winthrop, no entanto, ou suas redondezas – pois os jovens, às vezes, para ficar ao alcance da vista, perambulavam por aí, mais perto de casa – era seu destino; e depois de mais meia milha de gradual subida entre amplas cercas, onde os arados em atividade e os sulcos recém-abertos revelavam o agricultor desafiando as amenidades da melancolia poética e suspirando por nova primavera, chegaram ao topo da colina mais alta, que separava Uppercross de Winthrop, e logo dominaram toda a vista da última, no sopé da colina, do outro lado.

Winthrop, sem beleza e sem dignidade, estendia-se diante deles; uma casa sem destaque, baixa e cercada de celeiros e de dependências da fazenda.

Mary exclamou: "Meu Deus! Aqui está Winthrop. Afirmo que não fazia ideia! Bem, agora acho melhor voltar; estou excessivamente cansada."

Henrietta, embaraçada e envergonhada, e não vendo o primo Charles percorrendo alguma trilha ou encostado em algum portão, estava pronta a fazer o que Mary queria. Mas "Não", disse Charles Musgrove, e "Não, não", exclamou Louisa, mais impulsivamente, e puxando a irmã de lado, pareceu discutir o assunto de forma acalorada.

Charles, nesse meio tempo, passou a afirmar decididamente sua resolução de visitar a tia, agora que estava tão perto; e evidentemente, embora de forma mais receosa, tentava persuadir a esposa a ir também. Mas esse foi um dos pontos em que a senhora mostrou sua força e quando ele salientou a vantagem de descansar por um quarto de hora em Winthrop, visto que se sentia tão cansada, ela resolutamente respondeu:: "Oh!, não, de maneira nenhuma!... Subir outra vez aquela colina lhe faria mais mal do que qualquer período sentada poderia lhe fazer bem;" e, em resumo, seu olhar e seus modos afirmavam que ela não iria.

Depois de pequena sucessão dessa espécie de debates e consultas, ficou decidido entre Charles e suas duas irmãs que ele e Henrietta iriam somente dar uma descida rápida para ver a tia e os primos, enquanto o resto do grupo ficaria aguardando por eles no alto da colina. Louisa parecia a principal organizadora do plano; e quando ela desceu um pequeno trecho da colina, ainda falando com Henrietta, Mary viu a oportunidade para olhar com desprezo a seu redor e dizer ao capitão Wentworth:

– É muito desagradável ter parentes desse tipo! Mas eu lhe garanto que não estive na casa mais de duas vezes em minha vida.

Não recebeu outra resposta senão um sorriso artificial de concordância, seguido, ao virar de lado, por um olhar de desdém, cujo significado Anne conhecia perfeitamente.

O topo da colina, onde ficaram, era um lugar agradável: Louisa voltou; e Mary, encontrando um confortável assento no degrau de uma passagem na cerca, estava bem satisfeita conquanto todos os outros estavam de pé à sua volta; mas quando Louisa levou consigo o capitão Wentworth para tentar colher avelãs numa cerca-viva próxima e depois foram andando aos poucos até ficarem fora do alcance dos olhos e dos ouvidos, Mary não mais estava feliz: reclamou do próprio assento... tinha certeza de que Louisa havia encontrado outro melhor em algum lugar... e nada poderia impedi-la de sair à procura de outro melhor também. Passou pela mesma porteira, mas não conseguiu vê-los. Anne encontrou um bom lugar para se sentar, num montículo seco e ensolarado, sob a cerca-viva, junto da qual, não tinha dúvida, os dois ainda estariam, em algum local ou outro. Mary sentou-se por um momento, mas o local não lhe servia; estava certa de que Louisa havia encontrado um assento melhor em algum lugar e iria continuar procurando até conseguir algo melhor que ela.

Anne, realmente cansada, ficou contente por sentar-se; e logo ouviu o capitão Wentworth e Louisa na sebe, atrás dela, como se estivessem voltando ao longo daquela espécie de canal rudimentar e selvagem que descia pelo centro. Estavam conversando ao se aproximar. A voz de Louisa foi a primeira que ela distinguiu. Ela parecia estar no meio de um discurso inflamado. O que Anne ouviu primeiro foi:

– E assim, eu a mandei ir. Não podia tolerar que ela se eximisse da visita por semelhante bobagem. O quê? Acaso eu iria deixar de fazer algo que estava decidida a fazer e que sabia ser correto, por causa das atitudes e da interferência de tal pessoa ou de qualquer pessoa que fosse? Não, ninguém iria me persuadir tão facilmente. Quando tomo uma decisão, está tomada.

E Henrietta parecia inteiramente decidida a fazer uma visita a Winthrop hoje; e, mesmo assim, esteve a ponto de desistir por causa de uma complacência sem sentido!

– Então ela teria voltado atrás, se não fosse pela senhorita?

– Teria, de fato. Sinto-me quase envergonhada ao dizê-lo.

– Feliz dela por ter uma mente como a sua à mão! Depois das indicações que acabou de me dar, que só fazem confirmar minhas próprias observações da última vez que estive na companhia dele, não preciso fingir que não compreendo o que está acontecendo. Percebo que estava em questão mais que uma mera visita matinal de dever à sua tia; e ai dele, e dela também, quando se tratam de coisas importantes, quando eles estiverem envolvidos em circunstâncias que requeiram coragem e força de caráter, se ela não tem nem sequer ânimo suficiente para resistir a uma interferência fútil numa ninharia como essa. Sua irmã é uma criatura afável; mas vejo que é a senhorita quem tem o poder de decisão e firmeza. Se preza a conduta ou a felicidade dela, infunda nela o máximo que puder seu espírito. Mas isso, sem dúvida, já o vem fazendo. O pior dos males de um temperamento demasiado maleável e indeciso é não se poder confiar em qualquer influência exercida sobre ele. Nunca se pode ter certeza de que uma boa impressão vá ser durável: qualquer um pode abalá-la. Quem quiser ser feliz, que seja firme. Aqui está uma avelã – disse ele, colhendo-a do ramo mais alto – para exemplificar: uma bela e reluzente avelã que, abençoada com a força original, sobreviveu a todas as tempestades do outono. Não tem um furo sequer, nenhum ponto fraco em lugar algum. Esta avelã – continuou ele, com jocosa solenidade –, enquanto muitas de suas companheiras caíram e foram pisoteadas, ainda possui toda a felicidade de que se pode supor capaz uma avelã. – Voltando então ao sério tom anterior: – Meu primeiro desejo em relação a todos por quem me interesso é que sejam firmes. Se Louisa Musgrove quiser ser bela e feliz no outono da vida, deverá tratar com carinho todas as suas atuais forças do espírito.

Ele havia terminado, e ficou sem resposta. Anne teria ficado surpresa, se Louisa tivesse respondido prontamente a semelhante fala... palavras tão interessantes, ditas com tão sério ardor! Ela podia imaginar o que Louisa estava sentindo. Quanto a ela própria, tinha medo de se mover, com receio de ser vista. Enquanto ali permanecesse, um arbusto baixo de azevinho a protegia e eles foram se afastando. Antes que estivessem fora do alcance de seus ouvidos, contudo, Louisa tornou a falar.

– Mary é bastante benévola sob muitos aspectos – disse ela –, mas às vezes me exaspera demais com seus disparates e com seu orgulho... o orgulho dos Elliot. Ela tem uma porção grande demais do orgulho dos Elliot. Nós queríamos tanto que Charles se tivesse casado com Anne, e não com ela. Suponho que saiba que ele queria se casar com Anne.

Depois de uma pausa momentânea, o capitão Wentworth perguntou:

– Está querendo dizer que ela o recusou?

– Oh! Sim; com certeza.

– Quando isso aconteceu?

– Não sei exatamente, porque Henrietta e eu estávamos na escola na época; mas acredito que foi cerca de um ano antes que ele se casasse com Mary. Eu bem que desejava que ela o tivesse aceitado. Todos nós teríamos gostado muito mais; e papai e mamãe sempre acharam que ela não aceitou por interferência de sua grande amiga Lady Russell. Acham que Charles poderia não ser bastante culto e letrado para agradar Lady Russell e que, portanto, ela persuadiu Anne a recusá-lo.

Os sons estavam se distanciando e Anne não distinguia mais nada. Suas próprias emoções ainda a mantinham imóvel. Tinha muito do que se recobrar antes de conseguir se mexer. O destino proverbial de quem escuta não a atingiu em absoluto... não havia ouvido falar mal dela; mas tinha ouvido muitas coisas de significado muito doloroso. Via como o próprio caráter dela era julgado pelo capitão Wentworth; e houve precisamente aquele grau de emoção e curiosidade, no modo de reagir dele, que devia lhe provocar extrema agitação.

Tão logo pôde, foi à procura de Mary e, tendo-a encontrado e voltado com ela até o lugar anterior, perto da sebe, sentiu algum reconforto ao ver o grupo todo reunido imediatamente depois, e mais uma vez andando juntos. Seu estado de espírito precisava de solidão e silêncio que só um numeroso grupo pode proporcionar.

Charles e Henrietta regressaram, trazendo consigo, como era de esperar, Charles Hayter. Anne nem sequer tentou compreender os detalhes do que havia acontecido... nem mesmo o capitão Wentworth parecia ter recebido informações pormenorizadas; mas não restava dúvidas de que houvera um recuo por parte do cavalheiro e uma concessão por parte da dama, visto que agora os dois estavam muito contentes por estarem juntos novamente. Henrietta parecia um pouco envergonhada, mas muito satisfeita; Charles Hayter estava extremamente feliz; e os dois se dedicaram um ao outro desde o primeiro instante quase em que partiram todos juntos a caminho de Uppercross.

Tudo agora indicava que Louisa parecia destinada ao capitão Wentworth: nada poderia ser mais claro; e onde muitas separações eram necessárias, ou mesmo onde não o eram, os dois andavam lado a lado tanto quanto o outro casal. Numa longa faixa de pradaria, em que havia amplo espaço para todos, ficaram divididos, formando três grupos distintos; e Anne naturalmente pertencia ao grupo de três que mostrava menos animação e menos complacência. Pôs-se a caminhar junto com Charles e Mary, e estava cansada demais para se sentir contente em segurar o outro braço de Charles; mas Charles, embora muito bem-humorado com ela, estava zangado com a esposa. Mary havia agido de forma descortês com ele e agora deveria sofrer as consequências... consequências que consistiam em deixar cair o braço dela quase a todo instante, para cortar as pontas de algumas urtigas na sebe com um bastão; e quando Mary começou a queixar-se e a lamentar por ser desconsiderada, como de costume, por estar do lado da sebe, enquanto Anne nunca era incomodada do outro, ele largou os braços de ambas para correr atrás de uma doninha que tinha visto de repente, e elas quase não conseguiram alcançá-lo.

Essa extensa pradaria era margeada por uma estrada que deveriam atravessar no final; e quando todo o grupo tinha chegado ao portão de saída, a carruagem que avançava na mesma direção, que era ouvida há algum tempo, chegava no mesmo instante e era realmente a charrete do almirante. Ele e a esposa tinham ido fazer o passeio que pretendiam e estavam voltando para casa. Ao ficar sabendo da longa caminhada que os jovens tinham feito, gentilmente ofereceram um lugar a uma das senhoras que estivesse particularmente cansada; isso lhe pouparia uma milha inteira e eles iriam passar por Uppercross. O convite foi feito a todas, e todas o declinaram. As senhoritas Musgrove por não estarem nada cansadas, e Mary por esta ofendida ou por não ter recebido o convite antes de nenhuma das outras ou ainda porque, aquilo que Louisa chamava de orgulho dos Elliot, não haveria de suportar ser a terceira passageira numa charrete puxada por um só cavalo.

O grupo de caminhantes já havia atravessado a estrada e estava subindo os degraus de uma escadaria diante de uma porteira, no lado oposto, enquanto o almirante punha novamente em movimento seu cavalo, quando o capitão Wentworth atravessou a sebe num instante para dizer algo à irmã. O que ele disse pôde ser adivinhado pelos efeitos que produziu.

– Senhorita Elliot, tenho certeza de que está cansada – exclamou a senhora Croft. – Conceda-nos o prazer de levá-la até em casa. Aqui há espaço mais que suficiente para três, asseguro-lhe. Se fôssemos todos como a senhorita, acredito que caberiam quatro. Aceite, de coração, aceite.

Anne estava ainda na estrada e, embora instintivamente começando a declinar, não lhe permitiram prosseguir. A gentil insistência do almirante veio em apoio à da esposa: não aceitariam recusa; os dois se apertaram no menor espaço possível para lhe ceder um canto; e o capitão Wentworth, sem dizer palavra, voltou-se para ela e calmamente ajudou-a a subir na carruagem.

Sim... ele o havia feito. Ela estava na carruagem e sentia que ele a havia colocado ali, que a vontade e as mãos dele haviam feito isso, que o devia à percepção que ele tivera de seu cansaço e à decisão de lhe dar descanso. Estava muito emocionada pela visão da disposição dele para com ela, que todas essas coisas deixavam transparecer. Essa pequena circunstância parecia completar tudo o que havia acontecido antes. Ela o compreendia. Ele não podia perdoá-la, mas não podia ser insensível. Mesmo condenando-a pelo passado e considerando-o com elevado e injusto ressentimento, ainda que perfeitamente indiferente a ela e embora estivesse começando a se afeiçoar a outra, ainda assim não podia vê-la sofrer sem o desejo de propiciar-lhe alívio. Era um resquício do antigo sentimento; era um impulso de pura, embora não admitida, amizade; era uma prova de seu próprio coração caloroso e afável, que ela não podia contemplar sem emoções tão mescladas de prazer e dor que ela não sabia qual dos dois prevalecia.

Suas respostas à gentileza e às observações de seus companheiros foram dadas, de início, de forma inconsciente. Já haviam percorrido metade do caminho pela estrada irregular antes que ela se desse conta do que estavam falando Percebeu então que estavam falando de "Frederick".

– Ele certamente tem a intenção de escolher uma daquelas duas moças, Sophy – disse o almirante –, mas não há como saber qual delas. Está correndo atrás delas há tempo suficiente para se decidir. Ah, isso acontece em tempos de paz. Se houvesse guerra agora, ele já teria resolvido esse assunto há muito tempo. Nós marinheiros, senhorita Elliot, não podemos nos permitir cortejar as moças por longos períodos em tempo de guerra. Quantos dias se passaram, querida, entre a primeira vez em que a vi e o dia em que nos sentamos juntos em nossos aposentos de North Yarmouth?

– É melhor não falar nisso, querido – replicou a senhora Croft, jocosamente –, pois se a senhorita Elliot soubesse com que rapidez nos entendemos, jamais se deixaria persuadir de que pudéssemos ser felizes juntos. Mas muito tempo antes eu já conhecia seu caráter.

– Bem, e eu tinha ouvido dizer que você era uma moça muito bonita; e, além do mais, que motivos tínhamos para esperar? Não gosto de me demorar muito nessas coisas. Desejaria que Frederick enfunasse um pouco mais as velas e nos trouxesse uma dessas moças para casa em Kellynch. Haveria então sempre boa companhia para eles. E ambas são ótimas moças; mal consigo distinguir uma da outra.

– De fato, moças muito bem-humoradas e nada afetadas – disse a senhora Croft, num tom de elogio mais moderado, que levou Anne a suspeitar que talvez sua percepção mais aguçada talvez não considerasse qualquer uma das duas totalmente digna do irmão; – e uma família muito respeitável. Não poderíamos nos ligar com gente melhor. Meu caro almirante, o poste!... certamente vamos bater nesse poste.

Mas ela própria calmamente dando melhor direção às rédeas, felizmente escaparam do perigo; e mais uma vez depois, ao estender criteriosamente a mão evitou que caíssem numa vala ou esbarrassem numa carroça cheia de estrume; e Anne, achando divertido o estilo de conduzir a charrete, que imaginava que não seria má representação de como em geral eles conduziam os negócios, viu-se finalmente deixada com segurança no Cottage.

≈ CAPÍTULO XI ≈

Aproximava-se agora a época do regresso de Lady Russell: o dia foi até marcado; e Anne, comprometida a ficar com ela assim que se instalasse novamente, ansiava por uma imediata mudança para Kellynch, e começava a pensar em como seu próprio conforto iria provavelmente ser afetado pela mudança.

Esta a colocaria na mesma vila do capitão Wentworth, a meia milha de distância dele; eles teriam de frequentar a mesma igreja e deveria haver relações entre as duas famílias. Isso era algo contra ela; mas, por outro lado, ele passava tanto tempo em Uppercross que, ao mudar-se de lá, ela poderia considerar que o estava deixando para trás, mais do que indo para o encontro dele; e, de modo geral, ela que deveria, nessa interessante questão, sair vencedora, quase tão certamente quanto em sua troca de convivência doméstica, ao deixar a pobre Mary por Lady Russell.

Desejava que fosse possível evitar de qualquer modo encontrar o capitão Wentworth em Kellynch Hall: aqueles cômodos haviam testemunhado encontros anteriores que seria por demais doloroso reavivar; mas ainda mais ansiava estava pela possibilidade de que Lady Russell e o capitão Wentworth nunca se encontrassem em qualquer lugar que fosse. Não gostavam um do outro e nenhuma renovação de relacionamento poderia agora resultar em algo de bom; e se Lady Russell os visse juntos, poderia pensar que ele tinha autoconfiança demais e ela, muito pouca.

Esses pontos constituíam sua principal preocupação em antecipar sua partida de Uppercross, onde achava que já havia permanecido tempo mais que suficiente. Sua utilidade em cuidar do pequeno Charles sempre traria alguma doçura à lembrança dos dois meses de vista naquela casa; mas ele estava recuperando forças rapidamente e ela não tinha mais por que ficar ali.

A conclusão da visita, no entanto, foi alterada de um modo que nunca havia imaginado. O capitão Wentworth, depois de não ter sido visto ou ouvido em Uppercross por dois dias inteiros, apareceu novamente entre eles para se justificar com um relato sobre o que o havia mantido afastado dali.

Uma carta do amigo capitão Harville, tendo descoberto enfim onde estava, havia trazido a notícia de que o capitão Harville se havia instalado com a família em Lyme para o inverno; estavam, portanto, sem que soubessem, a

"Aqui está uma avelã" – disse ele, para exemplificar."

20 milhas um do outro. O capitão Harville nunca havia gozado de boa saúde desde um grave ferimento sofrido dois anos antes, e a ansiedade do capitão Wentworth em vê-lo o havia determinado a ir a Lyme imediatamente. Lá havia passado 24 horas. Sua absolvição foi completa, sua amizade calorosamente elogiada, um vivo interesse por seu amigo foi despertado, e a descrição por ele feita da bela região de Lyme foi tão apreciada pelo grupo que a consequência foi um forte desejo de conhecer Lyme e um plano de ida até lá.

Todos os jovens estavam entusiasmados com a ideia de ver Lyme. O capitão Wentworth falou que ele iria para lá mais uma vez; eram somente 17 milhas de Uppercross: embora sendo novembro, o tempo não estava nada ruim; e, em resumo, Louisa, que era a mais impaciente de todos, estando resolvida a ir e, além do prazer de fazer o que queria, agora armada com a ideia do mérito de manter as próprias decisões, contrariou todos os desejos dos pais de adiar a ida até o verão; e para Lyme deveriam ir: Charles, Mary, Anne, Henrietta, Louisa e o capitão Wentworth.

O primeiro plano incauto tinha sido partir pela manhã e regressar à noite, mas com isso o senhor Musgrove, pelo bem de seus cavalos, não concordaria; e quando o plano passou a ser considerado de forma racional, um dia em meados de novembro não deixaria muito tempo para conhecer um lugar novo, depois de deduzir sete para ir e retornar, como requeria a natureza do terreno da região. Consequentemente, deveriam passar a noite lá e não ser esperados de volta até o jantar do dia seguinte. Isso foi visto como uma considerável mudança; e, embora todos se encontrassem na Great House bastante cedo para o café da manhã e partissem pontualmente, já passava tanto do meio-dia quando as duas carruagens (o coche do senhor Musgrove levando as quatro senhoras e a charrete de Charles, que levava o capitão Wentworth) estavam descendo a longa colina até Lyme e entrando na rua ainda mais íngreme da própria cidade, que era de todo evidente que só teriam tempo para olhar em volta antes que a luz e o calor do dia se fossem.

Depois de conseguirem hospedagem e encomendarem um jantar numa das estalagens, a atividade seguinte a fazer era inquestionavelmente caminhar direto para o mar. Tinham vindo numa época do ano demasiado tardia para qualquer diversão ou entretenimento que Lyme, como lugar público, pudesse oferecer: os quartos das hospedarias estavam fechados, quase todos os hóspedes já tinham partido e quase não restava nenhuma família além das residentes... e como não há nada a admirar nos prédios em si, o que vai atrair o olhar do visitante é a notável localização da cidade, com a rua principal quase entrando água adentro, a caminhada até o porto de Cobb, ladeando a pequena e aprazível baía que, na alta temporada, é animada com todo tipo de instalações para o banho e seus frequentadores, o próprio Cobb com suas antigas maravilhas e novos aprimoramentos, com sua bela linha de penhascos estendendo-se para o leste da cidade; e muito estranho deve ser o visitante que não vê os encantos dos arredores de Lyme, para induzi-lo a conhecê-los melhor. As paisagens da vizinha Charmouth, com suas terras altas e extensas áreas de campos e, mais ainda, com sua graciosa e retirada baía, cercada de penhascos escuros, onde fragmentos de rochedos baixos no meio da areia fazem dali o melhor ponto para observar o fluxo da maré e para se sentar em despreocupada contemplação; a diversidade dos bosques do alegre vilarejo de Up Lyme e, acima de tudo, Pinny, com seus desfiladeiros recobertos de verde entre românticos rochedos, onde as árvores esparsas e pomares de crescimento luxuriante evidenciam que muitas gerações devem ter-se sucedido desde que o primeiro deslizamento parcial do rochedo preparou o solo para esse estado atual, em que é exibido tão maravilhoso cenário que pode até mesmo suplantar qualquer uma das paisagens semelhantes da mais que famosa ilha de Wight:... esses lugares devem ser visitados e revisitados para compreender o real valor de Lyme.

O grupo de Uppercross, descendo agora pelos aposentos de locação desertos e melancólicos e, continuando a descer ainda mais, logo se viu à beira-mar; e, detendo-se um pouco, como deve se deter e apreciar pela primeira vez o mar todo aquele que merece contemplá-lo, prosseguiu em direção ao Cobb, que era igualmente o objetivo de todos e, de modo particular, do capitão Wentworth, porque, numa pequena casa aos pés de um velho quebra-mar de data desconhecida, estavam alojados os Harville. O capitão Wentworth entrou para chamar o amigo; os demais continuaram caminhando e ele deveria alcançá-los no Cobb.

Não estavam de forma alguma cansados de se maravilhar e admirar; nem mesmo Louisa parecia achar que haviam se separado do capitão Wentworth por muito tempo quando o viram se aproximar deles com três companheiros, todos já conhecidos, graças à sua descrição, como sendo o capitão e a senhora Harville e certo capitão Benwick, que estava hospedado com o casal.

O capitão Benwick havia sido, há algum tempo, primeiro-tenente do navio Laconia; e a descrição que o capitão Wentworth tinha feito dele ao voltar da visita anterior a Lyme, os calorosos elogios dirigidos a ele como excelente jovem e oficial que sempre tivera em alta consideração, descrição que já devia ter granjeado a estima de todos os ouvintes, foi seguida de uma pequena exposição sobre sua vida particular que o tornava altamente interessante aos olhos de todas as damas. Ele havia sido noivo da irmã do capitão Harville, e agora estava pranteando sua perda. Eles haviam passado um ano ou dois à espera de fortuna e promoção. A fortuna veio, uma vez que seu soldo de tenente era excelente: a promoção também veio, enfim; mas Fanny Harville não viveu para vê-la. Tinha morrido no verão anterior, enquanto ele estava no mar. O capitão Wentworth achava impossível que um homem fosse mais apaixonado por uma mulher do que o pobre Benwick havia sido por Fanny Harville ou ficasse mais profundamente abalado pelo terrível desfecho. Considerava o caráter do capitão Benwick como do tipo que sofre intensamente, unindo sentimentos muito fortes a uma compostura quieta, séria e introvertida e a um pronunciado gosto pela leitura e hábitos sedentários. Para completar o interesse pela história, a amizade entre ele e os Harville pareceu, se possível, aumentada pelo acontecimento que encerrou qualquer perspectiva de parentesco, e o capitão Benwick morava agora definitivamente com eles. O capitão Harville havia alugado a casa atual por meio ano, seu gosto, sua saúde e sua fortuna o levaram a optar por uma residência não muito cara e perto do mar; o esplendor da região e o isolamento de Lyme no inverno pareciam perfeitamente adequados ao estado de espírito do capitão Benwick. A simpatia e a boa vontade em favor do capitão Benwick eram muito grandes.

– E, contudo – disse Anne consigo mesma enquanto avançavam ao encontro do grupo –, ele não tem, talvez, um coração mais aflito que o meu. Não posso acreditar que suas perspectivas sejam tão sombrias para sempre. Ele é mais jovem do que eu; se não o for de fato, pelo menos em sentimentos; é mais jovem como homem. Vai se recuperar, e será feliz com outra.

Todos se encontraram e foram apresentados. O capitão Harville era um homem alto e moreno, de fisionomia sensível e benevolente; um pouco manco e, pelos traços fortes e falta de saúde, parecia bem mais velho que o capitão Wentworth. O capitão Benwick parecia, e era, o mais jovem dos três e, se comparado com os outros, um homem baixo. Tinha um rosto agradável e um ar melancólico, exatamente como se esperava que tivesse, e se retraía em conversas.

O capitão Harville, embora não pudesse se igualar ao capitão Wentworth em maneiras, era um perfeito cavalheiro, nada afetado, caloroso e afável. A senhora Harville, um pouco menos polida que o marido, parecia, no entanto, ter os mesmos bons sentimentos; e nada poderia ser mais agradável que o desejo de ambos de considerar todo o grupo como seus amigos pessoais por serem amigos do capitão Wentworth, ou mais gentilmente hospitaleiro que suas súplicas para que todos prometessem jantar com eles. O jantar já encomendado na hospedaria foi, por fim, embora a contragosto, aceito como desculpa; mas os dois pareciam quase magoados porque o capitão Wentworth havia trazido um grupo como aquele até Lyme sem considerar como algo muito natural que todos iriam jantar com eles.

Havia tanta consideração pelo capitão Wentworth em tudo isso e tão cativante charme num grau de hospitalidade tão incomum, tão diferente do estilo habitual de convites toma lá dá cá e de jantares de formalidade e ostentação, que Anne sentiu que seu estado de ânimo provavelmente não se beneficiaria por uma proximidade maior com os oficiais colegas dele. "Todos eles seriam meus amigos", pensou; e teve de lutar contra uma grande tendência à depressão.

Ao deixar o Cobb, todos entraram na casa dos novos amigos e encontraram cômodos tão pequenos que ninguém a não ser aqueles que convidam com o coração poderiam considerar capazes de abrigar tanta gente. A própria Anne teve um momento de perplexidade a respeito; mas logo o perdeu ante os mais agradáveis sentimentos que emergiam da visão de todos os engenhosos artifícios e belos arranjos do capitão Harville para dar ao espaço existente o melhor aproveitamento possível, para suprir as deficiências da mobília alugada e para proteger janelas e portas contra eventuais tempestades de inverno. A variedade na decoração dos cômodos, em que os itens comuns necessários fornecidos pelo proprietário, na costumeira condição displicente, contrastavam com uns poucos artigos de uma rara espécie de madeira, finamente trabalhados, e com alguns curiosos e valiosos objetos de todos os distantes países visitados pelo capitão Harville, era mais que divertido para Anne: a forma como tudo se relacionava com a profissão dele, com o fruto de seu trabalho, o efeito dessa influência em seus hábitos, o retrato de tranquilidade e felicidade doméstica que isso representava, provocaram algo mais, ou menos, do que gratificação.

O capitão Harville não era afeito à leitura; mas havia providenciado excelente acomodações e instalado estantes muito bonitas para uma razoável coleção de volumes bem-encadernados, de propriedade do capitão

Benwick. O fato de ser coxo o impedia de praticar muitos exercícios, mas um espírito beneficente e inventivo parecia propiciar-lhe constantes ocupações em casa. Desenhava, envernizava, fazia trabalhos de carpintaria e colagens; fazia brinquedos; modelava novas agulhas e alfinetes com aprimoramentos; e, se nada mais havia a fazer, sentava-se num canto da sala e se entretinha com sua enorme rede de pesca.

Anne achou que deixava para trás uma grande felicidade quando saíram da casa; e Louisa, ao lado de quem caminhava, explodiu em arroubos de admiração e encanto em relação aos homens da Marinha... sua afabilidade, sua fraternidade, sua franqueza, sua retidão; afirmando que estava convencida de que os marinheiros eram mais dignos e calorosos do que qualquer outro grupo de homens na Inglaterra; que só eles sabiam como viver e que só eles mereciam ser respeitados e amados.

Voltaram para trocar de roupas e jantar; e o plano se revelou tão bem feito que nada lhes pareceu inapropriado; embora o fato de estarem "tão inteiramente fora da temporada", de estar "Lyme tão despovoada" e de não estarem "à espera de hóspedes" provocasse muitas desculpas por parte dos proprietários da hospedaria.

Anne constatou, a essa altura, que estava cada vez mais tão acostumada à companhia do capitão Wentworth do que havia de início imaginado ser possível que sentar-se à mesma mesa e trocar as habituais amabilidades de ocasião (nunca iam além) estava se tornando algo indiferente.

As noites já estavam escuras demais para que as senhoras saíssem até o dia seguinte, mas o capitão Harville lhes havia prometido uma visita antes do cair da noite; e ele veio, trazendo também o amigo, o que era mais do que o esperado, pois todos haviam concordado que o capitão Benwick dava a impressão de se sentir oprimido pela presença de tantos estranhos. Aventurou-se, contudo, estar entre eles novamente, ainda que seu estado de espírito certamente não parecesse condizer com a alegria do grupo em geral.

Enquanto os capitães Wentworth e Harville lideravam a conversa num dos lados da sala e, recordando velhos tempos, contavam numerosos casos para ocupar e entreter os outros, coube a Anne ficar um tanto afastada com o capitão Benwick; e uma bela iniciativa de sua personalidade a compeliu a começar uma aproximação maior com ele. Ele era tímido e inclinado à abstração: mas a atraente suavidade do semblante de Anne e a gentileza de suas maneiras logo surtiram efeito; e ela foi bem recompensada pelos primeiros esforços dessa aproximação. Ele era, evidentemente, um jovem de considerável gosto para a leitura, embora principalmente poesia; e, além da persuasão de lhe ter propiciado ao menos a descontração de uma noite na discussão de assuntos pelos quais seus companheiros habituais provavelmente não se interessavam, ela teve também a esperança de poder lhe ter sido realmente útil com algumas sugestões relativas ao dever e ao benefício de lutar contra a aflição, que naturalmente aflorou na conversa deles. Pois, embora tímido, ele não parecia reservado: pelo contrário, parecia estar contente por romperem as naturais resistências de ambos. E tendo falado de poesia, a riqueza da época atual, e prosseguido com uma breve comparação de opiniões sobre os poetas de primeira linha, tentando determinar qual se deveria preferir, se Marmion ou The Lady of the Lake (A dama do lago) e como classificar Giaour e The Bride of Abydos (A noiva de Ábidos), mais ainda, como se deveria pronunciar Giaour, ele se mostrou tão íntimo conhecedor de todas as mais ternas canções do primeiro poeta, e de todas as apaixonadas descrições de desesperadora agonia do segundo; repetiu com tão trêmula emoção os vários versos que descreviam um coração partido ou uma mente destruída pela infelicidade, e pareceu tão intensamente ansioso por ser compreendido, que ela se aventurou a dizer-lhe que nem sempre lesse somente poesia; e disse-lhe ainda que pensava que a desgraça da poesia era a de raramente ser apreciada com segurança por aqueles que a apreciavam por completo; e que os fortes sentimentos, que eram os únicos que podiam avaliá-la verdadeiramente, eram exatamente os mesmos sentimentos que deveriam prová-la com moderação.

Como a expressão dele não o mostrava aflito, mas satisfeito com essa alusão à sua situação, ela foi estimulada encorajada a prosseguir; e sentindo em si mesma o direito de preeminência de espírito, aventurou-se a recomendar maior quantidade de prosa em suas leituras diárias; e, ao ser solicitada a especificar, mencionou obras de nossos melhores moralistas, coleções das mais belas cartas e memórias de personagens de valor e sofrimento que lhe ocorreram no momento como apropriadas para despertar e fortificar a mente por meio dos mais elevados preceitos e dos mais marcantes exemplos de resistência moral e religiosa.

O capitão Benwick escutava com atenção e parecia agradecido pelo interesse contido nessas palavras; e, embora com acenos da cabeça e suspiros, que revelavam sua pouca fé na eficácia de quaisquer livros para uma tristeza como a sua, anotou os nomes daqueles que ela recomendou e prometeu procurá-los e lê-los.

Quando o encontro da noite terminou, Anne não pôde deixar de se divertir com a ideia de ter vindo a Lyme para pregar paciência e resignação a um jovem que nunca tinha visto antes; nem deixar de temer, em reflexão mais séria, que, a exemplo de tantos outros grandes moralistas e pregadores, havia sido eloquente num ponto em que sua própria conduta mal suportaria questionamento.

≈ CAPÍTULO XII ≈

Anne e Henrietta, descobrindo que eram as duas primeiras do grupo a despertar na manhã seguinte, concordaram em dar uma volta até o mar antes do café da manhã. Foram andando pela areia para observar o fluxo da maré, que uma bela brisa do sudeste trazia com toda a grandiosidade permitida por um litoral tão plano. Elogiaram a manhã, enalteceram o mar, sentiam-se deliciadas com a brisa refrescante... e permaneciam em silêncio; até que Henrietta subitamente recomeçou a falar:

– Oh! Sim... estou totalmente convencida de que, com poucas exceções, o ar do mar sempre faz bem. Não pode haver dúvida alguma de que prestou o maior serviço ao Dr. Shirley depois de sua doença, na primavera do ano passado. Ele próprio declara que ter passado um mês em Lyme lhe fez mais bem do que todos os remédios que tomou, e que estar perto do mar sempre o faz se sentir jovem de novo. Agora, não posso deixar de pensar que é uma pena ele não morar o tempo todo perto do mar. Eu realmente acho que seria melhor para ele sair de vez de Uppercross e fixar residência em Lyme. Não acha, Anne? Não concorda comigo que seria a melhor coisa que poderia fazer, tanto para ele quanto para a senhora Shirley? Ela tem primos aqui, bem sabe, e muitos conhecidos, o que lhe tornaria a vida agradável... e tenho certeza de que ficaria contente em morar num lugar onde poderia ter assistência médica ao alcance da mão, no caso de ele ter outro ataque. Na verdade, acho bem melancólico ver pessoas tão excelentes como o Dr. Shirley e esposa, que passaram a vida inteira fazendo o bem, desperdiçando seus últimos dias num lugar como Uppercross, onde, excetuando nossa família, parecem isolados do resto do mundo. Gostaria que os amigos dele lhe propusessem isso. Acho realmente que deveriam. E obter uma dispensa, não haveria dificuldade alguma nessa etapa da vida e com o caráter que ele tem. Minha única dúvida é se algo poderia persuadi-lo a deixar sua paróquia. Ele é tão rígido e escrupuloso em suas ideias; excessivamente escrupuloso, deveria dizer. Não acha, Anne, que é escrupuloso demais? Não acha que é um ponto de vista mais que equivocado quando um clérigo sacrifica a própria saúde em nome de seus deveres que podem muito bem ser desempenhados por outra pessoa?... E também em Lyme... a apenas 17 milhas de distância... estaria bem perto para ficar sabendo se as pessoas achassem que havia algo do que se queixar.

Anne sorriu mais de uma vez durante essa fala e entrou na conversa tão disposta a ser útil, interessando-se pelos sentimentos de uma moça quanto pelos de um rapaz... embora nesse caso sua utilidade fosse menor, pois o que poderia oferecer a não ser total concordância? Disse tudo o que era razoável e apropriado ao caso; aprovou como devia as reivindicações do Dr. Shirley em repousar; percebeu o quanto era desejável que ele tivesse um jovem ativo e respeitável como pároco residente, e foi até bastante gentil ao aludir às vantagens de tal pároco residente ser casado.

– Gostaria – disse Henrietta, muito satisfeita com sua companheira –, gostaria que Lady Russell morasse em Uppercross e fosse muito amiga do Dr. Shirley. Sempre ouvi falar de Lady Russell como uma mulher da maior influência sobre todas as pessoas! Sempre a imagino como alguém capaz de persuadir uma pessoa a fazer qualquer coisa! Tenho medo dela, como já lhe disse antes, tenho muito medo dela porque é tão esperta, mas a respeito demais, e gostaria que tivéssemos uma vizinha como ela em Uppercross.

Anne se divertiu com a maneira de Henrietta se mostrar agradecida, e se divertiu também com o fato de o curso dos acontecimentos e os novos interesses das opiniões de Henrietta terem valido à sua amiga as boas graças de todos os membros da família Musgrove; só teve tempo, porém, para uma resposta vaga e um desejo de que houvesse outra mulher como aquela em Uppercross, antes que todos os assuntos cessassem subitamente, ao virem Louisa e o capitão Wentworth caminhando na direção delas. Vinham também de uma volta até que o café da manhã estivesse pronto; mas Louisa, lembrando-se logo em seguida de que tinha uma compra a fazer numa loja, convidou-os a voltar com ela à cidade. Todos se puseram à sua disposição.

Quando chegaram aos degraus, que conduziam para fora da praia, um cavalheiro, preparando-se no mesmo instante para descer, recuou polidamente e parou para lhes dar passagem. Subiram e passaram por ele; e, ao passarem, o rosto de Anne lhe atraiu o olhar e a fitou com incisiva admiração, a que ela não podia se mostrar insensível. Ela estava com uma aparência extraordinária; seus próprios traços muito regulares, muito bonitos, com a exuberância e o frescor da juventude restituídos pelo delicioso vento que havia soprado sobre sua pele e pela animação do olhar dele que também havia produzido. Era evidente que o cavalheiro (um verdadeiro cavalheiro, a julgar pelas maneiras) a admirava sobremodo. O capitão Wentworth olhou-a no mesmo instante, de um modo que mostrava ter percebido. Lançou-lhe um olhar rápido... um olhar vivo que parecia dizer: "Esse homem se impressionou com você... e até eu, neste momento, vejo novamente algo semelhante a Anne Elliot."

Depois de acompanhar Louisa em suas compras e passear a esmo um pouco mais, regressaram à hospedaria; e Anne, ao sair mais tarde apressadamente de seu próprio quarto para a sala de jantar, quase esbarrou no mesmo cavalheiro, que saía de um aposento contíguo. Tinha imaginado antes que ele também fosse um forasteiro como eles, e inferido que um cavalariço de boa aparência, que passeava por perto das duas hospedarias quando voltaram, deveria ser o criado dele. O fato de tanto o patrão quanto o empregado vestirem de luto reforçava a ideia. Agora estava provado que ele estava alojado na mesma hospedaria que eles; e esse segundo encontro, por mais breve que tenha sido, também tornou a provar, pelos olhares do cavalheiro, que ele a achava muito atraente e, pela presteza e retidão de suas desculpas, que era um homem de excepcionais boas maneiras. Parecia ter em torno de trinta anos e, embora não fosse bonito, tinha uma aparência agradável. Anne sentiu que gostaria de saber quem era ele.

Quase tinham terminado o café da manhã quando o ruído de uma carruagem (praticamente a primeira que ouviam desde a chegada em Lyme) levou a metade do grupo à janela. "Era a carruagem de um cavalheiro, um coche... mas vinha apenas do estábulo até a porta da frente... alguém devia estar de partida. Era conduzida por um criado vestido de luto."

A palavra coche fez Charles Musgrove pular da cadeira para ir compará-lo com o seu; o criado de luto despertou a curiosidade de Anne e todos os seis estavam reunidos a tempo de ver o dono do coche sair pela porta em meio a mesuras e cortesias do hospedeiro, e tomar seu assento para partir.

– Ah! – exclamou o capitão Wentworth, instantaneamente, e com um breve olhar a Anne. – É o mesmo homem por quem passamos.

As senhoritas Musgrove concordaram; e, depois de observá-lo complacentemente subindo a colina até onde pudessem divisá-lo, voltaram todos à mesa do café. Logo depois o garçom entrou na sala.

– Por favor – disse o capitão Wentworth imediatamente –, pode nos dizer o nome do cavalheiro que acabou de ir embora?

– Sim, senhor; trata-se de um senhor Elliot; um cavalheiro de grande fortuna que chegou ontem à noite de Sidmouth... atrevo-me a dizer, senhor, que ouviram a carruagem enquanto jantavam; e agora seguiu para Crewkherne, a caminho de Bath e Londres.

– Elliot! – Muitos do grupo se entreolharam e muitos repetiram o nome, antes que tudo isso se tornasse claro, mesmo que tivesse sido dito pela considerável rapidez de um garçom.

– Por Deus! – exclamou Mary. – Deve ser nosso primo... deve ser nosso senhor Elliot, deve, de verdade! Charles, Anne, não deve? E de luto, vejam, exatamente como o nosso senhor Elliot deve estar. Que coisa extraordinária! Na mesma hospedaria que nós! Anne, não deve ser nosso senhor Elliot, herdeiro de meu pai? Por favor, senhor, – voltando-se para o garçom, – não ouviu dizer... o criado dele não disse se ele pertencia à família de Kellynch?

– Não, senhora, ele não mencionou nenhuma família em particular; mas disse que seu patrão era um cavalheiro muito rico e que algum dia seria um baronete.

– Aí está! Estão vendo? – exclamou Mary, extasiada; – exatamente como eu disse! Herdeiro de Sir Walter Elliot! Tinha certeza de que viria à tona, se fosse isso mesmo. Podem confiar, esse é um fato que os criados não titubeiam em divulgar onde quer que ele vá. Mas Anne, imagine só que coisa extraordinária! Gostaria de ter olhado mais para ele. Gostaria de que tivéssemos sabido a tempo quem era, que nos tivesse sido apresentado. Que pena não termos sido apresentados! Você acha que ele tinha alguma semelhança com os Elliot? Mal olhei para ele, estava olhando para os cavalos; mas acho que ele tinha alguma coisa dos Elliot. Admiro-me não ter reparado no brasão! Oh! o sobretudo estava dependurado na porta da carruagem e escondeu o brasão; foi isso, caso contrário, com certeza o teria observado, e também as librés; se o criado não usasse trajes de luto, poderia ter sido reconhecido pela libré.

– Reunindo todas essas circunstâncias extraordinárias – disse o capitão Wentworth –, devemos considerar ser obra da Providência que a senhora não tenha sido apresentada a seu primo.

Quando conseguiu atrair a atenção de Mary, Anne tentou calmamente convencê-la de que seu pai e o senhor Elliot havia muitos anos que não tinham relações tão amigáveis que tornasse desejável uma tentativa de apresentação.

Ao mesmo tempo, contudo, era uma secreta satisfação para ela ter visto o primo e saber que o futuro proprietário de Kellynch era sem dúvida um cavalheiro, e tinha um ar de bom senso. Não iria, de modo algum, mencionar que o havia encontrado uma segunda vez; felizmente, Mary não havia prestado muita atenção ao passar perto dele na caminhada pela manhã, mas teria se sentido bastante ofendida por Anne ter esbarrado nele no corredor e recebido suas polidas desculpas, enquanto ela nunca havia estado perto dele; não, aquele pequeno encontro entre primos deveria permanecer em absoluto segredo.

– Naturalmente – disse Mary –, você vai mencionar que vimos o senhor Elliot na próxima vez que escrever para Bath. Com certeza, acho que meu pai deve saber disso; conte tudo a respeito dele.

Anne evitou uma resposta direta, mas aquele era exatamente uma situação que considerava não somente desnecessário comunicar, mas também que deveria ser omitida. Ela sabia da ofensa feita a seu pai muitos anos atrás; suspeitava do envolvimento particular de Elizabeth no caso; e estava fora de qualquer dúvida que a menção do senhor Elliot sempre provocava irritação em ambos. Mary nunca escrevia para Bath; todo o ônus de manter uma lenta e insatisfatória correspondência com Elizabeth recaía sobre Anne.

Ainda não havia passado muito tempo do café da manhã quando chegaram o capitão e a senhora Harville junto com o capitão Benwick, com os quais haviam combinado fazer um último passeio em Lyme. Deveriam partir para Uppercross à uma da tarde e nesse meio tempo ficariam todos juntos e ao ar livre tanto quanto pudessem.

Anne percebeu o capitão Benwick achegar-se perto dela tão logo que todos estavam na rua. A conversa da noite anterior não o havia desencorajado a procurar por ela novamente; e caminharam juntos por algum tempo, falando como antes de Walter Scott e Lord Byron, e ainda tão incapazes como antes e tão incapazes como quaisquer outros dois leitores de pensar exatamente da mesma maneira sobre os méritos de ambos, até que algo ocasionou quase uma mudança total do grupo e, em vez do capitão Benwick, ela estava com o capitão Harville a seu lado.

– Senhorita Elliot – disse ele, falando um tanto baixa –, a senhorita fez uma boa ação ao conseguir que esse pobre rapaz falasse tanto. Gostaria que ele tivesse companhias assim com mais frequência. É ruim para ele, eu sei, ser tão fechado como é; mas o que podemos fazer? Não podemos nos separar.

– Não – disse Anne –, posso facilmente entender que seja impossível: mas com o tempo, talvez... sabemos o que o tempo faz em todos os casos de aflição, e precisa lembrar, capitão Harville, que seu amigo ainda pode ser chamado de recém-enlutado... foi somente no último verão, imagino.

– Sim, é verdade – com um profundo suspiro –, em junho.

– E sem ele saber, talvez, de imediato.

– Ele só ficou sabendo na primeira semana de agosto quando voltou do Cabo... recém-investido no comando do Grappler. Eu estava em Plymouth, temendo saber dele; ele mandou cartas, mas o Grappler tinha ordens para ir a Portsmouth. Era lá que deveria receber a notícia, mas quem iria dá-la? Não eu. Preferia ter sido dependurado no mastro. Ninguém poderia fazê-lo a não ser aquele bom camarada (apontando para o capitão Wentworth). O Laconia havia chegado a Plymouth na semana anterior; não havia nenhum risco de que fosse mandado ao mar novamente. Era uma oportunidade de descanso para ele... escreveu pedindo uma licença; mas, sem esperar resposta, viajou noite e dia até chegar a Portsmouth, remou até o Grappler no mesmo instante e por uma semana não deixou o pobre camarada; foi isso o que ele fez, e ninguém mais poderia ter salvo o pobre James. Pode imaginar, senhorita Elliot, porque ele é tão caro para nós!

Anne pensou no assunto de forma realmente séria e como resposta exprimiu da melhor maneira o que seus próprios sentimentos lhe permitiam dizer, ou que ele parecia suportar, porque ele estava emocionado demais para retomar o assunto... e quando tornou a falar, foi sobre algo totalmente diferente.

A senhora Harville, ao manifestar a opinião de que o marido já teria caminhado mais que suficiente quando chegassem em casa, determinou a direção de todo o grupo no que seria sua última caminhada: acompanhariam os dois até a porta de casa e então voltariam para eles próprios partirem da cidade. Segundo todos os cálculos, havia tempo disponível para fazer isso; mas, ao se aproximarem do Cobb, havia tamanho desejo de todos eles de caminhar mais uma vez ao longo desse ancoradouro, todos estavam tão propensos, e Louisa logo se mostrou tão determinada a isso que acharam que a diferença de 15 minutos não faria a menor diferença; assim, com todas as amáveis despedidas e todas as gentis trocas de convites e promessas que se possa imaginar, eles se separaram do capitão e da senhora Harville na porta da casa deles e, ainda acompanhados pelo capitão Benwick, que parecia ficar com eles até o fim, prosseguiram até o Cobb para as apropriadas despedidas.

Anne viu novamente o capitão Benwick aproximar-se dela. Os "escuros mares azuis" de Lord Byron não poderiam deixar de ser lembrados diante do presente cenário, e de bom grado ela lhe deu atenção enquanto foi possível. Logo foi inevitavelmente desviada para outra direção.

O vento estava muito forte para que a parte de cima do novo Cobb fosse agradável para as senhoras e elas concordaram em descer os degraus até a parte inferior; e todos ficaram contentes em descer com calma e com cuidado o íngreme lance de escada, exceto Louisa; ela decidiu pular os degraus com a ajuda do capitão Wentworth. Em todas as caminhadas, ele tivera de ajudá-la a saltar os degraus junto das sebes; para ela, era uma sensação deliciosa. A dureza do piso para seus pés o deixou menos disposto a fazê-lo nessa ocasião; mas assim mesmo ele o fez; ela saltou em segurança e, instantaneamente, para mostrar sua alegria, subiu correndo os degraus para saltar de novo até lá embaixo. Ele a aconselhou a não fazê-lo, porque o choque era muito grande; mas não, argumentou e falou em vão; ela sorriu e disse: "Estou decidida, vou pular." Ele estendeu as mãos; ela se atirou meio segundo antes, caiu no piso inferior do Cobb e foi erguida desacordada!

Não havia ferimento nem sangue, não havia contusão visível; mas seus olhos estavam fechados, ela não respirava, o rosto estava totalmente sem vida. Que momento de horror para todos a seu redor!

O capitão Wentworth, que a havia erguido, ajoelhou-se com ela nos braços, fitando-a com um rosto tão pálido quanto o dela, numa silenciosa agonia. "Ela está morta! Ela está morta!" gritou Mary, agarrando-se ao marido e contribuindo com seu próprio horror a mantê-lo imóvel; e, no instante seguinte, Henrietta, sucumbindo a essa certeza, perdeu também os sentidos e teria caído sobre os degraus não fossem o capitão Benwick e Anne, que a seguraram e a ampararam.

– Não há ninguém para me ajudar? – foram as primeiras palavras que escaparam da boca do capitão Wentworth, em tom desesperado e como se todas as suas forças se tivessem esvaído.

– Vá ajudá-lo, vá ajudá-lo – exclamou Anne –, pelo amor de Deus, vá ajudá-lo. Eu posso segurá-la sozinha. Deixe-me e vá ajudá-lo. Esfregue as mãos dela, esfregue as têmporas; aqui estão alguns sais... leve-os, leve-os!

O capitão Benwick obedeceu e Charles, no mesmo instante, soltando-se da esposa, os dois foram ajudá-lo; e Louisa foi soerguida e amparada com mais firmeza por eles, e tudo o que Anne havia recomendado foi feito, mas em vão; enquanto o capitão Wentworth, cambaleando até o muro para se apoiar, exclamava na mais pungente agonia:

– Oh! meu Deus! O pai e a mãe dela!

– Um médico! – disse Anne.

Ele captou a palavra; pareceu restabelecer-se na mesma hora, dizendo somente: "Sim, sim, um médico imediatamente;" e estava se movendo para partir quando Anne sugeriu convictamente:

– O capitão Benwick, não seria melhor que o capitão Benwick fosse? Ele sabe onde encontrar um médico.

Todos que ainda conseguiam pensar perceberam a vantagem dessa ideia e, num instante (tudo aconteceu em rápidos momentos) o capitão Benwick já havia confiado aos cuidados do irmão o pobre corpo desfalecido e partiu para a cidade com a maior rapidez possível.

Quanto ao desolado grupo que ali ficou, difícil era dizer qual dos três, que ainda conseguia raciocinar, sofria mais, se o capitão Wentworth, Anne ou Charles que, comportando-se como um irmão realmente afetuoso, se curvava sobre Louisa com soluços de dor, e só desviava os olhos de uma irmã para ver a outra num estado igualmente inerte, ou para testemunhar a agitação histérica da esposa, exigindo dele uma ajuda que não podia dar.

Anne, que estava cuidando de Henrietta com todas as forças, zelo e atenção que o instinto lhe propiciava, ainda tentava, a intervalos, dar algum conforto aos outros; tentava acalmar Mary, animar Charles, mitigar os sentimentos do capitão Wentworth. Ambos pareciam olhar para ela à espera de instruções.

– Anne, Anne! – exclamou Charles. – O que devemos fazer agora? Pelo amor de Deus, o que devemos fazer agora?

Os olhos do capitão Wentworth também se voltaram para ela.

– Não seria melhor levá-la para a hospedaria? Sim, tenho certeza, levem-na com cuidado para a hospedaria.

– Sim, sim, para a hospedaria – repetiu o capitão Wentworth, relativamente refeito e ansioso para fazer alguma coisa. – Eu mesmo posso carregá-la. Musgrove, cuide das outras.

A essa altura, a notícia do acidente se havia espalhado entre os operários e barqueiros do Cobb e muitos acorreram para perto deles, dispostos a ajudar se necessário; de qualquer modo, para apreciar o espetáculo de uma jovem morta, não, de duas jovens mortas, pois isso seria duas vezes mais interessante que a primeira notícia. Henrietta foi confiada aos cuidados de alguns que tinham melhor aparência dentre essas pessoas, pois, embora parcialmente recuperada, ainda estava muito debilitada; e, dessa maneira, com Anne caminhando a seu lado e Charles cuidando da esposa, seguiram adiante, percorrendo de volta, com sentimentos indizíveis, o caminho que há pouco tempo, há tão pouco tempo e com o coração tão leve haviam trilhado.

Ainda não haviam deixado o Cobb quando os Harville se encontraram com eles. O capitão Benwick tinha sido visto correndo diante da casa deles com um semblante que demonstrava que algo estava errado; e eles haviam saído imediatamente, sendo informados pelo caminho e orientados a seguir para o local do acidente. Por mais chocado que estivesse, o capitão Harville trouxe bom senso e sangue-frio que logo se mostraram úteis; e um olhar trocado entre ele e a esposa decidiu o que deveria ser feito. Louisa seria levada para a casa deles... e todos deveriam ir para lá... e aguardar a chegada do médico. O casal não daria ouvidos a escrúpulos: foi obedecido, e todos estavam sob seu teto; e enquanto Louisa, sob a orientação da senhora Harville, era levada até o andar de cima e posta na própria cama dela, assistência, bebidas estimulantes e fortificantes foram fornecidas pelo marido a todos os que delas precisassem.

Louisa havia aberto os olhos uma vez, mas logo tornou a fechá-los sem ter aparentemente recobrado consciência. Havia sido, no entanto, uma prova de vida, útil para sua irmã; e Henrietta, embora totalmente incapaz de permanecer no mesmo quarto de Louisa, foi poupada, pela agitação de esperança e medo, de voltar a perder os sentidos. Mary também estava ficando mais calma.

O médico estava com eles antes mesmo do que parecera possível. Estavam tomados pelo horror enquanto ele a examinava, mas ele não perdeu as esperanças. A cabeça havia sofrido uma contusão grave, mas ele já havia visto outros se recuperarem de danos piores; de forma alguma perdia as esperanças; falou de modo animador. Que ele não o considerasse como um caso desesperador... que não afirmasse que em poucas horas tudo estaria terminado... foi, de início, recebido pela maioria como algo além da expectativa; e o êxtase de tal alívio, a alegria, profunda e silenciosa, depois de algumas ardentes exclamações de gratidão aos céus, podem ser imaginados.

Anne tinha certeza de que jamais iria esquecer o tom e a expressão com que "Graças a Deus!" foi pronunciado pelo capitão Wentworth; nem a visão dele, mais tarde, sentado a uma mesa, inclinado sobre ela com os braços cruzados e rosto escondido, como se estivesse dominado pelos diversos sentimentos da alma e tentando acalmá-los pela prece e reflexão.

Os membros de Louisa haviam sido poupados. Nenhum dano a não ser na cabeça.

Tornava-se agora necessário para o grupo considerar o que seria melhor fazer em relação à situação geral. Agora podiam conversar uns com os outros e deliberar. Que Louisa deveria permanecer onde estava, ainda que seus amigos se sentissem incomodados por envolver os Harville em tamanho problema, não admitia dúvida. Removê-la era impossível. Os Harville silenciaram todos os escrúpulos; e, na medida do possível, toda gratidão. Já haviam previsto e providenciado tudo antes que os outros começarem a pensar no assunto. O capitão Benwick deveria ceder seu quarto e arrumaria uma cama em outro lugar... e tudo ficou assim acertado. Só estavam preocupados porque a casa não podia acomodar mais pessoas; e mesmo, talvez, "colocando as crianças no quarto da criada ou instalando uma cama improvisada em algum lugar", dificilmente poderiam pensar em encontrar espaço para mais dois ou três deles, supondo que desejassem ficar; embora, com relação a toda assistência à senhorita Musgrove, não precisassem se preocupar de forma alguma em deixá-la inteiramente aos cuidados da senhora Harville. A senhora Harville era uma enfermeira muito experiente; e sua também o era, pois já morava com ela havia muito tempo e a havia acompanhado por toda parte. Com as duas, Louisa não poderia desejar melhor assistência dia e noite. E tudo isso foi dito com uma franqueza e uma sinceridade de sentimentos irresistível.

Charles, Henrietta e o capitão Wentworth estavam conversando e, por breve tempo, houve somente uma troca de perplexidade e terror. "Uppercross... a necessidade de alguém ir a Uppercross… a notícia a ser dada... como seriam afetados o senhor e a senhora Musgrove… a manhã tão adiantada… quase uma hora se passara desde o momento em que deveriam ter partido… a impossibilidade de chegar numa hora aceitável." No início, nada conseguiram decidir a propósito, senão exprimir-se com essas exclamações; mas, depois de algum tempo, o capitão Wentworth fez um esforço e disse:

– Precisamos decidir e sem perder mais um minuto. Cada minuto é valioso. Alguém deve decidir-se a partir para Uppercross agora mesmo. Musgrove, um de nós dois deve ir.

Charles concordou, mas insistiu em sua resolução de não sair dali. Trataria de incomodar o mínimo possível o capitão e senhora Harville; mas deixar a irmã naquele estado não devia nem o faria. Estava então decidido; e Henrietta declarou a mesma coisa de início. Ela, porém, logo foi persuadida a pensar de modo diverso. Qual a utilidade dela em ficar ali? Ela, que não fora capaz de permanecer no mesmo quarto com Louisa, ou cuidar dela, sem ter reações que a tornavam mais que inútil! Foi forçada a reconhecer que não poderia ter qualquer utilidade, ainda assim não queria partir até que, tocada pela lembrança dos pais, desistiu: concordou e estava ansiosa para voltar para casa.

O plano havia chegado a esse ponto quando Anne, descendo em silêncio do quarto de Louisa, não pôde deixar de ouvir o que se seguiu, pois a porta da antessala estava aberta.

– Então está resolvido, Musgrove. – exclamou o capitão Wentworth – que você vai ficar e eu vou levar sua irmã de volta para casa. Quanto ao resto... quanto aos outros... se alguém ficar aqui para ajudar a senhora Harville, acho que só uma pessoa será necessária. A senhora Charles Musgrove naturalmente há de querer voltar para junto dos filhos; mas se Anne ficar, não há ninguém mais adequado nem mais capaz do que Anne.

Ela parou por um momento para se recuperar da emoção de ouvir falar daquela maneira a seu respeito. Os outros dois concordaram calorosamente com o que ele havia dito, e então ela apareceu.

– Você vai ficar, tenho certeza; vai ficar e cuidar dela – exclamou ele, voltando-se para ela e falando com um ardor, e ainda assim com uma delicadeza, que quase pareceram reviver o passado. Ela corou profundamente; ele se conteve e se afastou. Ela se declarou totalmente disposta, pronta e feliz em permanecer. "Era no que havia pensado e desejado que lhe fosse permitido fazer. Uma cama no chão do quarto de Louisa seria suficiente para ela, se a senhora Harville não se opusesse."

Uma coisa mais e tudo parecia arranjado. Embora fosse considerado bastante normal que o senhor e a senhora Musgrove ficassem de antemão preocupados com certo atraso, o tempo necessário para que os cavalos de Uppercross os levassem de volta seria uma cruel prorrogação do suspense; e o capitão Wentworth propôs, e Charles Musgrove concordou, que seria muito melhor para ele alugar uma charrete da hospedaria e deixar a carruagem e cavalos do senhor Musgrove para ser despachada para casa na manhã seguinte bem cedo, quando haveria a vantagem adicional de levar um relato de como Louisa havia passado a noite.

O capitão Wentworth se apressava agora para ter tudo pronto para a partida e ser logo acompanhado pelas duas moças. Quando o plano foi comunicado a Mary, no entanto, foi o fim de toda e qualquer paz. Ela ficou tão magoada, tão revoltada, queixou-se tanto da injustiça de esperarem que ela fosse embora em vez de Anne... Anne, que nada era para Louisa, enquanto ela era cunhada e tinha mais do que ninguém o direito de substituir Henrietta! Por que não poderia ser tão útil quanto Anne? Além disso, voltar para casa sem Charles... sem seu marido! Não, era indelicado demais! Em resumo, ela disse mais do que o marido pôde suportar e, como nenhum dos outros pôde se opor depois de ele ceder, não houve jeito: a troca de Anne por Mary foi inevitável.

Anne jamais se havia submetido com maior relutância aos queixumes ciumentos e injustificados de Mary; mas dessa vez assim foi, e eles partiram rumo à cidade, Charles cuidando da irmã e o capitão Benwick ao lado de Anne. Ela recordou, por instantes, enquanto caminhavam apressados, pequenos pormenores que os mesmos locais haviam testemunhado mais cedo pela manhã. Ali ela havia escutado os planos de Henrietta para a partida do Dr. Shirley de Uppercross; mais adiante, tinha visto o senhor Elliot pela primeira vez; por um momento parecia ser tudo o que poderia agora dedicar a outro que não fosse Louisa ou aqueles que estavam envolvidos em seu bem-estar.

O capitão Benwick se mostrou extremamente atencioso para com ela; e, unidos como pareciam todos pela angústia daquele dia, ela sentiu por ele uma crescente afeição e mesmo um prazer em pensar que aquela poderia ser, talvez, uma oportunidade de se conhecerem melhor.

O capitão Wentworth os aguardava junto a um coche puxado por quatro cavalos, estacionado para lhes ser mais conveniente na parte mais baixa da rua; mas sua evidente surpresa e irritação diante da substituição de uma irmã pela outra... a mudança de postura dele... o assombro, as expressões iniciadas e logo reprimidas, enquanto ia ouvindo Charles, tornaram a recepção de Anne mais que constrangedora; ou, pelo menos, deviam convencê-la de que era valorizada somente na medida em que pudesse ser útil a Louisa.

Ela se esforçou para ficar composta e ser justa. Sem querer imitar os sentimentos de uma Emma para com seu Henry, teria cuidado de Louisa pelo bem dele com um zelo superior às reivindicações comuns de consideração; e esperava que ele não persistisse em ser tão injusto a ponto de supor que ela se haveria de furtar, sem necessidade, dos deveres de uma amiga.

Nesse meio tempo, ela já estava na carruagem. Ele as tinha ajudado a subir e se acomodou entre as duas; e desse modo, sob essas circunstâncias repletas de perplexidade e emoção para Anne, ela deixou Lyme. Como correria a longa viagem; como haveria de afetar os modos de todos; que tipo de conversa teriam, ela não podia prever. Tudo transcorreu, no entanto, de forma muito natural. Ele se dedicava a Henrietta; sempre se voltava para ela; e quando falava, era sempre com o intuito de avivar sua esperança e dar-lhe ânimo. De modo geral, sua voz e seus modos eram estudadamente calmos. Poupar Henrietta de qualquer agitação parecia ser o principal objetivo. Somente uma vez, quando ela se lastimava da última inoportuna e malfadada caminhada até o Cobb, lamentando amargamente que uma vez se tivesse pensado em fazer, ele desabafou, como se estivesse totalmente descontrolado:

– Não fale disso, não fale disso! – exclamou ele. – Oh! Deus! Se eu não houvesse cedido à vontade dela naquele momento fatal! Se tivesse feito o que devia! Mas ela é tão ansiosa, tão determinada. Querida, doce Louisa!

Anne se perguntou se porventura lhe havia ocorrido agora questionar a justeza de sua própria opinião anterior com relação à felicidade universal e à vantagem da firmeza de caráter; ou se ele não haveria de pensar que, como todas as outras qualidades do espírito, essa deveria ter suas proporções e seus limites. Pensou que ele dificilmente deixaria de perceber que um temperamento maleável poderia, às vezes, favorecer tanto a felicidade quanto um caráter muito determinado.

Eles avançavam rapidamente. Anne ficou surpresa ao reconhecer tão depressa as mesmas colinas e os mesmos objetos. Sua velocidade real, aumentada por certa apreensão em relação à conclusão da viagem, fez com que a estrada parecesse ter apenas metade da extensão da véspera. Estava ficando escuro, contudo, antes que chegassem aos arredores de Uppercross, e houve absoluto silêncio entre eles por algum tempo; Henrietta estava reclinada no canto, com um xale sobre o rosto, dando a impressão de ter adormecido de tanto chorar; quando estavam subindo a última colina, Anne se viu de repente abordada pelo capitão Wentworth. Com voz baixa e cautelosa, ele disse:

– Estive pensando sobre qual a melhor maneira de agir. Acho que ela não deve ser a primeira a aparecer. Não iria suportar. Andei pensando se não seria melhor a senhorita permanecer na carruagem com ela enquanto eu entro e dou a notícia ao senhor e à senhora Musgrove. Acha que este é um bom plano?

Ela achou que sim; ele ficou satisfeito e nada mais disse. Mas a lembrança daquele apelo permaneceu com ela como um prazer, uma prova de amizade e de deferência por seu modo de julgar, um grande prazer; e quando se tornou uma espécie de prova de separação, seu valor não diminuiu.

Quando o angustiante comunicado em Uppercross terminou, e depois de ter visto os pais tão recompostos quanto se poderia esperar, e a filha muito melhor por estar com eles, o capitão Wentworth anunciou sua intenção de retornar a Lyme na mesma carruagem; e, assim que os cavalos foram alimentados, partiu.

≈ CAPÍTULO I ≈

O restante da estada de Anne em Uppercross, que consistiu em apenas dois dias, foi inteiramente passado na Great House; e teve a satisfação de perceber que era extremamente útil ali, tanto como companhia imediata quanto na ajuda de todas as providências para o futuro que, para o angustiado estado de espírito do senhor e da senhora Musgrove, teriam se resumido em contínuas dificuldades.

Tiveram notícias de Lyme bem cedo na manhã seguinte. O estado de Louisa permanecia igual. Não havia surgido nenhum sintoma pior do que os anteriores. Charles chegou algumas horas depois, trazendo um relato mais recente e detalhado. Estava razoavelmente animado. Não era de se esperar uma cura rápida, mas tudo estava correndo tão bem quanto a natureza do caso permitia. Ao falar dos Harville, parecia não saber como expressar seu próprio julgamento sobre a bondade deles, especialmente no tocante aos esforços da senhora Harville como enfermeira. "Ela realmente não deixou nada para Mary fazer. Ele e Mary tinham sido persuadidos a voltar cedo para a hospedaria na noite anterior. Mary tivera outro ataque histérico nessa manhã. Quando ele partiu, ela estava saindo para fazer uma caminhada com o capitão Benwick, o que, ele esperava, lhe faria bem. Quase desejava que pudesse ter sido convencida a voltar para casa na véspera; mas a verdade era que a senhora Harville não deixava nada para alguém mais fazer."

Charles deveria voltar a Lyme na mesma tarde, e seu pai inicialmente chegou a pensar em acompanhá-lo, mas as senhoras não consentiriam. Só serviria para atrapalhar os outros e aumentar sua própria angústia; um plano muito melhor foi definido e posto em prática. Mandaram buscar uma charrete em Crewkherne, e Charles levou consigo alguém muito mais útil, na pessoa da velha ama da família que, depois de ter criado todos os filhos da família e ter visto o último deles, o tardio e supermimado Harry, mandado para a escola depois dos irmãos, vivia agora no deserto quarto de brincar das crianças, onde passava o tempo remendando meias e cuidando de todas as brotoejas e machucaduras que pudesse encontrar e que, consequentemente, ficou muito feliz por ter permissão para ir e ajudar a cuidar da querida senhorita Louisa. Vagos desejos de mandar Sarah haviam ocorrido antes à senhora Musgrove e a Henrietta; mas sem Anne, teria sido difícil decidir a respeito e tornar isso possível tão cedo.

Ficaram agradecidos, no dia seguinte, a Charles Hayter por todas as detalhadas informações sobre Louisa, que era essencial obter a cada 24 horas. Ele fez questão de ir a Lyme e seu relato era encorajador. Os intervalos de lucidez e consciência eram considerados mais intensos. Todas as informações concordavam com o fato de o capitão Wentworth ter fixado residência em Lyme.

Anne deveria deixá-los no dia seguinte, fato que todos temiam. "O que fariam sem ela? Não se sentiam capazes de consolar uns aos outros." E tanto foi dito nesse sentido que Anne pensou que o melhor a fazer seria comunicar-lhes a intenção geral, de que tinha conhecimento, e persuadir a todos a ir para Lyme imediatamente. Teve pouca dificuldade; logo ficou decidido que iriam... que iriam no dia seguinte, que ficariam na hospedaria ou alugariam outros aposentos, o que fosse mais conveniente, e ali permaneceriam até que a querida Louisa pudesse ser removida. Deveriam reduzir um pouco do trabalho das boas pessoas com quem ela estava; poderiam pelo menos aliviar a senhora Harville dos cuidados com seus próprios filhos; em resumo, ficaram tão felizes com a decisão que Anne se encantou com o que havia feito, e sentiu que não poderia ter passado melhor sua última manhã em Uppercross do que ajudar nos preparativos e fazer com que partissem bem cedo, embora a consequência fosse ser deixada sozinha na casa.

Ela era a última, excetuando-se os meninos no Cottage, era realmente a última, a única remanescente de todos os que haviam enchido e animado ambas as casas, de todos os que haviam conferido a Uppercross seu caráter agradável. Poucos dias para tantas mudanças!

Se Louisa se recuperasse, tudo voltaria a ficar bem. A felicidade seria ainda maior que antes. Não podia haver dúvida, na mente dela não havia nenhuma, do que se seguiria após a recuperação. Mais alguns meses, e a sala agora tão deserta, ocupada apenas por seu eu silencioso e pensativo, poderia estar repleta novamente com tudo o que era feliz e alegre, tudo o que era ardente e brilhante no amor auspicioso, tudo o que menos se parecia com Anne Elliot!

Uma hora de completa ociosidade para entregar-se a reflexões como essas, num escuro dia de novembro, enquanto uma chuva fina e densa quase empanando os poucos objetos que se podia ver pela janela, bastou para tornar o som da carruagem de Lady Russell extremamente bem-vindo;

e ainda assim, embora desejosa por partir, não conseguia deixar a Great House ou lançar um olhar de adeus ao Cottage com sua varanda escura, encharcada e desconfortável, ou mesmo vislumbrar através das vidraças embaçadas as últimas humildes casas do vilarejo, sem sentir o coração entristecido. Cenas ocorreram em Uppercross que o tornavam precioso. Permanecia o registro de muitas sensações de dor, outrora intensas, mas agora mais brandas; e de alguns momentos de emoções leves, alguns suspiros de amizade e reconciliação, que nunca mais voltariam a se repetir, mas que jamais deixariam de ser caros. Deixava tudo para trás; tudo menos a lembrança de que essas coisas haviam ocorrido.

Anne nunca mais entrara em Kellynch desde que havia deixado a casa de Lady Russell em setembro. Não havia sido necessário e, nas poucas ocasiões que lhe teria sido possível ir a Kellynch Hall, inventava algo para esquivar-se e escapar. Seu primeiro retorno era para reassumir seu lugar nos modernos e elegantes aposentos do Lodge e para alegrar os olhos de sua patroa.

Havia alguma ansiedade mesclada à alegria de Lady Russell ao revê-la. Ela sabia quem estivera frequentando Uppercross. Mas felizmente, ou Anne melhorado sua silhueta e sua aparência, ou Lady Russell assim julgou; e Anne, ao receber seus elogios na ocasião, divertiu-se ao relacioná-los à silenciosa admiração do primo, e ao esperar que tivesse sido abençoada com uma segunda primavera de juventude e beleza.

Quando começaram a conversar, logo percebeu alguma mudança de sua mente. Os assuntos que enchiam seu coração ao deixar Kellynch, e que ela considerara menosprezados e que fora impelida a reprimir entre os Musgrove, haviam se tornado agora de interesse secundário. Ultimamente, havia até perdido contato com o pai, a irmã e Bath. As preocupações relativas a eles haviam submergido ante as de Uppercross; e quando Lady Russell voltava a antigas esperanças e temores delas e falava da satisfação com a casa de Camden Place, que havia sido alugada, e do pesar pelo fato de a senhora Clay ainda estar com eles, Anne teria ficado envergonhada caso alguém soubesse que pensava muito mais em Lyme e em Louisa Musgrove, bem como em todos os conhecidos de lá; e muito mais interessantes eram para ela a casa e a amizade dos Harville e do capitão Benwick do que a casa do próprio pai em Camden Place ou a intimidade da irmã com a senhora Clay. Na realidade, sentia-se obrigada, ao ver Lady Russell, a esforçar-se para encontrar algo que

"Recuou polidamente e parou para lhes dar passagem."

arremedasse igual preocupação no tocante a assuntos que, por natureza, deveriam interessar-lhe em primeiro lugar.

Houve, no início, certo embaraço em sua conversa sobre outro assunto. Precisavam falar do acidente em Lyme. Menos de cinco minutos depois da chegada, na véspera, de Lady Russell e ela já recebia um relato completo de tudo; mas ainda era preciso falar a respeito, ela precisava fazer perguntas, lamentar a imprudência, deplorar o resultado, e o nome do capitão Wentworth deveria ser mencionado por ambas. Anne tinha consciência de não fazê-lo tão bem quanto Lady Russell. Não conseguia pronunciar o nome e olhar nos olhos de Lady Russell até adotar o expediente de lhe contar brevemente o que pensava da ligação entre ele e Louisa. Quando isso foi feito, o nome parou de angustiá-la.

Lady Russell nada podia fazer senão escutar serenamente e desejar que fossem felizes; mas interiormente seu coração festejou com raivoso prazer, com prazeroso desdém, ao pensar que o homem que, aos 23 anos, parecera compreender algo do valor de uma Anne Elliot, se deixasse agora, oito anos depois, encantar por uma Louisa Musgrove.

Os primeiros três ou quatro dias transcorreram com a maior calma, sem qualquer ocorrência digna de nota a não ser o recebimento de um ou dois bilhetes de Lyme, que chegaram a Anne, sem ela própria saber como, e traziam relatos de razoável melhora de Louisa. Ao final desse período, a cortesia de Lady Russell não poderia mais ser adiada e as tímidas ameaças do passado tomaram um tom decidido: "Preciso visitar a senhora Croft; realmente preciso ir vê-la imediatamente. Anne, você tem coragem de ir comigo e fazer uma visita àquela casa? Será um desafio para nós duas."

Anne não se esquivou; pelo contrário, realmente sentia o que dizia, ao observar:

– Acho muito provável que a senhora é que vai sofrer mais de nós duas; seus sentimentos estão menos resignados com a mudança do que os meus. Ao permanecer nos arredores, já me acostumei.

Não poderia ter dito ainda mais sobre o assunto; porque, de fato, tinha os Croft em tão alta estima e considerava o pai tão afortunado com esses inquilinos, percebia que a paróquia, com certeza, teria neles um bom exemplo e os pobres teriam melhor atenção e auxílio, que, por mais que lamentasse a necessidade da mudança e dela se envergonhasse, não poderia em sã consciência pensar que haviam saído aqueles que não mereciam ficar e que

Kellynch Hall passara para melhores mãos do que as de seus donos. Essas convicções deviam inquestionavelmente provocar dor, e dor aguda; mas elas excluíam a dor que Lady Russell haveria de sentir ao entrar novamente na casa e rever seus aposentos tão conhecidos.

Em momentos como esse, Anne não se sentia capaz de dizer a si mesma: "Estes cômodos deveriam pertencer somente a nós. Oh! Que destino degradante para eles! Que ocupação mais indigna! Uma família antiga expulsa dessa maneira! Estranhos ocupando seu lugar!" Não, exceto quando pensava na mãe e se lembrava de onde ela costumava se sentar e dirigir a casa, não tinha qualquer suspiro dessa natureza para dar.

A senhora Croft sempre a tratava com uma amabilidade que lhe dava o prazer de se imaginar como favorita e, nessa ocasião, ao recebê-la naquela casa, a atenção foi toda especial.

O triste acidente em Lyme logo se tornou o assunto predominante; e, ao compararem as últimas notícias da desfalecida, ficou evidente que cada uma das senhoras havia recebido sua informação na mesma hora da manhã da véspera; que o capitão Wentworth estivera em Kellynch no dia anterior (pela primeira vez desde o acidente); que havia levado o último bilhete, que ela não fora capaz de rastrear sua origem; que ele havia ficado poucas horas e então havia retornado a Lyme, sem qualquer intenção de sair de lá. Descobriu que ele perguntou especialmente por ela; expressara a esperança de que a senhorita Elliot não estivesse passando mal por causa de seus esforços e falara desses esforços como notáveis. Isso era muito bom e lhe deu mais prazer do que quase qualquer outra coisa poderia ter dado.

Quanto à catástrofe em si, só poderia ser discutida de uma maneira por duas mulheres ponderadas e sensíveis, cujos julgamentos deviam basear-se em fatos acertados; e foi perfeitamente definido que havia sido decorrência de muita insensatez e muita imprudência; que suas consequências eram por demais alarmantes e que era assustador pensar por quanto tempo ainda pairariam dúvidas sobre a recuperação da senhorita Musgrove, e o quanto estaria ela ainda sujeita a sofrer com a concussão! O almirante interveio e resumiu tudo, exclamando:

– Ah, um péssimo negócio, de fato. Um novo jeito esse de um jovem fazer a corte, quebrando a cabeça da amada. Não é isso, senhorita Elliot? Quebrar a cabeça e depois chorar as mágoas!

Os modos do almirante Croft não tinham um tom que fosse do agrado de Lady Russell, mas deliciavam Anne. A bondade de seu coração e a simplicidade de seu caráter eram irresistíveis.

– Agora, isso deve ser muito ruim para a senhorita – disse ele, despertando de repente de um breve devaneio – vir aqui e nos encontrar nesta casa. Não havia pensado nisso antes, confesso, mas deve ser muito ruim. Agora, não faça cerimônia. Levante-se e percorra todos os cômodos da casa, se quiser.

– Numa próxima vez, senhor, obrigada, não agora.

– Bem, sempre que quiser. Pode andar pela mata rala a qualquer hora. E verá que guardamos nossos guarda-chuvas pendurados naquela porta. É um bom lugar, não é? Mas – controlando-se – não achará um bom lugar, porque os seus eram sempre guardados no quarto do mordomo. Sim, é sempre assim, acredito. Os hábitos de um homem podem ser tão bons quanto os de outro, mas sempre gostamos mais dos nossos. E assim deve julgar por si mesma se prefere percorrer a casa ou não.

Anne, achando que poderia declinar, assim o fez de muito bom grado.

– Fizemos muito poucas mudanças também – prosseguiu o almirante, depois de pensar por um momento. – Muito poucas. Já lhe falamos em Uppercross sobre a porta da lavanderia. Essa foi uma melhoria muito grande. O mais estranho era como uma família poderia suportar por tanto tempo o incômodo de uma porta que se abria daquele jeito! A senhorita dirá a Sir Walter o que fizemos e que o senhor Shepherd julga que essa foi a maior melhoria que a casa já teve. Na verdade, devo fazer justiça a nós mesmos ao dizer que as poucas alterações que fizemos foram todas para melhor. Mas o crédito é de minha mulher. Eu fiz muito pouco além de retirar alguns dos grandes espelhos de meu quarto de vestir, que era de seu pai. Um homem muito bom e um distinto cavalheiro, com certeza... mas fico pensando, senhorita Elliot – parecendo refletir seriamente –, fico pensando que ele deve ser um homem bastante vaidoso para sua idade. Tantos espelhos! Meu Deus! Não havia como fugir de si mesmo. Então pedi a Sophy que me desse uma mão e logo os transferimos para outros cômodos; e agora estou bem confortável com meu pequeno espelho de barbear num canto e outra coisa enorme perto da qual nunca chego.

Anne, divertida malgrado seu, estava um tanto aflita procurando por uma resposta; e o almirante, receando não ter sido suficientemente polido, retomou o assunto para dizer:

– Da próxima vez em que escrever a seu pai, senhorita Elliot, por favor, queira transmitir-lhe meus cumprimentos e os da senhora Croft, e diga que estamos muito bem instalados aqui e que não encontramos defeito algum no local. A chaminé da sala do café da manhã solta um pouco de fumaça, reconheço, mas só quando o vento norte está soprando com força, o que não chega a acontecer três vezes em todo o inverno. E, somando tudo, agora que já estivemos na maioria das casas das redondezas e podemos julgar, não há nenhuma que nos agrade mais que esta. Por favor, diga isso, com meus cumprimentos. Ele ficará contente em saber.

Lady Russell e a senhora Croft estavam muito satisfeitas uma com a outra: mas a relação iniciada com essa visita estava fadada a não se estreitar no momento; de fato, ao retribuir a visita, os Croft anunciaram que iriam se ausentar por algumas semanas para visitar parentes no norte do condado, e provavelmente não estivessem de volta antes que Lady Russell se mudasse para Bath.

Assim desaparecia qualquer risco de Anne se encontrar o capitão Wentworth em Kellynch Hall ou vê-lo na companhia de sua amiga. Tudo estava correndo a contento e ela sorriu ao pensar nos muitos sentimentos de ansiedade que havia desperdiçado com esse assunto.

SEGUNDA PARTE

≈ CAPÍTULO II ≈

Embora Charles e Mary tivessem ficado muito mais tempo em Lyme depois da partida do senhor e da senhora Musgrove do que Anne considerava de qualquer modo desejável, ainda assim foram os primeiros da família a voltar para casa; e tão logo foi possível, após seu retorno a Uppercross, rumaram para Kellynch Lodge. Haviam deixado Louisa começando a ficar sentada: mas sua cabeça, embora lúcida, estava excessivamente fraca, e os nervos, suscetíveis ao mais extremo cuidado; e embora se pudesse afirmar que, de modo geral, reagia muito bem, era ainda impossível dizer quando poderia suportar a remoção para casa; e seus pais, que deveriam voltar a tempo de receber os netos para o feriado de Natal, não tinham quase esperança de que lhes fosse permitido levá-la com eles.

Todos se haviam hospedado juntos. A senhora Musgrove andara passeando com os filhos da senhora Harville tanto quanto pudera, toda a ajuda possível de Uppercross tinha sido dada para diminuir o incômodo causado aos Harville, enquanto os Harville os convidavam para jantar com eles todos os dias; em resumo, parecia ter havido apenas um esforço, de ambas as partes, para demonstrar quem era mais desinteressado e mais hospitaleiro.

Mary passara seus maus bocados; mas, de modo geral, como ficou evidente pelo fato de permanecer tanto tempo, encontrara mais motivos para se alegrar do que para sofrer. Charles Hayter estivera em Lyme mais vezes do que ela julgava oportuno; e quando jantavam com os Harville, havia somente uma criada para servir e, no início, a senhora Harville sempre dava a precedência à senhora Musgrove; mas então, ao transparecer de quem ela era filha, recebera pedidos de desculpas de maneira mais que afável; e havia tanto para se ocupar e fazer todos os dias, havia tantas caminhadas entre a casa alugada e os Harville, e ela havia levado livros da biblioteca e os havia trocado com tanta frequência que a balança certamente pendia a favor de Lyme. Tinha sido levada também a Charmouth, onde tomara banhos e fora à igreja, e havia muito mais gente para ver na igreja de Lyme do que em Uppercross... e tudo isso, somado à sensação de ser tão útil, tornara sua estada de quinze dias realmente agradável.

Anne perguntou pelo capitão Benwick. O rosto de Mary se fechou imediatamente. Charles riu.

– Oh! O capitão Benwick vai muito bem, acredito, mas é um jovem muito estranho. Não sei o que estaria acontecendo com ele. Nós lhe pedimos para vir passar um ou dois dias conosco: Charles se comprometeu a levá-lo para caçar, e ele pareceu realmente encantado e, de minha parte, pensei que estivesse tudo acertado; quando, veja só! Na noite de terça-feira, veio com umas desculpas esquisitas de que "nunca caçava" e que "tinha sido mal compreendido"... e que havia prometido isso e aquilo, e no fim, descobri que não tinha a intenção de vir. Suponho que estava com medo de achar isso enfadonho; mas, palavra de honra, eu realmente pensava que fôssemos bastante animados aqui no Cottage para um homem de coração partido como o capitão Benwick.

Charles tornou a rir e disse:

– Pois então, Mary, você sabe muito bem o que realmente aconteceu. Foi tudo por sua causa – voltando-se para Anne. – Ele imaginou que, se viesse conosco, estaria bem perto de você: imaginava que todos morassem em Uppercross; e quando descobriu que Lady Russell vivia a três milhas de distância, perdeu o ânimo e não teve coragem de vir. É essa a verdade, por minha honra. Mary sabe que é.

Mas Mary não se dispôs a aceitar isso de muito bom grado; ou porque não considerava o capitão Benwick digno, por berço e situação, de se apaixonar por uma Elliot, ou porque não queria acreditar que Anne fosse uma atração maior, em Uppercross, do que ela própria, é algo que se deve inferir. A boa vontade de Anne, contudo, não haveria de ser diminuída pelo que ouviu. Corajosamente se declarou lisonjeada e prosseguiu com as perguntas.

– Oh! Ele fala de você – exclamou Charles – em tais termos que...

Mary o interrompeu.

– Devo dizer, Charles, que nunca o ouvi mencionar Anne duas vezes durante todo o tempo em que lá estive. Devo dizer, Anne, ele nunca fala de você.

– Não – admitiu Charles –, não sei se fala o tempo todo, de modo geral, mas é uma coisa bem clara que ele a admira ao extremo. Está com a cabeça cheia de alguns livros que está lendo por recomendação sua e quer conversar com você a respeito deles; descobriu não sei que coisa num deles que acha… oh, não vou conseguir me lembrar, mas era algo muito bonito... eu o entreouvi falando com Henrietta a respeito... e então, "a senhorita Elliot" foi mencionada nos termos mais elogiosos! Agora, Mary, devo dizer que foi assim, eu mesmo escutei, e você estava no outro quarto. "Elegância, doçura, beleza"... Oh! não tinham fim os encantos da senhorita Elliot.

– E estou certa – exclamou Mary, acaloradamente – de que isso não é grande crédito em favor dele, se o fez. A senhorita Harville morreu em junho passado. Conquistar um coração como esse não vale muito a pena, não é, Lady Russell? Tenho certeza de que vai concordar comigo.

– Tenho de ver o capitão Benwick antes de me decidir – respondeu Lady Russell, sorrindo.

– E é bem provável que o veja muito em breve, posso afirmar, minha senhora – disse Charles. – Embora não tenha tido coragem de vir conosco e sair em seguida para lhes fazer uma visita formal aqui, algum dia virá a Kellynch sozinho, podem ter certeza. Informei-o sobre a distância e a estrada e lhe falei sobre a igreja, que vale a pena conhecer; pois, como ele aprecia esse tipo de coisas, pensei que seria uma boa desculpa e ele me escutou com toda a atenção e simplicidade; e tenho certeza, por seu modo de ser, de que em breve o terão por aqui. Assim, pode ficar de sobreaviso, Lady Russell.

– Qualquer conhecido de Anne será sempre bem-vindo para mim – foi a educada resposta de Lady Russell.

– Oh! Qm uanto a ser um conhecido de Anne – disse Mary –, acho que é mais um conhecido meu, pois estive com ele todos os dias durante a última quinzena.

– Bem, como conhecido de ambas, então ficarei muito feliz em ver o capitão Benwick.

– Não encontrará nele nada de muito agradável, garanto-lhe, minha senhora. É um dos jovens mais enfadonhos que já existiu. Caminhou comigo, algumas vezes, de uma ponta à outra da praia sem dizer uma palavra. Não é de forma alguma um jovem bem-educado. Tenho certeza de que não vai gostar dele.

– Nisso nós discordamos, Mary, – disse Anne. – Acho que Lady Russell vai gostar dele. Acho que vai ficar tão satisfeita com seu espírito que logo não vai notar qualquer deficiência em seus modos.

– Também acho, Anne – disse Charles. – Tenho certeza de que Lady Russell vai gostar dele. Ele é bem do tipo de Lady Russell. Dê-lhe um livro e ele vai passar o dia inteiro lendo.

– Sim, e vai ler mesmo! – exclamou Mary, com sarcasmo. – Vai ficar sentado, mergulhado em seu livro, e não vai perceber quando alguém falar com ele ou quando alguém deixar cair uma tesoura ou seja o que for que acontecer. Acha que Lady Russell vai gostar disso?

Lady Russell não pôde deixar de rir.

– Palavra de honra – disse ela –, não teria imaginado que minha opinião a respeito de alguém pudesse admitir tamanha diferença de hipóteses, logo eu que chego a me considerar equilibrada e realista. Estou mesmo curiosa para conhecer essa pessoa que pode gerar ideias tão diametralmente opostas. Gostaria que fosse induzido a aparecer por aqui. E quando o fizer, Mary, pode estar certa de que vai ouvir minha opinião; mas estou decidida a não julgá-lo antecipadamente.

– Não vai gostar dele, respondo por isso.

Lady Russell começou a falar de outra coisa. Mary falou com animação do extraordinário encontro, melhor, do não encontro com o senhor Elliot.

– É um homem – disse Lady Russell – que não desejo conhecer. O fato de ele ter se recusado a manter relações cordiais com o chefe da própria família deixou em mim uma forte impressão desfavorável a ele.

Essas palavras incisivas neutralizaram a animação de Mary e interrompeu-a em meio à referência às feições dos Elliot.

Com relação ao capitão Wentworth, embora Anne não se aventurasse a fazer perguntas, as informações espontâneas foram suficientes. Seu estado de ânimo se havia recuperado muito bem ultimamente, como seria de se esperar. À medida que Louisa melhorava, ele também melhorava; e era agora um homem bem diferente do que havia sido na primeira semana. Não tinha visitado Louisa; e tinha tanto receio de que um encontro pudesse trazer a ela qualquer consequência nefasta que não insistiu de forma alguma em vê-la; e, pelo contrário, parecia ter planos de se ausentar por uma semana ou dez dias, até que a cabeça da jovem estivesse mais forte. Havia falado em ir até Plymouth por uma semana e queria persuadir o capitão Benwick a ir com ele; mas como Charles continuou afirmando até o fim, o capitão Benwick parecia muito mais disposto a cavalgar até Kellynch.

Não pode haver dúvida de que, a partir desse dia, Lady Russell e Anne andaram ocasionalmente pensando no capitão Benwick. Lady Russell não podia ouvir a campainha sem imaginar que fosse um mensageiro dele com notícias; nem Anne podia regressar de um solitário e benfazejo passeio pelas terras do pai ou de qualquer visita de caridade à aldeia sem se perguntar se haveria de vê-lo ou ouvir falar dele. O capitão Benwick, no entanto, não apareceu. Ou estava menos disposto a fazê-lo do que Charles havia imaginado ou era tímido demais; e, depois de lhe conceder uma semana de tolerância, Lady Russell decidiu que ele era indigno do interesse que havia começado a despertar.

Os Musgrove retornaram para receber seus felizes meninos e meninas de volta da escola, trazendo com eles os filhos pequenos da senhora Harville para aumentar o barulho de Uppercross e diminuir o de Lyme. Henrietta ficou com Louisa; mas o resto da família estava outra vez em seu lugar habitual.

Lady Russell e Anne foram apresentar-lhes seus cumprimentos; e Anne não pôde deixar de sentir que Uppercross já estava de novo com muita animação. Embora nem Henrietta nem Louisa nem Charles Hayter nem o capitão Wentworth estivessem ali, a sala apresentava um contraste tão forte como seria de se desejar em relação ao último estado em que ela a havia visto.

Imediatamente em torno da senhora Musgrove estavam os pequenos Harville, que ela diligentemente protegia da tirania das duas crianças do Cottage, trazidas expressamente para diverti-los. De um lado havia uma mesa ocupada por algumas meninas tagarelas, recortando seda e papel dourado; e do outro, cavaletes e bandejas vergados sob o peso de petiscos de carne e tortas frias, ao redor dos quais meninos desenfreados faziam a maior algazarra; tudo completado por uma crepitante lareira natalina que parecia decidida a se fazer ouvir, apesar de todo o barulho dos outros. Charles e Mary também se fizeram presentes, é claro, durante a visita; e o senhor Musgrove fez questão de apresentar seus respeitos a Lady Russell e sentou-se ao lado dela por dez minutos, falando em voz bem alta, mas geralmente em vão, por causa da gritaria das crianças em seu colo. Era uma bela cena de família.

Anne, a julgar por seu próprio temperamento, teria considerado aquele furacão doméstico um péssimo restaurador dos nervos, que a doença de Louisa havia abalado tão profundamente; mas a senhora Musgrove, que chamou Anne para perto de si com o propósito de lhe agradecer com a maior cordialidade, repetidas vezes, por todas as atenções para com eles, concluiu uma breve recapitulação do que ela própria havia sofrido, observando que, com um olhar feliz percorrendo a sala, depois de tudo o que havia passado, nada provavelmente poderia lhe fazer tanto bem quanto um pouco de tranquila alegria em casa.

Louisa agora se recuperava rapidamente. Sua mãe podia até pensar que conseguiria juntar-se ao grupo em casa, antes que os irmãos e irmãs retornassem à escola. Os Harville haviam prometido vir com ela e ficar em Uppercross quando ela regressasse. O capitão Wentworth tinha ido visitar o irmão em Shropshire.

– Espero me lembrar, no futuro – disse Lady Russell assim que estavam sentadas na carruagem – de não visitar Uppercross durante as férias de Natal.

Todos têm seu próprio gosto em relação a barulhos como em relação a outros assuntos; e sons são bastante inócuos ou extremamente angustiantes, mais por seu tipo do que por sua quantidade. Lady Russell não se queixou quando, não muito tempo depois, estava entrando em Bath numa tarde chuvosa e percorria a longa sequência de ruas que iam desde a velha ponte até Camden Place, entre o estrépito de outras carruagens, o pesado rangido de carroças e carretões, os gritos dos vendedores de jornais, dos doceiros e leiteiros e o incessante martelar de tamancos. Não, esses eram barulhos que faziam parte dos prazeres do inverno: seu humor melhorava sob sua influência; e, como a senhora Musgrove, ela sentia, embora não o dissesse, que, depois de ficar por muito tempo no campo, nada poderia lhe fazer tanto bem como um pouco de tranquila alegria.

Anne não compartilhava desses sentimentos. Ela continuava sentindo uma decidida, embora muito silenciosa, aversão por Bath; teve o primeiro vislumbre embaçado dos grandes prédios, fumegando sob a chuva, sem qualquer desejo de vê-los melhor; sentiu que seu avanço pelas ruas era, apesar de desagradável, rápido demais; pois quem se alegraria em vê-la ao chegar? E relembrava, com sentido pesar, o alvoroço de Uppercross e a reclusão de Kellynch.

A última carta de Elizabeth havia trazido uma notícia de algum interesse. O senhor Elliot estava em Bath. Ele havia feito uma visita a Camden Place; havia feito uma segunda, uma terceira; havia sido intencionalmente atencioso: se Elizabeth e o pai não estavam enganados, demonstrava real empenho em reatar as relações e proclamar o valor do parentesco como anteriormente havia demonstrado claro empenho em negligenciá-lo. Seria realmente maravilhoso, se fosse verdade; e Lady Russell estava num estado de agradável curiosidade e perplexidade em relação ao senhor Elliot, já desdizendo o sentimento que havia tão recentemente externado a Mary de que ele era "um homem que não desejava conhecer". Desejava muito conhecê-lo. Se ele realmente procurava reconciliar-se como um ramo submisso, devia ser perdoado por se ter desmembrado da árvore paterna.

Anne não estava animada da mesma forma com a situação; mas sentia que preferiria ver novamente o senhor Elliot a não vê-lo, o que era mais do que poderia dizer de muitas outras pessoas em Bath.

Ela foi deixada em Camden Place; e Lady Russell seguiu então para seus próprios aposentos em Rivers Street.

≈ CAPÍTULO III ≈

Sir Walter havia alugado uma casa muito boa em Camden Place, situada num setor elegante e digno, como convém a um homem importante; e tanto ele quanto Elizabeth, muito satisfeitos, nela se instalaram.

Anne entrou com o coração apertado, prevendo uma prisão de muitos meses e dizendo ansiosamente a si mesma: "Oh! Quando irei te deixar?" um grau de inesperada cordialidade, no entanto, nas boas-vindas que recebeu, lhe fez bem. O pai e a irmã ficaram contentes ao vê-la, por poderem lhe mostrar a casa e a mobília, e a trataram com gentileza. O fato de ser ela uma quarta pessoa ao se sentarem à mesa para jantar foi considerado uma vantagem.

A senhora Clay se mostrou muito agradável e sorridente, mas suas cortesias e sorrisos eram pura rotina. Anne desde sempre pressentia que ela haveria de simular o que seria mais apropriado à sua chegada; mas a complacência dos outros era inesperada. Estavam evidentemente de excelente humor e ela logo ficou sabendo dos motivos. Não tinham nenhuma intenção de ouvi-la. Depois de aguardar por alguns elogios que demonstrassem ser sua ausência profundamente lamentada pela antiga vizinhança, elogios que Anne não pôde tecer, só tiveram umas poucas perguntas vagas a fazer, antes que a conversa passasse a girar somente sobre eles próprios. Uppercross não despertava interesse algum, e Kellynch muito pouco: tudo se resumia em Bath.

Tiveram o prazer de lhe garantir que Bath havia mais que correspondido a suas expectativas sob todos os aspectos. Sua casa era indubitavelmente a melhor de Camden Place: suas salas de estar tinham muitas e decisivas vantagens sobre todas as outras que viram ou de que ouviram falar; e a superioridade não estava somente no estilo da decoração ou no bom gosto dos móveis. Excessivamente era o número daqueles que desejavam conhecê=-los. Todos queriam visitá-los. Já se haviam esquivado de muitas apresentações e, mesmo assim, recebiam continuamente cartões deixados por pessoas de quem nada sabiam.

Havia ali mais que motivos de regozijo! Anne poderia se surpreender com a felicidade da irmã e do pai? Talvez não, mas deveria lamentar que o pai não visse nada de degradante naquela mudança; que não chegasse a lamentar a perda dos deveres e da dignidade de proprietário de terras e nelas residindo; que se mostrasse tão envaidecido com as insignificâncias de uma cidade; e ela deveria lastimar, sorrir e também se surpreender ao ver Elizabeth abrir as portas de duas folhas e caminhar exultante de uma sala de estar a outra, vangloriando-se de sua amplidão; deveria surpreender-se diante da possiblidade de aquela mulher, que tinha sido senhora de Kellynch Hall, encontrar motivos de orgulho entre duas paredes distando, talvez, menos de metros uma da outra.

Mas isso não era tudo o que tinham para deixá-los felizes. Eles tinham também o senhor Elliot. Anne teve de ouvir muitas coisas a respeito do senhor Elliot. Não havia sido somente perdoado; estavam encantados com ele. Fazia mais ou menos quinze dias que estava em Bath (tinha passado por Bath em novembro, a caminho de Londres, quando a notícia de que Sir Walter se havia mudado para a cidade tinha sem dúvida chegado a seus ouvidos, embora a mudança só tivesse ocorrido 24 horas antes, mas ele não havia conseguido valer-se dessa informação); mas, agora, tinha permanecido quinze dias em Bath e seu primeiro gesto, ao chegar, fora deixar seu cartão em Camden Place, seguido de tão assíduas tentativas para encontrar-se e, quando realmente se encontraram, mostrou tal franqueza de conduta, tal presteza para se desculpar pelo passado, tal empenho para ser aceito novamente como parente, que as antigas boas relações foram totalmente restabelecidas.

Não encontravam nele defeito algum. Ele havia explicado toda a aparente negligência de sua parte. Devia ser inteiramente atribuída a mal-entendidos. Jamais tivera a ideia de afastar-se: temera ter sido rejeitado, mas não sabia por quê; e a delicadeza o mantivera em silêncio. Diante da insinuação de ter falado de modo desrespeitoso ou imprudente a respeito da família e da honra familiar, ficou totalmente indignado. Ele, que sempre se havia vangloriado de ser um Elliot, e cuja opinião, quanto a parentesco, era rígida demais para combinar com o tom antifeudal dos dias de hoje! Na verdade, estava atônito! Mas seu caráter e sua conduta em geral deviam desmentir isso. Sir Walter poderia obter referências dele com todos que o conheciam; e, certamente, o esforço que ele vinha fazendo nessa primeira oportunidade de reconciliação para restaurar a condição de parente e de herdeiro presuntivo era uma prova contundente de suas opiniões em relação ao assunto.

As circunstâncias de seu casamento também foram julgadas passíveis de muitas atenuantes. Isso não era assunto a ser abordado por ele próprio, mas um amigo seu, muito íntimo, o coronel Wallis, homem altamente respeitável, perfeito cavalheiro (e de aparência nada desagradável, acrescentou Sir Walter), que vivia em grande estilo em Marlborough Buildings e, por meio de seu próprio pedido especial e também do senhor Elliot, havia sido admitido em seu círculo de amizades, tinha mencionado uma ou duas coisas relativas ao casamento que amenizaram de modo substancial seu descrédito.

O coronel Wallis conhecia o senhor Elliot há muito tempo, havia mantido também boas relações com a esposa dele e tinha compreendido perfeitamente toda a história. Ela certamente não era uma mulher de berço, mas era bem-educada, prendada, rica e perdidamente apaixonada pelo amigo dele. Esse fora o encanto. Ela o havia procurado. Sem esse atrativo, nem com todo o dinheiro teria tentado Elliot e, além disso, Sir Walter podia ter certeza de que ela havia sido uma mulher muito linda. Havia muita coisa para abrandar a situação. Uma mulher muito linda, dona de grande fortuna, apaixonada por ele! Sir Walter pareceu admitir que eram desculpas cabais; e embora Elizabeth não conseguisse ver o caso sob luz tão favorável, admitiu que eram grandes atenuantes.

O senhor Elliot os havia visitado repetidas vezes, havia jantado com eles uma vez, evidentemente obviamente com a distinção de ter sido convidado, visto que em geral não davam jantares; encantado, em resumo, por toda prova de atenção familiar e baseando toda a sua felicidade no fato de manter estreitas relações com Camden Place.

Anne ouvia, mas sem compreender muita coisa. Abatimento, muito abatimento, ela sabia, deveria ser dado às ideias daqueles que falavam. Ella ouvia tudo sob a capa do embelezamento. Tudo o que soava extravagante ou irracional no processo da reconciliação só podia ter origem na linguagem dos narradores. Ainda assim, no entanto, tinha a sensação de que havia algo mais do que aparecia de imediato no desejo do senhor Elliot, depois de um intervalo de tantos anos, de ser bem recebido por eles. Numa visão mundana, ele não tinha nada a ganhar estando em boas relações com Sir Walter; nada a arriscar numa mudança de posição. Com toda a probabilidade, ele era o mais rico dos dois, e a propriedade de Kellynch seria sua com toda a certeza no futuro, assim como o título. Um homem sensato, e ele parecera um homem muito sensato, por que perseguiria esse objetivo? Ela só conseguia pensar numa solução; talvez fosse por causa de Elizabeth. Deveria ter havido realmente alguma afeição no passado, embora conveniência e casualidade o tivessem levado por um caminho diferente, e agora que ele podia se permitir buscar o que era de seu agrado, deveria estar pretendendo voltar suas atenções para ela. Elizabeth era certamente muito bonita, de modos bem-educados e elegantes, e seu caráter nunca deveria ter sido analisado pelo senhor Elliot, que só a conheceu em público e quando ele próprio era muito jovem. Como o temperamento e a inteligência dela haveriam de passar pelo exame dele, na presente fase mais perspicaz da vida, era outra preocupação, e não pouco temível. Com toda a sinceridade, ela desejava que ele não fosse exigente demais ou muito observador, se Elizabeth fosse seu objetivo; e que a própria Elizabeth estava disposta a acreditar que assim fosse, e que sua amiga, a senhora Clay, estava encorajando a ideia, parecia evidente pela troca de olhares entre as duas quando as conversas giravam em torno das frequentes visitas do senhor Elliot.

Anne mencionou que o havia visto de relance em Lyme, mas sem despertar muito sua atenção. "Oh! Sim, talvez fosse o senhor Elliot. Eles não sabiam. Devia ser ele, talvez." Não deram ouvidos à descrição dela. Eles próprios o estavam descrevendo, especialmente Sir Walter. Ele fez justiça à sua aparência cavalheiresca, seu ar elegante e moderno, seu rosto bem-feito e seu olhar perspicaz; mas, ao mesmo tempo, "deve-se lamentar que tenha o queixo tão proeminente, imperfeição que o tempo parecia ter acentuado; nem pretenderia dizer que dez anos não tivessem alterado quase todas as suas feições, para pior. O senhor Elliot parecia pensar que ele (Sir Walter) tinha exatamente a mesma aparência de quando se haviam separado pela última vez"; mas Sir Walter "não pudera retribuir o cumprimento da mesma forma, o que o havia deixado constrangido. Não fez menção, contudo, de se queixar. O senhor Elliot tinha uma aparência bem melhor que a maioria dos homens, e ele não tinha qualquer objeção quanto a ser visto em sua companhia em qualquer lugar".

O senhor Elliot e seus amigos de Marlborough Buildings foram o centro da conversa de toda a noite. "O coronel Wallis tinha se mostrado tão impaciente para ser apresentado a eles! E o senhor Elliot tão ansioso para que fosse!" E havia uma senhora Wallis, que por ora só conheciam por descrição, uma vez que esperava o nascimento de um filho a qualquer momento; mas o senhor Elliot falou dela como "uma mulher encantadora, realmente digna de ser conhecida em Camden Place", e assim que se recuperasse lhes seria apresentada. Sir Walter esperava muito da senhora Wallis; diziam que era uma mulher extremamente bela, linda. "Ele ansiava por conhecê-la. Esperava que ela pudesse compensar um pouco os muitos rostos sem graça com que ele continuamente cruzava nas ruas. A pior coisa de Bath era o número de mulheres comuns. Não pretendia dizer que não houvesse mulheres bonitas, mas o número de feias estava fora de qualquer proporção. Frequentemente observava, ao caminhar, que um rosto bonito era seguido por 30 ou 35 terrores; e certa vez, quando estava numa loja em Bond Street, havia contado 87 mulheres que passaram, uma após outra, sem que houvesse entre elas um rosto tolerável. Era uma manhã gelada, certamente, de um frio cortante, que dificilmente uma mulher em mil teria passado no teste. Mas, ainda assim, com certeza havia uma assustadora multidão de mulheres feias em Bath; e quanto aos homens! Eram infinitamente piores. Quantos espantalhos enchiam as ruas! Era evidente quão pouco acostumadas estavam as mulheres com a visão de algo tolerável pelo efeito que um homem de aparência decente produzia. Ele nunca havia andado em qualquer lugar de braços dados com o coronel Wallis (que era uma bela figura militar, embora de cabelos ruivos) sem observar que todos os olhos das mulheres se fixavam nele; todos olhos femininos com certeza se fixavam no coronel Wallis." Tão modesto, Sir Walter! Mas não teve como escapar. A filha e a senhora Clay se uniram para insinuar que o companheiro do coronel Wallis deveria ter um porte tão marcante quanto ao do coronel Wallis e certamente não tinha cabelos ruivos.

– Como está Mary? – perguntou Sir Walter, no auge do bom humor. – A última vez que a vi, estava com o nariz vermelho, mas espero que isso não aconteça todos os dias.

– Oh, não, deve ter sido algo casual. Em geral, tem estado muito bem de saúde e com uma aparência muito boa desde a festa de São Miguel.

"Em profunda contemplação de algumas pinturas."

– Se achasse que isso não haveria de tentá-la a sair em horas de ventos cortantes e arruinar a pele, eu lhe mandaria um chapéu e uma peliça novos.

Anne estava considerando se deveria aventurar-se a sugerir que um vestido ou uma capa não estariam sujeitos a tal uso indevido quando uma batida na porta interrompeu tudo. "Uma batida na porta! E tão tarde! Eram dez horas. Seria o senhor Elliot? Sabiam que ele iria jantar em Lansdown Crescent. Era possível que parasse, a caminho de casa, para saber como estavam. Não conseguiam pensar em mais ninguém. A senhora Clay decididamente reconheceu a batida do senhor Elliot." A senhora Clay tinha razão. Com toda a pompa que um mordomo e um mensageiro podiam ostentar, o senhor Elliot foi conduzido para a sala.

Era o mesmo, exatamente o mesmo homem, sem qualquer diferença a não ser a roupa. Anne recuou um pouco enquanto os outros recebiam seus cumprimentos, e sua irmã, as desculpas por aparecer em hora tão incomum, mas "ele não podia passar tão perto sem desejar saber se nem ela nem sua amiga se haviam resfriado na véspera," etc., etc.; o que foi tudo dito e aceito com a maior cortesia possível, mas sua vez deveria chegar em seguida. Sir Walter falou da filha mais nova; "o senhor Elliot lhe concederia o prazer de apresentar-lhe sua filha mais nova" (não era o caso de lembrar-se de Mary); e Anne, sorrindo e corando, de modo muito conveniente mostrou ao senhor Elliot as belas feições que ele de forma alguma havia esquecido, e instantaneamente percebeu, divertindo-se com seu pequeno sobressalto de surpresa, que ele nunca havia desconfiado de quem ela era. Ele parecia completamente atônito, mas não mais atônito que satisfeito: os olhos dele brilharam; e, com a mais perfeita alacridade, saudou o parentesco, aludiu ao passado, e pediu para ser tratado como alguém já conhecido. Era tão atraente quanto havia parecido em Lyme, seu semblante transluzia ao falar e seus modos eram exatamente o que deveriam ser, tão polidos, tão naturais, tão particularmente agradáveis, que ela só podia compará-los em termos de excelência aos de uma única pessoa. Não eram os mesmos, mas talvez fossem igualmente bons.

Ele se sentou, e a conversa melhorou muito. Não poderia haver dúvida de que se tratava de um homem sensato. Dez minutos bastaram para comprová-lo. O tom de voz, as expressões, a escolha dos assuntos, o fato de saber quando parar... tudo indicava o procedimento de uma mente sensata e penetrante. Logo que pôde, começou a falar com ela sobre Lyme, desejando comparar opiniões a respeito do lugar, mas querendo especialmente falar sobre a coincidência de se hospedarem na mesma estalagem ao mesmo tempo; falar de seu itinerário, saber alguma coisa do dela e deplorar que tivesse perdido tal oportunidade de lhe apresentar seus respeitos. Ela lhe fez um breve relato de seu grupo e dos acontecimentos em Lyme. Seu pesar aumentava à medida que a ouvia. Havia passado a noite inteira sozinho no quarto ao lado; ouvira vozes... continuamente alegres; pensou que deveriam ser um grupo de pessoas das encantadoras... sentia vontade de estar com eles; mas certamente sem a menor suspeita de que tivesse algum direito de se apresentar. Se ao menos tivesse perguntado quem eram! O nome Musgrove teria sido mais que suficiente para ele. "Bem, isso serviria para curá-lo do absurdo hábito de nunca fazer qualquer pergunta em hospedarias, que tinha adotado quando ainda jovem, segundo o princípio de que ser curioso era falta de cortesia."

– As ideias de um jovem de 21 ou 22 anos – disse ele – quanto ao que é necessário em modos para se comportar apropriadamente são mais absurdas, acredito, do que as de qualquer outro grupo de pessoas no mundo. A loucura dos meios que muitas vezes empregam só é igualada à loucura do que têm em vista.

Mas ele não deveria continuar dirigindo suas reflexões unicamente a Anne; ele sabia disso; e logo passou a comunicar-se com os outros e só ocasionalmente podia retornar a Lyme.

Suas perguntas, contudo, acabaram por produzir um relato da cena em que ela estivera envolvida, logo depois de ele ter deixado o local. Tendo sido feita alusão a "um acidente", ele quis saber de tudo. Quando ele perguntou, Sir Walter e Elizabeth também começaram a fazer perguntas; mas a diferença na maneira de fazê-las não poderia passar despercebida. Ela só conseguia comparar o senhor Elliot a Lady Russell, no desejo de realmente compreender o que havia acontecido e o grau de preocupação com que ela se defrontara ao testemunhar tudo aquilo.

Ele ficou uma hora com eles. O elegante reloginho sobre a lareira havia batido "as onze com seus sons de prata", e o guarda noturno começava a ser ouvido à distância anunciando a mesma hora, antes que o senhor

Elliot ou qualquer um deles parecessem sentir que ele havia estado ali por todo esse tempo.

Anne não teria imaginado ser possível que sua primeira noite em Camden Place transcorresse tão bem!

≈ CAPÍTULO IV ≈

Havia um ponto que Anne, ao voltar para a família, teria ficado mais satisfeita em esclarecer do que até mesmo o fato de o senhor Elliot estar apaixonado por Elizabeth, e esse ponto era o de seu pai não estar apaixonado pela senhora Clay; e estava longe de estar tranquila quanto a isso, depois de poucas horas em casa. Ao descer para o café na manhã seguinte, descobriu que acabara de haver um adequado pretexto por parte dessa dama em deixá-los. Podia imaginar que a senhora Clay tivesse dito que "agora que a senhorita Anne chegou, não poderia supor que sua presença fosse desejada", pois Elizabeth estava retrucando numa espécie de sussurro: "Na verdade, não há motivo para tanto. Garanto-lhe que isso não é motivo. Ela não é nada para mim, comparada a você." E chegou a tempo de ouvir o pai dizer: "Minha cara senhora, isso não deve acontecer. Até agora, a senhora ainda não viu nada de Bath. Esteve aqui só para ser útil. Não deve fugir de nós agora. Deve ficar para conhecer a senhora Wallis, a bela senhora Wallis. Para sua mente refinada, bem sei que a visão da beleza é uma verdadeira gratificação."

Ele falou e pareceu tão determinado, que Anne não ficou surpresa ao ver a senhora Clay olhar de relance para Elizabeth e para ela própria. Sua fisionomia talvez quisesse expressar alguma cautela; mas o elogio à mente refinada não pareceu despertar algum pensamento na irmã. A dama não pôde senão ceder a tais súplicas conjuntas e prometer ficar.

No decorrer da mesma manhã, quando Anne e o pai tiveram a oportunidade de estar a sós, ele começou a elogiá-la por sua aparência aprimorada; julgava-a "menos magra de corpo e de rosto; a pele, o aspecto, muito melhores... mais claros, mais frescos. Ela vinha usando algo em especial?"

– Não, nada.

– Apenas loção Gowland – supôs ele.

– Não, nada mesmo.

"Ah! Isso o deixava surpreso;" e acrescentou:

– Certamente você não pode fazer nada melhor do que continuar como está; não pode melhorar o que já está ótimo; ou eu recomendaria Gowland, o uso constante de Gowland durante os meses de primavera. A senhora Clay a vem usando, por recomendação minha, e pode ver o que tem feito por ela. Veja como fez desaparecer as sardas.

Se Elizabeth pudesse pelo menos ter ouvido isso! Um elogio tão pessoal a teria chocado, especialmente porque não parecia a Anne que as sardas tivessem esmaecido. Mas tudo deve ter sua chance. O perigo de provável casamento seria em muito diminuído, se Elizabeth também viesse a se casar. Quanto a ela própria, sempre haveria de ter um lar em casa de Lady Russell.

A mente equilibrada e as maneiras polidas de Lady Russell seriam postas à prova no tocante a esse ponto em suas relações com Camden Place. A visão da senhora Clay em situação tão favorecida, e Anne tão ignorada, era para ela uma perpétua provocação naquela casa; e a irritava quando estava longe, tanto quanto tem tempo de se irritar alguém que está em Bath, que segue um tratamento com suas águas, que recebe todas as novas publicações e tem uma ampla gama de conhecidos.

À medida que foi conhecendo o senhor Elliot, tornou-se mais caridosa ou mais indiferente em relação aos outros. As maneiras dele foram uma imediata recomendação; e, ao conversar com ele, constatou que a solidez sustentava tão plenamente o superficial que, de início, como disse a Anne, estava quase pronta a exclamar "Pode este ser o senhor Elliot?"; e seriamente não conseguiu imaginar um homem mais agradável ou mais digno de estima. Tudo nele se harmonizava: bom discernimento, opiniões corretas, conhecimento do mundo e um coração caloroso. Tinha ideias sólidas sobre os laços de família e a honra familiar, sem orgulho ou fraqueza; vivia com a liberalidade de um homem rico, sem ostentação; julgava por si mesmo tudo o que era essencial, sem desafiar a opinião pública em qualquer ponto de decoro social. Era firme, observador, moderado, sincero; nunca se deixava levar por ímpeto ou por egoísmo, que se mascara sob forte emoção; e ainda, com uma sensibilidade em relação a tudo o que fosse agradável e amável e um apreço por todas as alegrias da vida doméstica, qualidades que raramente os temperamentos de falso entusiasmo e violenta agitação possuem realmente. Tinha certeza de que ele não havia sido feliz no casamento. O coronel Wallis assim disse e Lady Russell percebeu; mas não havia sido infelicidade para amargurar o espírito nem (ela logo começou a suspeitar) para impedi-lo de pensar numa segunda escolha. Sua satisfação com o senhor Elliot superava todo o aborrecimento com a senhora Clay.

Já se haviam passado alguns anos desde que Anne começara a aprender que ela e sua excelente amiga podiam, às vezes, pensar de modo diferente; e não a surpreendia, portanto, que Lady Russell nada visse de suspeito ou inconsistente, nada que exigisse mais motivos que os aparentes no grande desejo de reconciliação do senhor Elliot. Na visão de Lady Russell, era perfeitamente natural que o senhor Elliot, numa fase mais madura da vida, o considerasse um objetivo mais que desejável e que o recomendaria amplamente, entre todas as pessoas sensatas, por estar em bons termos com o chefe de sua família; era o processo mais simples do tempo sobre uma mente naturalmente clara e que errara no auge da juventude. Anne, contudo, tomou a liberdade de sorrir diante disso e, por fim, mencionar "Elizabeth". Lady Russell ouviu, olhou e fez somente esse cauteloso comentário: "Elizabeth! Muito bem; o tempo dirá."

Era uma referência ao futuro, ao qual Anne, depois de breve observação, sentiu que deveria se submeter. Nada poderia determinar no momento. Naquela casa, Elizabeth devia estar em primeiro lugar; e ela estava tão habituada a ser tratada por todos como "senhorita Elliot" que qualquer atenção especial parecia quase impossível. O senhor Elliot também, deve ser lembrado, estava viúvo há apenas sete meses. Uma pequena demora da parte dele seria de todo desculpável. Na verdade, Anne nunca podia ver a fita de luto em torno do chapéu dele sem temer que fosse ela a indesculpável, ao atribuir-lhe tais intenções; porque, embora o casamento não tivesse sido muito feliz, mesmo assim havia existido por tantos anos que ela não poderia compreender uma recuperação muito rápida da terrível sensação de vê-lo dissolvido.

Fosse qual fosse o final, ele era, sem dúvida alguma, o conhecido mais agradável em Bath: ela não via ninguém que o igualasse; e era uma grande satisfação conversar de vez em quando com ele sobre Lyme, que ele parecia tão desejoso de visitar novamente e conhecer melhor, como ela. Comentaram os pormenores de seu primeiro encontro inúmeras vezes. Ele lhe deu a entender que a havia observado com certa intensidade. Ela o sabia muito bem; e lembrou-se também do olhar de outra pessoa.

Nem sempre pensavam da mesma maneira. Percebeu que ele prezava mais do que ela a importância da posição social e das relações. Não foi meramente complacência, deve ter sido identificação com a causa, que o fez participar calorosamente da ansiedade de seu pai e de sua irmã por um assunto que ela considerava indigno de tamanho entusiasmo da parte deles. O jornal de Bath anunciou, certa manhã, a chegada da viscondessa Dalrymple, agora viúva, e de sua filha, a honorável senhorita Carteret; e toda a tranquilidade da casa nº ... de Camden Place desapareceu por muitos dias; pois os Dalrymple (infelizmente, na opinião de Anne) eram primos dos Elliot; e toda a angústia era como se apresentar de forma apropriada.

Anne nunca havia visto o pai e a irmã em contato com a nobreza e teve de se reconhecer desapontada. Esperara coisa melhor das altivas ideias deles em relação à própria posição social, e viu-se reduzida a formular um desejo que jamais chegara a prever... o desejo de que eles tivessem mais orgulho de si mesmos; porque "nossas primas, Lady Dalrymple e a senhorita Carteret" ou "nossas primas Dalrymple" ressoavam em seus ouvidos o dia inteiro.

Sir Walter havia estado uma vez em companhia do falecido visconde, mas nunca havia visto qualquer outro membro da família; e as dificuldades da presente situação surgiram com a suspensão de todo contato por meio de cartas formais desde a morte do dito falecido visconde, quando, em decorrência de uma grave doença de Sir Walter na mesma ocasião, houve uma infeliz omissão de Kellynch. Nenhuma carta de condolências havia sido enviada à Irlanda. A negligência reverteu em troco para o culpado; pois, quando a pobre Lady Elliot faleceu, nenhuma carta de condolências foi recebida em Kellynch e, consequentemente, houve motivo mais que suficiente para compreender que os Dalrymple consideravam as relações cortadas. Como consertar essa angustiante situação e serem admitidos novamente como primos, era a questão; e era uma questão que, mesmo da maneira mais racional, nem Lady Russell nem o senhor Elliot consideravam sem importância. "Sempre valia a pena preservar as relações familiares, sempre vale a pena procurar boas companhias; Lady Dalrymple havia alugado uma casa por três meses em Laura Place e ali viveria em grande estilo. Já estivera em Bath no ano anterior, e Lady Russell havia ouvido falar dela como uma mulher encantadora. Era realmente desejável que as relações fossem restabelecidas, caso pudessem sê-lo, sem qualquer transigência de decoro por parte dos Elliot."

Sir Walter, contudo, escolherei seus próprios meios e por fim escreveu uma bela carta com ampla explanação, pesar e súplica à sua tão honorável prima. Nem Lady Russell nem o senhor Elliot haveriam de gostar da carta; mas surtiu todo o efeito desejado, pois foi respondida com três linhas de rabiscos da viscondessa viúva. "Ela se sentia muito honrada, e ficaria muito feliz em conhecê-los." Superado o primeiro entrave da situação, começava a reaproximação. Visitaram Laura Place e os cartões de visita da viscondessa e da honorável senhorita Carteret foram dispostos no lugar onde pudessem ficar mais visíveis; e "Nossas primas de Laura Place", "Nossas primas Lady Dalrymple e senhorita Carteret" eram mencionadas a todos.

Anne estava envergonhada. Fossem Lady Dalrymple e sua filha muito agradáveis, mesmo assim teria sentido vergonha da agitação por elas provocada, mas elas não eram nada. Não havia qualquer superioridade em suas maneiras, talento ou inteligência. Lady Dalrymple havia conquistado a fama de "uma mulher encantadora" porque tinha um sorriso e uma resposta cortês para todos. A senhorita Carteret, de quem havia ainda menos a dizer, era tão sem graça e tão desajeitada que jamais teria sido tolerada em Camden Place se não fosse pelo berço.

Lady Russell confessou que havia esperado algo melhor; mesmo ainda assim "era uma relação que valia a pena manter"; e quando Anne se atreveu a externar sua opinião a respeito delas para o senhor Elliot, este concordou que não eram nada em si, mas assim mesmo insistiu em afirmar que, como relações familiares, como boa companhia e como pessoas que podiam reunir em torno de si boas companhias, tinham seu valor. Anne sorriu e disse:

– Minha ideia de boa companhia, senhor Elliot, é a companhia de pessoas inteligentes, bem-informadas, que tenham muito sobre que conversar; a isso é que chamo de boa companhia.

– Está enganada – disse ele, gentilmente –, isso não é boa companhia... é a melhor. Boa companhia requer somente berço, instrução e boas maneiras, e em relação à instrução não é de suma importância. Berço e boas maneiras são essenciais; mas certo nível cultural não é, de forma alguma, algo perigoso numa boa companhia; pelo contrário, é de todo desejável. Minha prima Anne meneia a cabeça. Não está satisfeita. É exigente. Minha cara prima (sentando-se a seu lado), a senhorita tem mais direito de ser exigente do que qualquer outra mulher que conheço; mas será que adianta? Será que isso vai fazê-la feliz? Não será mais sensato aceitar a companhia dessas boas senhoras em Laura Place e usufruir de todas as vantagens dessa relação até onde for possível? Pode ter certeza de que elas vão circular entre a alta sociedade de Bath neste inverno e, como posição social é posição social, o fato de saberem que a senhorita tem parentesco com elas deverá servir para colocar sua família (nossa família, permita-me dizer) naquele grau de consideração que todos devemos desejar.

– Sim – suspirou Anne. – De fato, seremos conhecidos como parentes delas! – Então, contendo-se, e não desejando resposta alguma, acrescentou: – Com toda a certeza penso que tem havido demasiada preocupação para reatar essas relações. Suponho (sorrindo) que eu seja mais orgulhosa do que qualquer um de vocês; mas confesso que realmente me incomoda o fato de termos de ser tão solícitos para ter esse relacionamento reconhecido, quando podemos estar totalmente certos de que, para elas, é uma questão de perfeita indiferença.

– Perdoe-me, minha querida prima, é injusta com suas próprias colocações. Em Londres, talvez, com o atual estilo de vida discreto de vocês, pode até ser como diz; mas em Bath, Sir Walter Elliot e sua família serão sempre pessoas que vale a pena conhecer, sempre desejáveis como relações.

– Bem – disse Anne –, eu certamente sou orgulhosa, orgulhosa demais para apreciar uma acolhida que depende inteiramente do local.

– Louvo sua indignação – disse ele; – é muito natural. Mas agora está em Bath, e o objetivo é estar estabelecidos aqui com toda a consideração e dignidade que devem competir a Sir Walter Elliot. A senhorita fala que é orgulhosa; eu sou chamado de orgulhoso, sei disso, e não desejaria ser considerado de outra maneira; pois nosso orgulho, se examinado, teria o mesmo objetivo, não tenho dúvida, embora o tipo possa parecer um pouco diferente. Num ponto estou certo, minha querida prima (continuou ele, falando mais baixo, embora não houvesse mais ninguém na sala), num ponto estou certo, sentimos da mesma forma. Devemos sentir que cada acréscimo ao círculo social de seu pai, entre seus iguais ou superiores, pode ser útil para desviar seus pensamentos daqueles que estão abaixo dele.

Olhou, enquanto falava, para a cadeira que a senhora Clay estava ocupando há pouco; explicação suficiente do que tenciona particularmente dizer; e embora Anne não pudesse acreditar que tivessem o mesmo tipo de orgulho, ficou satisfeita com ele por não gostar da senhora Clay ; e sua consciência admitiu que o desejo de ele desejar em promover o aumento de relações de seu pai era mais que desculpável por visar derrotá-la.

≈ CAPÍTULO V ≈

Enquanto Sir Walter e Elizabeth desfrutavam assiduamente de sua boa sorte em Laura Place, Anne estava resgatando um relacionamento de natureza muito diferente.

Ela havia feito uma visita à sua antiga professora e por meio dela ficou sabendo que uma antiga colega de escola estava em Barth e que merecia sua atenção por duas fortes razões, ou seja, a bondade do passado e o sofrimento do presente. A senhorita Hamilton, agora senhora Smith, tinha mostrado sua bondade num daqueles períodos de sua vida em que lhe fora mais que valiosa. Anne tinha ido infeliz para a escola, chorando a morte da mãe a quem amava ternamente, sentindo por estar longe de casa e sofrendo como uma menina de catorze anos, de grande sensibilidade e pouco extrovertida, deveria sofrer num momento desses; e a senhorita Hamilton, três anos mais velha, mas que, por falta de parentes próximos e de um lar estável, teve de permanecer um ano a mais na escola, havia sido útil e boa para com ela de uma forma que havia diminuído consideravelmente seu sofrimento, e nunca poderia ser relembrada com indiferença.

A senhorita Hamilton havia deixado a escola e se casado não muito tempo depois; dizia-se que se havia casado com um homem rico, e isso era tudo o que Anne sabia a respeito dela até agora quando o relato da professora lhe expôs sua situação de uma forma mais clara, mas muito diferente.

Estava viúva e pobre. O marido era dado a extravagâncias; e, ao morrer, cerca de dois anos antes, havia deixado seus negócios terrivelmente embrulhados. Ela havia enfrentado dificuldades de todo tipo para administrar tudo isso e, além desses apertos, havia sido acometida de grave febre reumática que, finalmente, atacando-lhe as pernas, a deixara inválida. Por esse motivo tinha vindo a Bath, e agora morava em aposentos próximos dos banhos quentes, vivendo de modo bem modesto, incapaz até mesmo de se permitir o conforto de uma criada e, naturalmente, quase excluída da sociedade.

Sua amiga comum respondeu pela satisfação que uma visita da senhorita Elliot daria à senhorita Smith, e Anne, portanto, não perdeu tempo para ir vê-la. Nada mencionou em casa do que havia ouvido ou do que pretendia. Ali não despertaria qualquer interesse adequado. Só consultou Lady Russell, que compreendeu inteiramente seus sentimentos e teve o maior prazer em levá-la até tão perto dos aposentos da senhora Smith, em Westgate Buildings, quanto Anne aceitou ser acompanhada.

A visita foi feita, suas relações restabelecidas e o interesse de uma pela outra mais do que reavivado. Os primeiros dez minutos foram de embaraço e emoção. Doze anos haviam transcorrido desde que se separaram, e cada uma delas era um tanto diferente daquilo que a outra imaginava. Doze anos haviam transformaram Anne da promissora e calada menina sem formas definidas de quinze anos na elegante jovem de 27 anos, de extrema beleza, exceto o viço da adolescência, e de maneiras tão conscientemente corretas quanto eram invariavelmente delicadas; e doze anos haviam transformaram a atraente e bem composta senhorita Hamilton, em todo o esplendor da saúde e da confiança de sua superioridade, numa pobre, enferma e desamparada viúva, que recebia a visita de sua antiga protegida como um favor; mas tudo o que foi desconfortável no encontro logo havia desaparecido e deixado somente o interesse e o encanto de relembrar antigas preferências e de conversar sobre os velhos tempos.

Anne encontrou na senhora Smith o mesmo bom senso e maneiras agradáveis com que quase havia sonhado deparar-se, e uma disposição para conversar e se alegrar muito além de sua expectativa. Nem as dissipações do passado... e ela havia levado uma vida realmente mundana... nem as restrições do presente, nem a doença nem a tristeza pareciam ter fechado seu coração ou arruinado seu humor.

No decorrer de uma segunda visita, a senhora Smith falou com grande franqueza, e a perplexidade de Anne aumentou. Mal podia imaginar uma situação mais desconsoladora que a da senhora Smith. Havia sido profundamente apaixonada pelo marido... ela o havia enterrado. Havia-se acostumado com a abundância... ela se fora. Não tinha filhos que a religassem com a vida e a felicidade, nem parentes que a ajudassem a reorganizar os negócios confusos, nem saúde para tornar todo o resto suportável. Seus aposentos se limitavam a uma sala barulhenta e a um quarto escuro nos fundos, impossibilitada de mover-se de um lado para outro sem ajuda, que lhe era dada somente por uma criada da casa, e nunca saía a não ser para ser levada aos banhos quentes. Ainda assim, apesar disso tudo, Anne tinha motivos para crer que ela tivesse somente alguns momentos de fraqueza e depressão e horas de ocupação e distração. Como era possível? Olhou, observou, refletiu e finalmente concluiu que esse não era somente um caso de fortaleza ou de resignação. Um espírito submisso poderia ser paciente, uma inteligência perspicaz poderia fomentar decisões, mas aqui havia algo mais; havia aquela elasticidade da mente, aquela disposição para ser confortada, aquela força de passar prontamente de algo ruim para algo bom e de encontrar ocupação que a levasse a sair de si mesma, que advinha unicamente da própria natureza. Era o presente mais precioso dos céus; e Anne considerou a amiga como um daqueles exemplos em que, por algum desígnio misericordioso, parece destinado a contrabalançar quase todas as outras carências.

Houve um tempo, contou-lhe a senhora Smith, em que o ânimo quase desaparecera. Não poderia se chamar de inválida agora, em comparação com seu estado, logo ao chegar a Bath. Naquele momento, sua situação era, de fato, de dar pena... pois se havia resfriado durante a viagem, e mal tivera tempo de se acomodar em seus aposentos antes de ficar novamente confinada à cama, sentindo dores intensas e constantes; e tudo isso entre estranhos... com absoluta necessidade de ter uma enfermeira sempre a seu lado, e com recursos, naquele momento, particularmente insuficientes para enfrentar qualquer despesa extraordinária. Havia resistido, no entanto, e podia verdadeiramente dizer que aquilo lhe fizera bem. Viu-se sobremaneira reconfortada ao sentir que estava em boas mãos. Havia conhecido muito bem o mundo para esperar repentino ou desinteressado afeiçoamento em qualquer lugar, mas sua doença lhe havia provado que a dona da estalagem tinha um caráter a preservar, e não haveria de deixá-la mal; e tinha sido particularmente afortunada com a enfermeira, irmã da estalajadeira, enfermeira profissional que sempre morava naquela casa quando estava desempregada; por sorte estava livre para cuidar dela.

– E ela – disse a senhora Smith –, além de cuidar de mim de forma admirável, provou ser realmente uma amiga inestimável. Assim que pude usar as mãos, ela me ensinou a tricotar, o que tem sido uma grande distração; e me ensinou também a fazer esses estojos de costura, alfineteiras e porta-cartões de visita, com os quais você sempre me vê tão ocupada e que me proporcionam os meios de fazer algum bem a uma ou duas famílias muito pobres da vizinhança. Ela tem muitas relações, profissionalmente é claro, entre aqueles que podem comprar e mostra minhas mercadorias. Sempre escolhe o momento certo para oferecê-las.

Bem sabe que o coração de todos aqueles, que escaparam recentemente de doença grave, está aberto, ou então daqueles que estão recuperando a bênção da saúde, e a enfermeira Rooke sabe perfeitamente quando deve falar. É uma mulher astuta, inteligente e sensata. Sabe intuir as aspirações da natureza humana; e tem uma reserva de bom senso e observação que, como companheira, a torna infinitamente superior a milhares daqueles que, tendo recebido apenas "a melhor educação do mundo", nada sabem que valha a pena levar em consideração. Chame isso de fofoca, se quiser, mas quando a enfermeira Rooke dispõe de meia hora livre para me dedicar, com certeza tem sempre algo de divertido e proveitoso para contar, algo que nos faz conhecer melhor nossa própria espécie. Todo mundo gosta de saber do que acontece, de estar ao corrente com as mais novas maneiras de ser frívolo e tolo. Para mim, que vivo tanto tempo sozinha, posso lhe garantir que a conversa dela é uma delícia.

Anne, longe de querer contestar esse prazer, replicou:

– Posso acreditar nisso facilmente. Mulheres dessa classe profissional têm grandes oportunidades e, se forem inteligentes, pode realmente valer a pena ouvi-las. Quantos tipos de natureza humana estão habituadas a testemunhar! E não somente nas loucuras da natureza humana são bem versadas; pois ocasionalmente a veem em circunstâncias que podem ser das mais interessantes ou comoventes. Quantos exemplos devem desfilar diante delas de afeto ardente, desinteressado, abnegado, de heroísmo, coragem, paciência, resignação... de todos os conflitos e todos os sacrifícios que mais nos enobrecem. O quarto de um doente pode muitas vezes fornecer material digno de muitos volumes.

– Sim – disse a senhora Smith, demonstrando alguma dúvida, – às vezes pode, embora receie que essas lições, muitas vezes, não sejam de natureza tão elevada quanto você descreve. Aqui e acolá, a natureza humana pode ser grande em tempos de desafios; mas, de modo geral, é sua fraqueza e não sua força que aparece no quarto de um doente: é egoísmo e impaciência mais que generosidade e coragem que se fazem ouvir. Há tão pouca amizade verdadeira no mundo!... e infelizmente – falando em voz baixa e trêmula – há tantos que se esquecem de pensar seriamente antes que seja quase tarde demais.

Anne percebeu a amargura desses sentimentos. O marido não havia sido o que deveria e a esposa havia sido obrigada a viver com aquela parte da humanidade que a fez julgar o mundo pior do que esperava que ele merecesse. Isso não foi, contudo, senão uma emoção passageira da senhora Smith; ela a afastou e logo acrescentou, num tom diferente:

– Não suponho que a atual situação de minha amiga, a senhora Rooke, vá fornecer muita coisa que possa me interessar ou me edificar. Ela está cuidando somente da senhora Wallis de Marlborough Buildings... apenas uma mulher bonita, tola, esbanjadora e elegante, acredito... e, claro, nada terá a contar a não ser sobre passamanaria e ornamentos. Pretendo lucrar com a senhora Wallis. Ela tem muito dinheiro e espero que ela compre todas as coisas caras que tenho em mãos agora.

Anne havia visitado várias vezes a amiga antes que a existência dessa pessoa fosse conhecida em Camden Place. Finalmente, tornou-se necessário falar dela. Sir Walter, Elizabeth e a senhora Clay retornaram certa manhã de Laura Place com um repentino convite de Lady Dalrymple para a mesma noite, e Anne já se havia comprometido a passar naquele mesmo horário em Westgate Buildings. Não lamentava ter essa desculpa. Tinha certeza de que só haviam sido convidados porque Lady Dalrymple, presa em casa por uma forte gripe, estava contente agora em contar com parentes que tanto a haviam pressionado... e ela declinou do convite por conta própria com grande vivacidade... "Havia se comprometido a passar aquele final do dia com uma velha amiga de escola." Eles não tinham muito interesse por qualquer coisa relacionada a Anne; mas mesmo assim houve perguntas suficientes para que explicasse quem era essa antiga colega de escola; Elizabeth foi desdenhosa e Sir Walter, severo.

– Westgate Buildings! – disse ele; – e quem a senhorita Anne Elliot vai visitar em Westgate Buildings? Uma senhora Smith. Uma viúva chamada senhora Smith... e quem era o marido? Um dos cinco mil senhor Smith cujos nomes podem ser encontrados em qualquer lugar. E qual é seu atrativo? Que está velha e doente. Palavra de honra, senhorita Anne Elliot, que gosto extraordinário o seu! Tudo o que repugna outras pessoas... companhia inferior, cômodos sórdidos, ar viciado, associações fastidiosas, tudo isso lhe é convidativo. Mas com certeza poderá adiar até amanhã o encontro com essa velha senhora: ela não está tão próxima de seu fim, presumo, que não possa ter esperanças de ver um novo dia. Qual a idade dela? Quarenta?

– Não, senhor, ela ainda não completou 31; mas não acho que possa adiar meu compromisso, porque essa é a única noite que, por algum tempo, convém tanto a ela quanto a mim. Amanhã ela vai tomar seus banhos quentes; e pelo resto da semana, bem sabe, temos compromissos.

– E o que pensa Lady Russell dessa relação? – perguntou Elizabeth.

– Nada vê de censurável – replicou Anne; – pelo contrário, ela a aprova; e geralmente me tem levado até lá quando visito a senhora Smith.

– Westgate Buildings deve ter ficado muito surpresa com o aparecimento de uma carruagem parada junto à sua calçada! – observou Sir Walter. – Na verdade, a viúva de Sir Henry Russell não tem honrarias para distinguir seu brasão; mas mesmo assim é uma bela carruagem e, sem dúvida, digna de transportar uma senhorita Elliot. Uma viúva chamada senhora Smith, morando em Westgate Buildings! Uma pobre viúva, que mal tem do que viver, entre trinta e quarenta anos... uma mera senhora Smith... uma senhora Smith qualquer, dentre todas as pessoas e todos os nomes do mundo, ser a amiga escolhida pela senhorita Anne Elliot e ser por ela preferida a suas próprias relações familiares que a ligam à nobreza da Inglaterra e da Irlanda! Senhora Smith... que nome!

A senhora Clay, que havia estado presente enquanto tudo isso acontecia, achou então aconselhável sair da sala; e Anne poderia ter dito muitas coisas e realmente ansiava dizer algumas, em defesa de sua amiga, cujos direitos não eram muito diferentes dos da amiga deles, mas seu senso de respeito pessoal ao pai a impediu. Não deu resposta. Deixou que ele próprio se lembrasse de que a senhora Smith não era a única viúva de Bath entre trinta e quarenta anos, com pouco para viver e sem um sobrenome distinto.

Anne manteve seu compromisso; os outros mantiveram o deles e, naturalmente, na manhã seguinte ela ouviu que eles tinham tido uma noite deliciosa. Ela havia sido a única ausente do grupo; pois Sir Walter e Elizabeth não haviam estado somente a inteiro dispor de Lady Dalrymple, mas também tinham ficado realmente felizes por terem sido encarregados por ela de trazer outros convivas, e se haviam dado ao trabalho de convidar Lady Russell e o senhor Elliot; e o senhor Elliot fizera questão de sair cedo da casa do coronel Wallis, e Lady Russell havia reorganizado todos os seus compromissos da noite, para ir à casa da viscondessa. Anne ouviu de Lady Russell toda a história daquilo que uma noite dessas podia proporcionar. Para ela, o mais interessante foi o fato de ter sido assunto de muita conversa entre sua amiga e o senhor Elliot; de ter sido desejada sua presença, lamentada sua ausência e ao mesmo tempo respeitada pela causa que a motivara. Suas gentis e compassivas visitas a essa antiga colega de escola, doente e aviltada, pareciam ter deixado o senhor Elliot totalmente encantado. Ele a considerava uma jovem deveras extraordinária; um modelo de excelência feminina por seu temperamento, maneiras, inteligência. Entreteve-se com Lady Russell discorrendo sobre seus méritos; e Anne não podia ouvir tantas coisas da amiga, não podia saber que era tão considerada por um homem sensato, sem experimentar muitas daquelas agradáveis sensações que a amiga pretendia criar.

Lady Russell tinha agora sua opinião perfeitamente definida a respeito do senhor Elliot. Estava tão convencida de seu objetivo de conquistar Anne no devido tempo quanto de que ele a merecia; e estava começando a calcular o número de semanas que o libertariam de todas as restrições remanescentes da viuvez e que o deixariam livre para exercer com mais transparência seus poderes de conquista. Não haveria de falar a Anne com metade da certeza que sentia em relação ao assunto; ela se atreveria a fazer pouco mais que insinuações quanto ao que poderia acontecer daí em diante, de um possível afeiçoamento da parte dele, da conveniência do enlace, supondo que tal afeição fosse verdadeira e correspondida. Anne a ouviu e não deixou escapar nenhuma exclamação repentina: apenas sorriu, corou e sacudiu levemente a cabeça.

– Não sou nenhuma casamenteira, como você bem sabe – disse Lady Russell –, por ser consciente demais da incerteza de todos os fatos e cálculos humanos. Só pretendo dizer que, se o senhor Elliot, daqui a algum tempo, vier a lhe fazer a corte e se você estiver disposta a aceitá-lo, acho que haveria grande possibilidade de serem felizes juntos. Todos deverão considerá-la uma união muito adequada... mas acredito que possa ser uma união muito feliz.

– O senhor Elliot é um homem extremamente agradável e, sob muitos aspectos, eu o tenho em alta consideração – disse Anne –, mas nós não iríamos combinar.

Lady Russell desconsiderou isso e, em resposta, só disse:

– Reconheço que poder vê-la como a futura senhora de Kellynch, a futura Lady Elliot, olhar para a frente e vê-la ocupando o lugar de sua querida mãe, sucedendo-a em todos os seus direitos e toda a sua popularidade, bem como em todas as suas virtudes, seria para mim a maior gratificação possível. Você já é o retrato de sua mãe em feições e disposição; e, se me fosse permitido imaginar você como ela era, em situação, em nome e em lar, presidindo e abençoando o mesmo lugar e somente superior a ela por ser ainda mais valorizada! Minha querida Anne, isso me deixaria mais encantada do que geralmente é possível numa idade como a minha!

Anne foi obrigada a voltar-se para o outro lado, levantar-se, caminhar até uma mesa distante e, inclinada ali fingindo-se atarefada, tentar dominar as emoções que esse quadro despertava. Por alguns instantes, sua imaginação e seu coração se deixaram enfeitiçar. A ideia de tornar-se o que sua mãe havia sido, de ter o precioso nome "Lady Elliot" revivido nela, de voltar a residir em Kellynch, chamando a casa outra vez de lar, seu lar para sempre, era um encanto a que não podia de imediato resistir. Lady Russell não disse mais palavra alguma, querendo deixar o assunto evoluir naturalmente; e acreditando que, se o senhor Elliot pudesse naquele momento ter falado adequadamente por si mesmo... em resumo, ela acreditava naquilo que Anne não acreditava. A mesma imagem do senhor Elliot falando por si mesmo levou Anne a recompor novamente. O encanto de Kellynch e de "Lady Elliot" se desvanecera totalmente. Ela jamais poderia aceitá-lo. E não somente porque seus sentimentos ainda fossem desfavoráveis em relação a qualquer homem, exceto um; seu julgamento, numa séria consideração das possibilidades de tal caso, era contra o senhor Elliot.

Embora já se conhecessem há um mês, ela não estava convencida de conhecer realmente seu caráter. Que ele era um homem sensato, agradável... que falava bem, emitia boas opiniões, parecia julgar de forma correta e como homem de princípios... tudo isso estava bastante claro. Ele certamente sabia o que era correto, e ela não podia destacar qualquer artigo de dever moral que tivesse evidentemente transgredido; mas ainda assim, recearia responder pela conduta dele. Desconfiava do passado, ainda que não do presente. Os nomes de antigos sócios ocasionalmente mencionados, as alusões a antigas práticas e atividades, inspiravam suspeitas desfavoráveis em relação ao que ele havia sido. Percebia que tivera maus hábitos; que viagens aos domingos haviam sido comuns; que houvera um período de sua vida (e provavelmente nada curto) em que fora, no mínimo, descuidado em relação a todos os assuntos sérios; e, embora hoje pudesse pensar de modo muito diferente, quem poderia responder pelos verdadeiros sentimentos de um homem esperto, cauteloso, bastante maduro para apreciar um bom caráter? Como seria possível algum dia ter certeza de que sua mente estivesse realmente purificada?

O senhor Elliot era racional, discreto, polido... mas não era franco. Nunca havia uma explosão de sentimentos, nenhum arroubo de indignação ou satisfação ante o mal ou o bem de outros. Isso, para Anne, era uma clara imperfeição. Suas primeiras impressões eram indeléveis. Ela valorizava o caráter franco, sincero, impetuoso acima de qualquer outro. Ardor e entusiasmo já a haviam cativado. Sentia que podia confiar muito mais na sinceridade daqueles que, às vezes, externavam ou diziam alguma coisa desatenta ou apressada do que naqueles cuja presença de espírito jamais variava ou cuja língua nunca escorregava.

O senhor Elliot era geralmente por demais afável. Por mais diversos que fossem os temperamentos na casa de seu pai, ele agradava a todos. Tolerava tudo... dava-se bem demais com todos. Havia falado com ela com algum grau de franqueza sobre a senhora Clay; havia parecido perceber inteiramente o que a senhora Clay pretendia, e havia falado dela com desdém; e ainda assim, a senhora Clay o considerava tão agradável como todos os outros.

Lady Russell devia estar vendo algo a menos ou a mais que sua jovem amiga, pois não via nada que suscitasse desconfiança. Não podia imaginar um homem que fosse mais precisamente o que deve ser do que o senhor Elliot; nem jamais acalentou sentimento mais doce do que a esperança de vê-lo receber a mão de sua amada Anne na igreja de Kellynch, no decorrer do outono seguinte.

≈ CAPÍTULO VI ≈

Era o início de fevereiro; e Anne, que já estava em Bath fazia um mês, estava ficando ansiosa por notícias de Uppercross e de Lyme. Queria saber muito mais do que Mary havia comunicado. Fazia três semanas que não tinha qualquer notícia. Sabia apenas que Henrietta tinha voltado para casa; e que Louisa, embora se considerasse que se recuperava rapidamente, ainda estava em Lyme; e estava pensando em todos eles com muita intensidade certa noite quando lhe foi entregue uma carta de Mary, mais longa do que o habitual; e, para avivar ainda mais seu prazer e sua surpresa, com os cumprimentos do almirante e da senhora Croft.

Os Croft deviam estar em Bath! Uma circunstância que a interessava. Eram pessoas para as quais seu coração pendia com muita naturalidade.

– O que é isso? – exclamou Sir Walter. – Os Croft chegaram em Bath? Os Croft que alugaram Kellynch? O que lhe trouxeram?

– Uma carta de Uppercross Cottage, senhor.

– Oh! Essas cartas são passaportes convenientes. Garantem uma apresentação. Eu, de qualquer modo, teria visitado o almirante Croft. Sei o que é devido a meu inquilino.

Anne não podia continuar ouvindo; nem mesmo poderia ter falado como a figura do pobre almirante escapara de algum comentário desairoso; a carta a absorvia. Tinha sido iniciada vários dias antes.

1º. de fevereiro

"Minha querida Anne,

Não peço desculpas por meu silêncio, porque sei a pouca importância que se dá às cartas num lugar como Bath. Você deve estar feliz demais para se preocupar com Uppercross que, como bem sabe, fornece pouco sobre que escrever. Tivemos um Natal muito enfadonho; o senhor e a senhora Musgrove não deram um só jantar durante todas as férias. Não considero os Hayter dignos de nota. As férias, contudo, finalmente acabaram: acho que as crianças nunca tiveram férias tão longas. Eu, pelo menos, certamente não tive. A casa ficou vazia ontem, com exceção dos pequenos Harville; mas você vai ficar surpresa ao saber que eles nunca voltaram para casa.

A senhora Harville deve ser uma mãe estranha para se separar deles por tanto tempo. Não entendo. Em minha opinião, não são crianças nada bem-comportadas; mas a senhora Musgrove parece gostar deles de qualquer jeito, senão até mais do que os próprios netos. Que tempo horrível tivemos! Pode não ser sentido em Bath, com seus belos calçamentos, mas no campo é bem diferente. Não recebi a visita de ninguém desde a segunda semana de janeiro, exceto Charles Hayter, que tem aparecido com muito mais frequência do que seria desejável. Cá entre nós, acho realmente uma pena que Henrietta não tenha ficado em Lyme tanto tempo quanto Louisa; isso a teria mantido um pouco afastada dele. A carruagem partiu hoje para trazer Louisa e os Harville amanhã. Só fomos convidados a jantar com eles, no entanto, no dia seguinte, porque a senhora Musgrove receia que a filha fique muito cansada com a viagem, o que não é muito provável, considerando os cuidados que irá receber; e seria muito mais conveniente para mim jantar lá amanhã. Estou contente em saber que você considera o senhor Elliot tão agradável e gostaria de poder conhecê-lo também; mas minha sorte continua a mesma... estou sempre longe quando alguma coisa boa está acontecendo; sempre a última da família a saber. Há um tempo enorme que a senhora Clay está com Elizabeth! Ela não pretende ir embora nunca? Mas, talvez, mesmo que ela deixasse o quarto, nós não fôssemos convidados. Diga-me o que acha disso. Não espero que convidem meus filhos, bem sabe. Posso muito bem deixá-los na Great House durante um mês ou seis semanas. Fiquei sabendo neste momento que os Croft estão indo para Bath quase imediatamente: acham que o almirante está sofrendo de gota. Charles ouviu isso por acaso: eles não tiveram a gentileza de me informar, nem se ofereceram para levar nada. Não acho que estejam melhorando como vizinhos. Nunca os vemos, e isso é realmente um exemplo de grosseira desatenção. Charles se une a mim para expressar seu afeto e tudo o mais que convém.

Sua, com afeto,

Mary M."

"Lamento dizer que não estou passando muito bem; e Jemima acaba de me dizer que o açougueiro anda dizendo que há uma dor de garganta se espalhando por aqui. Atrevo-me a dizer que vou pegá-la; e você sabe que minhas dores de garganta são sempre piores que as de todos."

Assim terminava a primeira parte, que havia sido colocada depois num envelope contendo quase o dobro de páginas.

"Mantive minha carta aberta para poder informá-la de como Louisa suportou a viagem, e agora estou bem contente por ter feito isso, visto que tenho muito a acrescentar. Em primeiro lugar, recebi ontem um bilhete da senhora Croft, oferecendo-se para levar alguma coisa para você; um bilhete muito gentil e amistoso endereçado a mim exatamente como deve ser; por isso vou estender minha carta quanto quiser. O almirante não parece muito doente e espero sinceramente que Bath lhe faça tanto bem quanto deseja. Ficarei verdadeiramente contente em tê-los de volta. Nossa vizinhança não pode se privar de uma família tão agradável. Mas voltando a Louisa, tenho algo a comunicar-lhe que vai surpreendê-la, e não pouco. Ela e os Harville chegaram com toda a segurança na terça-feira, e à noite fomos saber como ela estava, quando ficamos bastante surpresos por não encontrar o capitão Benwick no grupo, pois ele também havia sido convidado, bem como os Harville; e qual você acha que foi a razão? Nem mais nem menos do que o fato de ele estar apaixonado por Louisa e preferir não aparecer em Uppercross até que tenha obtido uma resposta do senhor Musgrove; pois tudo estava acertado entre ele e ela, antes que ela voltasse para casa, e ele havia escrito ao pai dela, enviando o pedido por meio do capitão Harville. É verdade, palavra de honra! Não está abismada? Eu ficaria no mínimo surpresa se você algum dia tivesse tido alguma indicação nesse sentido, pois eu nunca tive. A senhora Musgrove afirma solenemente que nada sabia a respeito. Mas estamos todos muito satisfeitos, no entanto, pois, embora não seja a mesma coisa que casar-se com o capitão Wentworth, é infinitamente melhor do que Charles Hayter; e o senhor Musgrove escreveu dando seu consentimento, e o capitão Benwick é aguardado para hoje. A senhora Harville diz que seu marido está muito sentido por causa de sua pobre irmã, mas ambos têm Louisa em grande estima. Na verdade, a senhora Harville e eu concordamos quanto ao fato de gostarmos ainda mais dela por termos cuidado dela. Charles se pergunta o que o capitão Wentworth vai dizer; mas, se você se lembra, eu nunca o julguei interessado em Louisa; nunca pude ver nada nesse sentido. E esse é o fim, veja só, da suposição de que o capitão Benwick era um admirador seu. Como tal coisa pôde passar pela cabeça de Charles sempre foi incompreensível para mim. Espero que ele agora seja mais sensato.

Certamente não é um grande partido para Louisa Musgrove, mas um milhão de vezes melhor do que se casar com um dos Hayter."

Mary não precisava ter receado que a irmã estivesse de algum modo preparada para a notícia. Ela nunca havia ficado mais atônita em sua vida. O capitão Benwick e Louisa Musgrove! Era quase maravilhoso demais para acreditar; e foi com o maior esforço que ela conseguiu permanecer na sala, manter um ar de calma e responder às perguntas comuns do momento. Felizmente para ela, não foram muitas. Sir Walter quis saber se os Croft viajavam com quatro cavalos e se era provável que ficassem alojados numa parte de Bath de modo que pudesse ser conveniente uma visita sua e da senhorita Elliot; mas demonstrou pouca curiosidade pelo resto.

– Como está Mary ? – perguntou Elizabeth; e sem esperar resposta: – E, por favor, o que é que traz os Croft a Bath?

– Vêm por causa do almirante. Acham que está com gota.

– Gota e decrepitude! – disse Sir Walter. – Pobre velho cavalheiro!

– Eles têm algum conhecido aqui? – perguntou Elizabeth.

– Não sei; mas dificilmente posso supor que, considerando a idade do almirante Croft e sua profissão, ele não tenha muitos conhecidos num lugar como este.

– Suspeito – disse Sir Walter, friamente – que o almirante Croft será bem mais conhecido em Bath como o arrendatário de Kellynch Hall. Elizabeth, podemos nos aventurar a apresentá-lo junto com a esposa em Laura Place?

– Oh! Não, acho que não. Na posição em que estamos com Lady Dalrymple, como primos, devemos ser muito cuidadosos para não constrangê-la com relações que ela possa não aprovar. Se não fôssemos parentes, não teria importância; mas, como primos, ela se sentiria forçada a aceitar qualquer proposta nossa. É melhor deixarmos os Croft encontrarem pessoas do próprio nível deles. Há vários homens de aparência estranha andando por aí que, pelo que me disseram, são marinheiros. Os Croft vão se juntar a eles.

Esse foi o grau de interesse de Sir Walter e Elizabeth pela carta; depois que a senhora Clay a honrou com uma atenção mais decente, com perguntas sobre a senhora Charles Musgrove e seus adoráveis meninos, Anne se viu livre.

Em seu próprio quarto, tentou compreender a situação. Charles podia muito bem perguntar-se como devia estar se sentindo o capitão Wentworth! Talvez ele tivesse abandonado o campo de batalha, desistido de Louisa, deixado de amá-la ou descoberto que não a amava. Ela não podia suportar a ideia de traição ou leviandade, ou qualquer coisa parecida com mau comportamento entre ele e seu amigo. Não podia suportar que semelhante amizade como a deles fosse rompida de forma desleal.

O capitão Benwick e Louisa Musgrove! A animada, alegre e falante Louisa Musgrove, e o abatido, pensativo, sensível e afeito à leitura capitão Benwick, pareciam, cada um deles, tudo o que não conviria ao outro. Suas mentes mais que heterogêneas! Onde poderia ter surgido a atração? A resposta logo se apresentou. Havia sido na situação. Estiveram juntos por várias semanas; haviam vivido no mesmo pequeno grupo familiar; desde que Henrietta partira, tiveram de ficar dependendo quase inteiramente um do outro, e Louisa, em fase de recuperação de sua doença, tinha sido uma companhia interessante e o capitão Benwick não estava inconsolável. Esse era um ponto de que Anne não conseguira deixar de suspeitar; e, em vez de tirar a mesma conclusão de Mary, perante o atual curso dos acontecimentos, estes só serviram para confirmar a ideia de que ele havia sentido um princípio de ternura por ela. Ela não pretendia, contudo, extrair disso muito mais para envaidecer-se do que Mary poderia ter permitido. Estava persuadida de que qualquer moça suficientemente agradável que o tivesse escutado e aparentado interessar-se por ele teria despertado o mesmo sentimento. Ele tinha um coração afetuoso. Precisava amar alguém.

Ela não via razões para que não fossem felizes. Para começar, Louisa tinha um acentuado gosto pela Marinha e logo eles se tornariam mais parecidos. Ele ganharia em disposição e ela aprenderia a se entusiasmar com Scott e Lord Byron; não, provavelmente já havia aprendido isso; certamente se apaixonaram graças à poesia. A ideia de Louisa Musgrove transformada numa pessoa de gosto literário e reflexão sentimental era divertido, mas ela não duvidava de que assim fosse. O dia em Lyme, a queda no Cobb poderiam ter influenciado sua saúde, os nervos, a coragem e o caráter até o final da vida da mesma forma que pareciam ter influenciado seu destino.

A conclusão de tudo era que, se a mulher que havia se mostrado sensível aos méritos do capitão Wentworth podia permitir-se preferir outro homem, não havia nada no noivado provocasse um assombro duradouro; e, se o capitão Wentworth não havia perdido com isso um amigo, certamente nada haveria a lamentar. Não, não era o desgosto que fazia o coração de Anne bater contra a sua vontade e fazia suas faces corar ao imaginar o capitão Wentworth livre e desimpedido. Tinha alguns sentimentos que se envergonhava de investigar. Eram parecidos demais com alegria, insensata alegria!

Ela ansiava por encontrar os Croft; mas quando o encontro ocorreu, ficou que nenhum boato da novidade tinha chegado até eles. A visita de cerimônia foi feita e retribuída, e Louisa Musgrove foi mencionada, bem como o capitão Benwick, sem qualquer meio sorriso.

Os Croft se haviam instalado em alojamentos na Gay Street, o que deixou Sir Walter perfeitamente satisfeito. Ele não sentia vergonha alguma por conhecê-los e, na verdade, pensava e falava muito mais no almirante do que o almirante pensava ou falava nele.

Os Croft conheciam praticamente mais pessoas em Bath do que desejavam e consideravam seus encontros com os Elliot como mera questão de formalidade e nem de longe algo que lhes proporcionasse qualquer prazer. Trouxeram consigo o hábito do campo de andar sempre juntos. Ele recebera a recomendação de caminhar para combater a gota e a senhora Croft parecia acompanhá-lo em tudo e caminhar o quanto fosse necessário para o bem dele. Anne os via onde quer que fosse. Lady Russell a levava em sua carruagem quase todas as manhãs, e ela nunca deixava de pensar neles e nunca deixava de vê-los. Conhecendo os sentimentos dos dois como ela conhecia, aquilo era, para ela, o mais atraente retrato de felicidade. Sempre os observava durante o maior tempo possível, encantada ao imaginar que entendia o que estavam falando enquanto caminhavam em feliz independência, ou igualmente encantada ao ver o caloroso aperto de mão do almirante quando encontrava um velho amigo e ao observar a animação da conversa quando ocasionalmente se formava um pequeno grupo da Marinha, com a senhora Croft parecendo tão inteligente e entusiasta quanto qualquer um dos oficiais à sua volta.

Anne estava comprometida demais com Lady Russell para sair com frequência a caminhar sozinha; mas aconteceu que, certa manhã, cerca de uma semana ou dez dias depois da chegada dos Croft, foi-lhe mais conveniente deixar a amiga, ou a carruagem da amiga, na parte baixa da cidade e voltar sozinha para Camden Place; e ao subir Milsom Street teve a sorte de encontrar o almirante. Ele estava sozinho, parado diante da vitrine de uma loja de quadros, com as mãos para trás, em profunda contemplação de algumas pinturas, e ela não somente poderia ter passado por ele sem ser vista, mas foi obrigada a tocá-lo e falar antes de conseguir atrair-lhe a atenção. Quando, porém, ele percebeu e a reconheceu, reagiu com a franqueza e o bom humor habituais.

– Ah! É a senhorita? Obrigado, obrigado. Isso sim é me tratar como amigo. Aqui estou, como pode ver, fitando um quadro. Nunca posso passar por esta loja sem parar. Mas que coisa se vê ali, como se fosse um barco. Olhe só para isso. Já viu algo parecido? Que camaradas esquisitos devem ser seus bons pintores para pensar que alguém iria arriscar a vida num velho e disforme barquinho como esse! E ainda, aí estão dois cavalheiros dentro dele muito à vontade, olhando para os rochedos e montanhas em torno como se não fossem tombar no momento seguinte, como com certeza deverão ser. Pergunto-me onde esse barco foi construído! – rindo com prazer. – Eu não me aventuraria nem sequer num tanque dentro dele. Bem – voltando-se – em que direção vai agora? Posso ir a algum lugar para a senhorita ou com a senhorita? Posso lhe ser útil em alguma coisa?

– Não, obrigada, a menos que me dê o prazer de sua companhia no pequeno trecho em que nosso trajeto coincide. Estou indo para casa.

– Como não, de todo o coração e até mais adiante. Sim, sim, vamos fazer uma agradável caminhada juntos; e tenho algo a lhe contar enquanto vamos andando. Pronto, tome meu braço; assim mesmo; não me sinto confortável se não tiver uma mulher a meu lado. Meu Deus! Que barco é esse! – dando uma última olhada para o quadro, quando começaram a andar.

– Disse que tinha algo a me contar, senhor?

– Sim, tenho, e logo mais. Mas aí vem um amigo, o capitão Bridgen; mas só vou dizer "Como vai?" quando passarmos. Não vou parar. "Como vai?" Bridgen arregala os olhos ao ver comigo alguém que não é minha esposa. Ela, pobrezinha, não pode sair de casa. Está com uma bolha num dos calcanhares, do tamanho de uma moeda de três xelins. Se olhar para o outro lado da rua, verá o almirante Brand descendo a rua com o irmão. Camaradas ordinários, os dois! Fico contente por não estarem deste lado da rua. Sophy não os suporta. Certa vez, me pregaram uma peça deplorável... levaram alguns de meus melhores homens. Vou lhe contar toda a história em outro momento. Lá vem o velho Sir Archibald Drew com o neto. Olhe, ele nos viu; está beijando a mão em sua direção; tomou-a por minha esposa. Ah! A paz chegou cedo demais para esse jovem. Pobre Sir Archibald! O que acha de Bath, senhorita Elliot? Para nós, é ótima. Estamos sempre encontrando um ou outro velho amigo; as ruas estão cheias deles todas as manhãs; garantia de ter muita conversa; e então nos afastamos de todos, nos trancamos em nossos alojamentos, puxamos as cadeiras e ficamos tão confortáveis como se estivéssemos em Kellynch, sim, ou como estávamos acostumados a ficar até mesmo em North Yarmouth e em Deal. Gostamos de nossas acomodações aqui, posse lhe dizer, por nos lembrarem as primeiras que tivemos em North Yarmouth. O vento sopra num dos armários exatamente do mesmo modo.

Quando estavam um pouco mais adiante, Anne se arriscou a perguntar novamente o que ele tinha a lhe contar. Esperava, quando saíssem da Milsom Street, ter sua curiosidade satisfeita; mas foi ainda obrigada a esperar, pois o almirante havia decidido não começar até alcançarem o espaço mais amplo e silencioso de Belmont; e como ela não era realmente a senhora Croft, devia deixá-lo fazer como quisesse. Logo que passaram a subir em direção a Belmont, ele começou:

– Bem, a senhorita vai ouvir algo que a deixará surpresa. Mas, antes de tudo, precisa me dizer o nome da jovem sobre quem vou falar. Aquela jovem, bem sabe, com quem todos estivemos tão preocupados. A senhorita Musgrove, com quem tudo isso aconteceu. Seu nome de batismo... sempre me esqueço de seu nome de batismo.

Anne ficou envergonhada por parecer compreender tão rapidamente quanto o fez; mas agora podia sugerir com segurança o nome de "Louisa".

– Sim, sim, senhorita Louisa Musgrove, esse é o nome. Gostaria que as jovens não tivessem tantos belos nomes de batismo. Eu nunca haveria de me enganar se todas fossem Sophy, ou algo assim. Bem, essa senhorita Louisa, todos pensávamos, como sabe, iria se casar com Frederick. Ele a cortejava havia semanas. A única pergunta era o que eles estariam esperando, até acontecer o acidente em Lyme; então, na verdade, ficou bastante claro que deveriam esperar até que cérebro dela voltasse ao normal. Mas mesmo então havia algo de estranho no rumo que eles seguiram. Em vez de ficar em Lyme, ele foi para Plymouth e em seguida foi visitar Edward. Quando voltamos de Minehead, ele já havia partido para a casa de Edward, e lá tem estado desde então. Não o vemos desde novembro. Nem mesmo Sophy conseguiu entender isso. Mas agora a questão teve a mais estranha das reviravoltas; pois essa jovem, essa mesma senhorita Musgrove, em vez de se casar com Frederick, vai se casar com James Benwick. A senhorita conhece James Benwick.

– Um pouco. Conheço um pouco o capitão Benwick.

– Bem, ela vai se casar com ele. Não, mais provavelmente já estão casados, pois não sei por que deveriam esperar.

– Achei o capitão Benwick um jovem muito agradável – disse Anne – e pelo que sei ele tem excelente caráter.

– Oh! Sim, sim! Não há uma palavra a ser dita contra James Benwick. É apenas um comandante, é verdade, promovido no último verão, e os tempos estão ruins para galgar postos, mas não tem nenhum outro defeito, que eu saiba. Um camarada excelente, generoso, posso lhe garantir; também um oficial muito ativo, zeloso, o que é mais do que a senhorita poderia imaginar, talvez, pois aquele tipo de modos meigos não lhe faz justiça.

– Na verdade, nisso se engana, senhor; nunca poderia ver falta de energia nos modos do capitão Benwick. Achei-os particularmente agradáveis, e posso lhe assegurar que agradam a todos.

– Bem, bem, senhoras são os melhores juízes; mas James Benwick é um pouco parado demais para mim; e, embora provavelmente nossa opinião não seja isenta, Sophy e eu não podemos deixar de pensar que os modos de Frederick são melhores que os dele. Há algo em Frederick que se aproxima mais de nosso gosto.

Anne se sentiu acuada. Só havia pretendido opor-se à ideia, por demais comum, de que energia e suavidade eram incompatíveis entre si, de modo algum apresentar os modos do capitão Benwick como possivelmente os melhores que existem e, depois de pequena hesitação, estava começando a dizer "Não estava fazendo qualquer comparação entre os dois amigos...", mas o almirante a interrompeu com:

– E a coisa é a pura verdade. Não é apenas rastro de boato. Soubemos pelo próprio Frederick. A irmã dele recebeu uma carta dele ontem, na qual nos conta tudo e ele havia acabado de ficar sabendo por uma carta de Harville, recém-escrita, de Uppercross. Imagino que estejam todos em Uppercross.

Essa era uma oportunidade a que Anne não podia resistir; por isso disse:

– Espero, almirante, espero que não haja nada no tom da carta do capitão Wentworth que tenha deixado o senhor e a senhora Croft particularmente desconfortáveis. Certamente parecia, no outono passado, haver uma ligação afetiva entre ele e Louisa Musgrove; mas espero que se possa concluir que tenha sido rompida de ambos os lados, de maneira equilibrada e sem violência.

Espero que a carta dele não deixe transparecer o ânimo de um homem traído.

– De forma alguma... de forma alguma: não há qualquer protesto ou queixa do início ao fim.

Anne olhou para o chão para esconder o sorriso.

– Não, não; Frederick não é homem de choramingar e queixar-se; ele tem energia demais para isso. Se a moça gosta mais de outro homem, é justo que fique com ele.

– Certamente. Mas o que eu quis dizer é que espero não haver nada na maneira de escrever do capitão Wentworth que os faça supor que ele se considere traído pelo amigo, o que pode transparecer, bem sabe, sem que em absoluto seja dita. Eu lamentaria muito que uma amizade como a que existiu entre ele e o capitão Benwick fosse destruída, ou mesmo prejudicada por uma circunstância como essa.

– Sim, sim, eu a entendo. Mas não há nada dessa natureza na carta. Ele não faz o menor ataque a Benwick... não chega sequer a dizer: "Estou deveras surpreso com isso, tenho minhas próprias razões para ficar realmente surpreso." Não, ninguém diria, pela forma como escreve, que ele alguma vez tivesse pensado em querer essa senhorita (qual o nome dela?) para si. Com toda a elegância, espera que sejam felizes juntos; e não há nada de rancoroso nisso, acredito.

Anne não se deu por satisfeita com a irrefutável convicção que o almirante quis transmitir, mas teria sido inútil insistir mais no assunto. Contentou-se, portanto, com observações comuns ou em prestar silenciosa atenção, e o almirante prosseguiu falando como queria.

– Pobre Frederick! – disse ele, por fim. – Agora precisa começar tudo de novo com outra pessoa. Acho que devemos trazê-lo a Bath. Sophy precisa escrever e implorar-lhe para que venha a Bath. Aqui há moças bonitas em bom número, com certeza. De nada adiantaria voltar para Uppercross, pois aquela outra senhorita Musgrove, creio, está prometida ao primo, o jovem pároco. Não acha, senhorita Elliot, que seria melhor tentar trazê-lo a Bath?

≈ CAPÍTULO VII ≈

Enquanto o almirante Croft passeava com Anne e expressava seu desejo de trazer o capitão Wentworth para Bath, o capitão Wentworth já estava a caminho. Antes que a senhora Croft lhe escrevesse, ele já havia chegado; e logo na vez seguinte em que Anne saiu de casa, ela o viu.

O senhor Elliot acompanhava as duas primas e a senhora Clay. Estavam na Milsom Street. Começou a chover, não muito, mas o suficiente para que um abrigo fosse desejável para as mulheres e o suficiente para que a senhorita Elliot considerasse muito desejável ter a vantagem de voltar para casa na carruagem de Lady Dalrymple, que fora vista aguardando a pequena distância; ela, Anne e a senhora Clay entraram então na Molland's, enquanto o senhor Elliot ia ter com Lady Dalrymple para pedir ajuda. Ele logo voltou a se juntar às três, depois de ter obtido sucesso, é claro; Lady Dalrymple teria o maior prazer em levá-las para casa e viria buscá-las dentro de poucos minutos.

A carruagem de Lady Dalrymple era uma caleça que não comportava mais de quatro pessoas com algum conforto. A senhorita Carteret estava com a mãe; consequentemente, não era razoável esperar acomodação para as três senhoras de Camden Place. Não haveria qualquer dúvida em relação à senhorita Elliot. Quem quer que viesse a sofrer algum inconveniente, não seria ela, mas levou algum tempo para definir a questão da cortesia entre as duas outras. A chuva era mínima, e Anne foi totalmente sincera ao preferir voltar a pé com o senhor Elliot. Mas a chuva também era mínima para a senhora Clay; dificilmente admitiria que estivesse caindo uma só gota, e suas botas eram tão grossas! Muito mais grossas que as da senhorita Anne; em resumo, sua gentileza a tornava tão ansiosa para que a deixassem voltar caminhando com o senhor Elliot como Anne, e isso foi discutido entre as duas com uma generosidade tão polida e tão determinada que os outros foram obrigados a resolver por elas; a senhorita Elliot afirmava que a senhora Clay já estava um pouco resfriada e o senhor Elliot determinou, a pedido, que as botas da prima Anne eram um tanto mais grossas.

Ficou decidido, portanto, que a senhora Clay se reuniria ao grupo na carruagem; e haviam acabado de chegar a esse ponto quando Anne, sentada junto à janela, avistou, com toda a certeza e da forma mais distinta, o capitão Wentworth descendo a rua.

Seu sobressalto foi perceptível somente para ela mesma; mas instantaneamente se sentiu a maior simplória do mundo, a mais inexplicável e absurda! Durante alguns minutos, nada via diante de si; tudo ficou confuso. Estava perdida; e quando conseguiu se recompor, viu as outras ainda à espera da carruagem e o senhor Elliot (sempre gentil) estava saindo rumo à Union Street, para buscar algo a pedido da senhora Clay.

Anne sentia agora grande vontade de ir até a porta da rua; queria ver se chovia. Por que deveria suspeitar que tivesse outro motivo? O capitão Wentworth já deveria estar fora de alcance. Levantou-se, iria; metade dela não deveria ser sempre tão sensata como a outra metade, ou sempre suspeitava de que a outra fosse pior do que era. Iria ver se chovia. Logo, porém, foi obrigada a retroceder com a entrada do próprio capitão Wentworth com um grupo de cavalheiros e damas, evidentemente conhecidos dele, e que devia ter encontrado um pouco abaixo da Milsom Street. Obviamente, ele ficou mais surpreso e confuso ao vê-la do que ela jamais tinha observado antes; ficou totalmente vermelho. Pela primeira vez desde que haviam reatado relações, ela sentiu que, dos dois, era a que demonstrava menos sensibilidade. Tinha sobre ele a vantagem da preparação dos últimos poucos momentos. Todos os acabrunhantes, ofuscantes, desconcertantes primeiros efeitos da grande surpresa já se haviam esvaído para ela. Apesar disso, contudo, ainda tinha muito a sentir! Era agitação, dor, prazer... algo entre encanto e prostração.

Ele falou com ela e então se afastou. O que caracterizava seu modo de ser era o constrangimento. Ela não poderia tê-lo definido como frio ou amistoso ou qualquer outra coisa, com toda a certeza, senão constrangimento.

Depois de breve intervalo, porém, ele foi até ela e tornou a falar. Seguiram-se perguntas recíprocas sobre assuntos comuns; nenhum dos dois provavelmente dava muita atenção ao que ouvia, e Anne continuava percebendo que ele estava menos à vontade do que antes. Tinham chegado, à força de tanto estarem juntos, a falar um com o outro com uma considerável dose de aparente indiferença e calma; mas agora ele não conseguia fazê-lo. O tempo o havia mudado ou fora Louisa que o havia mudado. Havia aquela sensação de algo indefinido. Parecia muito bem e não como se tivesse tido problemas de saúde ou de disposição, e falou de Uppercross, dos Musgrove, não, até mesmo de Louisa, e chegou a assumir momentaneamente aquele seu estilo malicioso ao citar o nome dela; mas, ainda assim, o capitão Wentworth não estava confortável, nem à vontade, nem era capaz de fingir que estava.

Não surpreendeu, mas entristeceu Anne observar que Elizabeth não o cumprimentara. Ela notou que ele viu Elizabeth, que Elizabeth o viu, que houve total reconhecimento por parte dos dois; estava convencida de que ele estava pronto para ser cumprimentado como um conhecido, chegou a esperar por isso, e teve a dor de ver a própria irmã virar o rosto com inalterável frieza.

A carruagem de Lady Dalrymple, pela qual a senhorita Elliot começava a ficar muito impaciente, por fim apareceu; o criado entrou para anunciá-la. Estava começando a chover de novo e houve, ao mesmo tempo, um atraso, um alvoroço, um falatório que fez toda a pequena multidão na loja entender que Lady Dalrymple havia mandado buscar a senhorita Elliot. Finalmente, a senhorita Elliot e sua amiga, acompanhadas apenas pelo criado (pois o primo ainda não havia retornado), saíam; e o capitão Wentworth, observando-as, voltou-se novamente para Anne e, por gestos mais do que por palavras, ofereceu-lhe seus préstimos.

– Fico-lhe muito agradecida – foi a resposta dela –, mas não vou com elas. A carruagem não comporta tantos passageiros. Vou a pé: prefiro caminhar.

– Mas está chovendo.

– Oh! Muito pouco. Nada que me incomode.

Depois de um momento de pausa, ele disse:

– Embora só tenha chegado ontem, já estou devidamente equipado para Bath, como vê – apontando para um guarda-chuva novo; – e gostaria que o utilizasse, caso esteja decidida a ir caminhando; embora eu ache que seria mais prudente se me deixasse arranjar um meio de transporte.

Ela ficou muito agradecida, mas declinou de tudo, repetindo sua convicção de que a chuva logo iria parar e acrescentando:

– Só estou aguardando o senhor Elliot. Vai chegar aqui em poucos instantes, tenho certeza.

Mal havia pronunciado essas palavras quando o senhor Elliot entrou. O capitão Wentworth o reconheceu perfeitamente. Não havia qualquer diferença entre ele e o homem que ficara parado nos degraus em Lyme, admirando Anne enquanto ela passava, exceto na expressão, na aparência e nos modos de privilegiado parente e amigo. Entrou com impaciência, parecia só vê-la e pensar nela, desculpou-se pela demora, estava desolado por tê-la deixado esperando e ansioso para levá-la embora dali sem mais perda de tempo e antes que a chuva aumentasse; e no momento seguinte saíam juntos, de braços dados, um olhar meigo e constrangido e um "Bom dia para você!", foi tudo o que ela teve tempo de dizer enquanto ia embora.

Assim que os dois já estavam mais afastados, as damas do grupo do capitão Wentworth começaram a falar dos dois.

– Parece que a prima não desagrada ao senhor Elliot, ou estou dando asas à fantasia?

– Oh, Não! Isso está bem claro! Já se pode adivinhar o que vai acontecer. Ele está sempre com eles; passa a metade do tempo com a família, acredito. Que homem mais atraente!

– Sim, e a senhorita Atkinson, que jantou com ele uma vez na casa dos Wallis, diz que ele é o homem mais agradável que ela já teve como companhia.

– Ela é bonita, eu acho; Anne Elliot, muito bonita quando se presta atenção nela. Não é muito simpático dizer isso, mas confesso que a admiro mais do que a irmã.

– Oh! Eu também!

– E eu também. Não há comparação. Mas todos os homens são loucos pela senhorita Elliot. Anne é delicada demais para eles.

Anne teria ficado particularmente grata ao primo se ele tivesse caminhado a seu lado até Camden Place sem dizer palavra. Nunca havia achado tão difícil ouvi-lo, embora nada pudesse exceder a solicitude e o cuidado dele e embora os assuntos por ele abordados fossem, como de costume, especialmente interessantes... elogios calorosos, justos e distintos a Lady Russell, e insinuações muito consistentes contra a senhora Clay. Mas exatamente agora, ela só podia pensar no capitão Wentworth. Não conseguia compreender seus sentimentos atuais, se ele realmente sofria muito com o desapontamento ou não; e até que esse ponto ficasse esclarecido, ela não podia voltar a ser ela mesma.

Esperava com o tempo tornar-se criteriosa e ajuizada; mas, ai! ai!, tinha de confessar a si mesma que ainda não era criteriosa.

Outra informação essencial para ela era saber quanto tempo ele pretendia ficar em Bath; ele não havia mencionado isso ou ela não conseguia se lembrar. Poderia estar só de passagem. Mas era mais provável que tivesse vindo para ficar. Nesse caso, dada a possibilidade de todo mundo se encontrar com todo mundo em Bath, Lady Russell muito provavelmente o veria em algum lugar. Será que se lembraria dele? O que iria acontecer?

Ela já havia sido obrigada a contar a Lady Russell que Louisa Musgrove iria se casar com o capitão Benwick. Tinha sido algo penoso assistir à surpresa de Lady Russell; e agora, se ela por acaso acabasse frequentando o mesmo grupo do capitão Wentworth, seu conhecimento imperfeito do caso poderia acrescentar outra sombra de preconceito contra ele.

Na manhã seguinte, Anne saiu com a amiga e passou a primeira hora em vão numa incessante e receosa espécie de sentinela para vê-lo; mas, por fim, ao voltar pela Pulteney Street, divisou-o na calçada da direita a uma distância tal que podia ser visto na maior parte da rua. Havia muitos outros homens à sua volta, muitos grupos caminhando do mesmo lado, mas não havia como confundi-lo. Ela olhou instintivamente para Lady Russell; mas não por qualquer ideia louca de que ela o reconhecesse tão rapidamente quanto ela própria o havia reconhecido. Não, não seria de imaginar que Lady Russell fosse vê-lo antes que estivessem praticamente frente a frente. Olhava, contudo, para ela de vez em quando, ansiosamente; e quando se aproximou o momento em que ele seria identificado, embora não se atrevendo a olhar mais uma vez (pois seu próprio rosto, ela sabia que não deveria ser visto), teve perfeita consciência de que os olhos de Lady Russell se voltavam exatamente na direção dele... em resumo, de que ela o estava observando com atenção. Podia compreender plenamente o tipo de fascínio que ele devia exercer na mente de Lady Russell, a dificuldade que ela devia encontrar para desviar os olhos, o espanto que devia estar sentindo ao constatar que oito ou nove anos haviam passado por ele, e em climas estrangeiros e também no serviço ativo, sem lhe furtarem nada de sua graça pessoal!

Por fim, Lady Russell virou a cabeça. "Agora, o que falaria dele?"

– Você deve estar se perguntando – disse ela – o que atraiu meu olhar por tanto tempo; mas eu estava olhando umas cortinas sobre as quais Lady Alicia e a senhora Frankland estavam me falando ontem à noite. Elas descreveram as cortinas das janelas da sala de estar de uma das casas situadas nesta calçada e deste lado da rua como as mais belas e de melhor caimento em toda Bath, mas não conseguiam lembrar-se do número exato, e eu estava tentando descobrir qual poderia ser. Mas confesso que não consigo ver por aqui nenhuma cortina que corresponda à descrição delas.

Anne suspirou, corou e sorriu, de pena e desdém, quer pela amiga quer por si mesma. A parte que mais a aborrecia era que, em todo aquele desperdício de precaução e cautela, ela havia perdido o momento certo de observar se ele as tinha visto.

Um ou dois dias se passaram sem que nada acontecesse. O teatro ou os salões, onde era mais provável que ele estivesse, não eram bastante refinados para os Elliot, cujos divertimentos vespertinos se limitavam à elegante estupidez das festas particulares, às quais compareciam com sempre maior frequência;

e Anne, cansada com esse estado de estagnação, farta de não saber nada e imaginando-se mais forte porque sua força não era posta à prova, estava bastante impaciente pela noite do concerto. Era um concerto em benefício de uma pessoa protegida por Lady Dalrymple. Eles deveriam comparecer, sem dúvida. Dava a impressão que seria realmente um bom concerto, e o capitão Wentworth gostava muito de música. Se ela ao menos pudesse ter uma conversa de alguns minutos somente com ele, imaginou que estaria satisfeita; e quanto à força para se dirigir a ele, sentia-se tomada por total coragem caso a oportunidade se apresentasse. Elizabeth lhe havia virado o rosto, Lady Russell não o havia percebido; seus nervos estavam fortalecidos por essas circunstâncias; ela sentia que lhe devia atenção.

Havia mais ou menos prometido uma vez à senhora Smith passar a noite com ela; mas, numa curta e apressada visita, desculpou-se e adiou o encontro, com promessa mais incisiva de uma visita mais longa no dia seguinte. A senhora Smith concordou com muito bom humor.

– Não vejo problema – disse ela; – só me conte tudo quando vier. Quem faz parte de seu grupo?

Anne citou todos eles. A senhora Smith não deu resposta; mas, ao se despedir dela, disse, com uma expressão meio séria, meio maliciosa:

– Bem, sinceramente desejo que seu concerto corresponda à sua expectativa; e não falte amanhã, se puder vir, pois começo a ter um pressentimento de que não receberei mais muitas visitas suas.

Anne ficou chocada e confusa; mas, depois de um momento de indecisão, não lamentou ser obrigada a sair depressa.

≈ CAPÍTULO VIII ≈

Sir Walter, as duas filhas e a senhora Clay foram os primeiros de todo o grupo a chegar à sala do concerto; e como era preciso esperar Lady Dalrymple, tomaram lugar junto a uma das lareiras da Sala Octogonal. Mal acabavam de se acomodar, porém, quando a porta se abriu outra vez e o capitão Wentworth entrou sozinho. Anne era a que estava mais próxima dele e, avançando um pouco mais, no mesmo instante falou. Ele estava se preparando para fazer apenas uma inclinação e prosseguir, mas o meigo "Como vai?" dela tirou-o da linha reta para ficar ao lado dela e retribuir com perguntas, apesar dos temerários pai e irmã ao fundo. O fato de eles estarem atrás era um alívio para Anne; não percebia seus olhares e se sentia à vontade para fazer tudo aquilo que julgava ser correto.

Enquanto os dois estavam conversando, um sussurro entre o pai e Elizabeth chegou a seus ouvidos. Ela não conseguiu distinguir as palavras, mas podia adivinhar o assunto; e o capitão Wentworth, ao fazer uma inclinação à distância, ela compreendeu que o pai havia julgado adequado lhe conceder essa simples demonstração de que o conhecia, e teve tempo de ver, com um olhar de viés, uma leve reverência da própria Elizabeth. Isso, embora com atraso, relutante e indelicado, era melhor que nada, e seu humor melhorou.

Depois de falar, porém, sobre o tempo, Bath e o concerto, a conversa começou a arrefecer e, por fim, tão pouco era dito que ela estava esperando que ele fosse embora a qualquer momento; mas ele não foi: parecia não ter pressa em deixá-la; e então, com energia renovada, com um pequeno sorriso, um pequeno brilho, disse:

– Quase não a tenho visto desde nossa dia em Lyme. Receio que tenha sofrido com o choque, e mais ainda por não se ter permitido perder o controle naquela ocasião.

Anne lhe garantiu que não o perdera.

– Foi um momento terrível – disse ele –, um dia terrível! – E passou a mão nos olhos como se a lembrança ainda fosse por demais dolorosa; mas num momento, com outro leve sorriso, acrescentou: – O dia, contudo, produziu alguns efeitos... teve algumas consequências que devem ser consideradas como o próprio reverso do pavor. Quando a senhorita teve a presença de espírito de sugerir que Benwick seria a pessoa mais indicada para buscar um médico, não poderia ter a menor ideia de que ele se tornaria realmente um dos mais preocupados com a recuperação de Louisa.

– Certamente não poderia ter nenhuma. Mas parece… espero que seja uma união muito feliz. De ambos os lados há bons princípios e boa índole.

– Sim – disse ele, olhando não exatamente para frente; – mas ali, penso eu, termina a semelhança. Desejo de todo o coração que sejam felizes e me regozijo com todas as circunstâncias que lhes sejam favoráveis. Eles não têm dificuldades a enfrentar em casa, nenhuma oposição, nenhum capricho, nenhum adiamento. Os Musgrove estão se comportando como sempre, da forma mais honrada e gentil, somente ansiosos, com verdadeiro coração de pais, em promover o conforto da filha. Tudo isso é muito, muito mesmo em favor da felicidade deles; mais do que talvez…

Ele parou. Uma súbita lembrança pareceu lhe ocorrer e transmitir-lhe uma sensação daquela emoção que estava enrubescendo as faces de Anne e a fez fitar os olhos no chão. Depois de limpar a garganta, contudo, prosseguiu desse modo:

– Confesso que penso realmente que há uma disparidade, uma disparidade muito grande, e num ponto não menos essencial que a índole. Considero Louisa Musgrove uma jovem muito afável, de índole doce e não desprovida de inteligência, mas Benwick é algo mais. É um homem talentoso, um homem que gosta de ler; e confesso que realmente considero sua ligação com ela com alguma surpresa. Se tivesse sido o efeito de gratidão, se ele tivesse aprendido a amá-la porque acreditava que ela o preferia, seria outra coisa. Mas não tenho motivos para supor que assim seja. Parece, pelo contrário, ter sido um sentimento totalmente espontâneo, inato da parte dele, e isso me surpreende. Um homem como ele, na condição dele! Com um coração trespassado, ferido, quase despedaçado! Fanny Harville era uma criatura muito superior, e a sua afeição por ela era de verdade afeição. Um homem não se recupera de tal devotamento do coração a uma mulher como aquela! Não deve... não há como.

Seja pela consciência, contudo, de que o amigo se havia recuperado, seja por alguma outra consciência, ele não continuou; e Anne que, apesar da voz agitada em que a última parte tinha sido dita e apesar dos vários ruídos da sala, as quase incessantes batidas da porta e o incessante burburinho de pessoas andando, havia entendido cada palavra, estava chocada, encantada, confusa e começando a respirar muito depressa e a sentir mil coisas ao mesmo tempo. Era impossível para ela entrar nesse assunto; e ainda assim, depois de uma pausa, sentindo a necessidade de falar e não tendo o menor desejo de uma mudança total de assunto, só se desviou um pouco para dizer:

– Ficou um bom tempo em Lyme, não é?

– Aproximadamente duas semanas. Não podia partir até que a melhora de Louisa fosse totalmente confirmada. Estava envolvido demais no infortúnio para me tranquilizar depressa. Havia sido culpa minha... unicamente minha. Ela não teria sido tão teimosa se eu não tivesse sido fraco. A região em torno de Lyme é muito bonita. Andei e cavalguei muito; e quanto mais via, mais coisas encontrava para admirar.

– Eu gostaria muito de voltar a Lyme – disse Anne.

– É mesmo? Não teria imaginado que a senhorita pudesse ter encontrado em Lyme qualquer coisa para inspirar tal sentimento. O horror e a angústia em que esteve envolvida... a tensão da mente, o esgotamento nervoso! Teria imaginado que suas últimas impressões tivessem sido de extremo desgosto.

– As últimas horas foram certamente muito penosas – replicou Anne; – mas quando a dor passou, a lembrança do lugar muitas vezes se torna um prazer. Não se gosta menos de um lugar por ter nele sofrido, a não ser que tenha havido somente sofrimento, nada além de sofrimento... o que não foi nem de longe o caso em Lyme. Só ficamos ansiosos e preocupados durante as últimas duas horas; e antes disso havíamos nos divertido muito. Tanta novidade e beleza! Viajei tão pouco que qualquer lugar novo seria interessante para mim... mas em Lyme há beleza de verdade; e em resumo – com um leve rubor por algumas lembranças – minhas impressões gerais do lugar são muito agradáveis.

Quando parou, a porta se abriu de novo, e apareceu precisamente o grupo que estavam aguardando. "Lady Dalrymple, Lady Dalrymple" foi o som exultante; e com toda a vivacidade compatível com ansiosa elegância, Sir Walter e as duas senhoras se adiantaram ao encontro dela. Lady Dalrymple e a senhorita Carteret, escoltadas pelo senhor Elliot e pelo coronel Wallis, que por acaso chegara quase no mesmo instante, entraram na sala. Os outros se juntaram a eles e se formou um grupo em que Anne logo se viu necessariamente incluída. Foi separada do capitão Wentworth. Sua conversa interessante, quase interessante demais, teve de ser interrompida por algum tempo, mas leve era a pena comparada com a felicidade que causou! Ela havia descoberto, nos últimos dez minutos, mais sobre os sentimentos dele em relação a Louisa, mais sobre todos os sentimentos dele do que ousara imaginar! E entregou-se às exigências do grupo, às necessárias cortesias do momento, com deliciosas embora agitadas sensações. Mostrou-se bem-humorada com todos. Tinha cultivado ideias que a dispunham a ser cortês e gentil com todos e a sentir pena de todos por serem menos felizes que ela.

As deliciosas emoções se arrefeceram um pouco quando, ao se afastar do grupo para que o capitão Wentworth se achegasse a ela novamente, percebeu que ele havia ido embora. Ainda teve tempo de vê-lo entrar na sala de concerto. Ele se fora... tinha desaparecido: ela sentiu um momento de tristeza. Mas "eles se encontrariam de novo. Ele a procuraria, a localizaria bem antes do fim da noite e, por ora, talvez fosse melhor estar separados. Ela precisava de um pequeno intervalo para recordar".

Com a chegada de Lady Russell logo depois, todo o grupo estava reunido e tudo o que lhes restava era organizar-se e dirigir-se para a sala de concerto; e demonstrar toda a importância de sua condição, atrair tantos olhares, provocar tantos sussurros e perturbar tantas pessoas quanto pudessem.

Muito, muito felizes estavam tanto Elizabeth quanto Anne Elliot ao entrar. Elizabeth, de braços dados com a senhorita Carteret e olhando para as amplas costas da viúva viscondessa Dalrymple à sua frente, nada tinha a desejar que não parecesse estar a seu alcance; e Anne… mas seria um insulto à natureza da felicidade de Anne fazer qualquer comparação entre a dela e a da irmã; a origem de uma era só vaidade egoísta e, da outra, só generosa afeição.

Anne nada via, nada pensava do brilhantismo da sala. Sua felicidade vinha de dentro. Tinha os olhos brilhantes e as faces enrubescidas; mas ela de nada sabia. Só estava pensando na última meia hora e, enquanto se dirigiam às poltronas, sua mente a percorreu rapidamente. A escolha dos assuntos, as expressões dele e, mais ainda, sua atitude e olhar, tinham sido tais que ela só podia interpretá-los de uma forma. A opinião sobre a inferioridade de Louisa Musgrove, opinião que ele parecera fazer questão de expressar, sua surpresa em relação ao capitão Benwick, seus sentimentos quanto a um primeiro e forte afeto... frases começadas que ele não conseguia terminar, seus olhos meio esquivos e olhares mais que meio expressivos... tudo, tudo ressaltava que ele tinha um coração no mínimo estava voltando para ela; que raiva, ressentimento, desejo de evitá-la não existiam mais; e que tinham sido sucedidos não meramente por amizade e consideração, mas pela ternura do passado... sim, alguma porção da ternura do passado. Ela não podia contemplar a mudança como implicando menos que isso. Ele devia amá-la.

Esses eram pensamentos, com suas respectivas visões, que a ocupavam e a aturdiam demais para lhe deixar qualquer poder de observação; e ela atravessou a sala sem vê-lo, sem mesmo tentar localizá-lo. Quando os lugares foram definidos e todos estavam devidamente acomodados, ela olhou em volta para ver se por acaso ele estava na mesma parte da sala, mas não; seus olhos não conseguiram alcançá-lo; e como o concerto estava começando, ela teve que se contentar, por um tempo, em ser feliz de forma mais modesta.

O grupo estava dividido e disposto em dois bancos contíguos: Anne estava entre os da frente e o senhor Elliot tinha manobrado tão bem, com a ajuda do amigo coronel Wallis, que conseguiu um lugar ao lado dela. A senhorita Elliot, ladeada pelas primas e principal alvo dos galanteios do coronel Wallis, estava muito contente.

A disposição mental de Anne estava num estado totalmente favorável ao entretenimento da noite; era ocupação suficiente: teve emoções com a delicadeza, ânimo com a alegria, atenção pela técnica e paciência com as partes enfadonhas, e nunca havia gostado tanto de um concerto, pelo menos durante o primeiro ato. Perto do final, no intervalo que se seguiu a uma canção italiana, ela explicou a letra da canção ao senhor Elliot. Tinham um só programa do concerto para os dois.

– Esse – disse ela – é aproximadamente o sentido, ou pelo menos o significado das palavras, pois certamente não se deve falar em sentido numa canção de amor italiana... mas é o significado mais próximo que posso dar; porque não pretendo compreender a língua. Sou uma pobre estudiosa de italiano.

– Sim, sim, vejo que é. Vejo que nada sabe a respeito. Só tem conhecimento suficiente da língua para traduzir de improviso esses versos italianos invertidos, transpostos e truncados para um inglês claro, compreensível, elegante. Não precisa dizer mais nada sobre sua ignorância. Aqui está uma prova cabal.

– Não vou me opor a polidez tão delicada; mas ficaria decepcionada se fosse examinada por um mestre.

– Não tive o prazer de fazer tantas visitas a Camden Place – replicou ele – sem conhecer algo da senhorita Anne Elliot; e a considero uma pessoa modesta demais para que o mundo em geral conheça metade de seus talentos, e talentosa demais para que a modéstia pareça natural em qualquer outra mulher.

– Que vergonha! Que vergonha!... isso é bajulação demais. Até me esqueci do que vamos ter a seguir – voltando a olhar o programa.

– Talvez – disse o senhor Elliot, falando baixo – eu conheça seu caráter há muito mais tempo do que a senhorita possa imaginar.

– Verdade? Como assim? Pode ter chegado a conhecê-lo somente a partir do momento em que vim para Bath, a não ser que possa ter ouvido algo dito anteriormente por minha própria família.

– Eu a conhecia de nome muito antes de sua chegada a Bath. Tinha ouvido descrições suas por pessoas que a conheciam intimamente. Andei recebendo informações a seu respeito há muitos anos. Sua pessoa, sua disposição, talentos, modos... tudo me foi descrito, tudo me foi apresentado.

O senhor Elliot não se decepcionou com o interesse que esperava despertar. Ninguém pode resistir ao encanto de tal mistério. Ter sido descrito há muito tempo para um conhecido recente, por pessoas anônimas, é irresistível; e Anne era toda curiosidade. Queria saber, interrogou-o impacientemente; mas em vão. Ele se deleitava ao ser perguntado, mas não responderia.

"Não, não... em algum outro momento, talvez, mas não agora. Não mencionaria nomes agora; mas isso, podia lhe garantir, tinha acontecido. Há muitos anos tinha ouvido essa descrição da senhorita Anne Elliot, de modo a suscitar nele o mais alto apreço por seus méritos e a despertar-lhe a mais viva curiosidade em conhecê-la."

Anne não podia pensar em ninguém que tivesse falado tão bem dela muitos anos antes, a não ser que tivesse sido o senhor Wentworth de Monkford, irmão do capitão Wentworth. Ele podia ter convivido com o senhor Elliot, mas ela não teve coragem de perguntar.

– O nome de Anne Elliot – disse ele – me soa interessante há muito tempo. Por longo tempo exerceu um fascínio em minha imaginação; e, se me atrevesse, expressaria meu desejo de que o nome nunca viesse a mudar.

Tais foram, acreditava ela, suas palavras; mas ela mal lhes percebeu o som, porque sua atenção foi atraída por outros sons logo atrás dela, que tornavam insignificante tudo o mais. Seu pai e Lady Dalrymple estavam conversando.

– Um homem de boa aparência – dizia Sir Walter –, um homem de excelente aparência.

– Um jovem muito atraente, de fato! – dizia Lady Dalrymple. – Mais presença do que se costuma ver muitas vezes em Bath. Irlandês, ouso dizer.

– Não, sei o nome dele. Um conhecido de vista. Wentworth, capitão Wentworth, da Marinha. A irmã dele é casada com meu inquilino de Somersetshire, Croft, que alugou Kellynch.

Antes que Sir Walter chegasse a esse ponto, os olhos de Anne haviam tomado a direção certa e avistaram o capitão Wentworth em pé no meio de um grupo de homens a pouca distância. Quando seus olhos pousaram nele, os dele pareciam se desviar. Dava essa impressão. Parecia-lhe que tinha chegado um instante atrasada; e, enquanto ousou observar, ele não tornou a olhar: mas o espetáculo ia recomeçar e ela foi forçada a fingir dedicar sua atenção à orquestra e a olhar para frente.

Quando pôde dar outra olhada, ele havia mudado de lugar. Não poderia ter chegado mais perto dela, se quisesse; pois estava totalmente cercada e presa: mas pelo menos teria atraído o olhar dele.

A conversa do senhor Elliot também a angustiava. Ela não tinha mais qualquer vontade de falar com ele. Desejou que não estivesse tão perto dela.

O primeiro ato havia terminado. Ela esperava agora por alguma mudança benéfica; e, depois de um tempo de total silêncio no grupo, alguns deles decidiram sair em busca de chá. Anne foi uma das poucas que preferiu não se mover. Permaneceu no lugar, assim como Lady Russell; mas teve o prazer de se livrar do senhor Elliot; e não pretendia, fossem quais fossem seus sentimentos em relação a Lady Russell, esquivar-se de uma conversa com o capitão Wentworth, caso ele lhe desse oportunidade.

Estava persuadida, pela expressão de Lady Russell, de que ela o tinha visto.

Mas ele não apareceu. Anne algumas vezes imaginou distingui-lo à distância, mas ele nunca apareceu. O ansioso intervalo transcorreu improdutivo. Os outros voltaram, a sala tornou a se encher, bancos foram solicitados e ocupados, e outra hora de prazer ou penitência a assistir, outra hora de música a propiciar encanto ou bocejos, conforme o gosto por ela fosse verdadeiro ou afetado. Para Anne, representava principalmente a perspectiva de uma hora de agitação. Não poderia sair daquela sala em paz sem ver o capitão Wentworth mais uma vez, sem a troca de um olhar amistoso.

Ao ocuparem novamente os lugares, houve muitas mudanças, cujo resultado lhe foi favorável. O coronel Wallis não quis mais sentar-se, e o senhor Elliot foi convidado por Elizabeth e pela senhorita Carteret, de um modo que não admitia recusa, para sentar-se entre elas; e com algumas outras trocas e um pequeno estratagema por parte dela, Anne conseguiu se colocar muito mais perto da extremidade do banco do que estivera antes, muito mais ao alcance de alguém que passasse. Não pôde fazer isso sem se comparar com a senhorita Larolles,

"Apesar dos temerários pai e irmã ao fundo."

a inimitável senhorita Larolles; mas mesmo assim o fez, e não com resultado muito mais feliz; embora, pelo que parecia sorte na forma de uma abdicação precoce por parte de seus vizinhos próximos, se visse bem na ponta do banco antes do final do concerto.

Tal era sua situação, com um lugar vago à mão, quando o capitão Wentworth estava de novo à vista. Ela o viu não muito longe. Ele também a viu; mas tinha o semblante sério e parecia indeciso; e foi só muito lentamente que, por fim, chegou bastante perto para falar com ela. E ela percebeu que algo devia ter acontecido. A mudança era indubitável. A diferença entre a expressão de agora e a que tivera na Sala Octogonal era por demais marcante. Que seria? Ela pensou no pai... em Lady Russell. Poderia ter havido qualquer olhar desagradável? Ele começou a falar do concerto com gravidade, mais parecido com o capitão Wentworth de Uppercross; confessou-se decepcionado, havia esperado mais das canções; e, em resumo, devia confessar que não haveria de lamentar quando acabasse. Anne retrucou e falou tão bem em defesa da apresentação, ainda que respeitasse as opiniões dele de bom grado, que sua expressão melhorou e ele tornou a replicar com quase um sorriso. Conversaram por mais alguns minutos; e a melhora se manteve; ele chegou até a baixar os olhos para o banco, como se visse ali um lugar que valeria a pena ocupar, quando, nesse momento, um toque no ombro obrigou Anne a virar-se. Era o senhor Elliot. Pediu desculpas, mas precisava dela para explicar mais uma vez o texto italiano. A senhorita Carteret estava muito ansiosa para ter uma ideia geral do que seria cantado a seguir. Anne não poderia recusar; mas nunca se havia sacrificado, em favor da boa educação, com maior sofrimento.

Poucos minutos, embora tão poucos quanto possível, foram inevitavelmente consumidos; e quando ela voltou a ser dona de si, quando pôde virar-se e olhar como tinha feito antes, viu-se abordada pelo capitão Wentworth numa reservada ainda que apressada espécie de despedida. Ele "devia lhe desejar boa noite; estava saindo; precisava chegar em casa o mais depressa possível."

– Não vale a pena ficar para esta canção? – perguntou Anne, subitamente tomada por uma ideia que a deixava ainda mais ansiosa para ser encorajadora.

– Não! – replicou ele, ostensivamente; – não há nada que valha a pena para que eu permaneça.

E foi embora imediatamente.

Ciúmes do senhor Elliot! Era o único motivo compreensível. O capitão Wentworth com ciúmes de seu afeto! Teria acreditado nisso há uma semana... há três horas? Por um momento, a satisfação foi deliciosa. Mas ai! Havia pensamentos muito diferentes que se sucederiam. Como aplacar esses ciúmes? Como haveria de chegar até ele a verdade? Como, perante todas as desvantagens peculiares de suas respectivas situações, poderia ele vir a saber algum dia de seus verdadeiros sentimentos? Era desesperador pensar nas atenções do senhor Elliot. O mal delas decorrente era incalculável.

≈ CAPÍTULO IX ≈

Anne se lembrou com prazer, na manhã seguinte, da promessa de ir ter com a senhora Smith, o que significava que isso a faria estar fora de casa na hora em que seria mais provável a visita do senhor Elliot; pois evitar o senhor Elliot era quase um objetivo primordial.

Ela teve por ele grande benevolência. Apesar do dano causado por suas atenções, ela lhe devia gratidão e apreço, talvez compaixão. Não podia deixar de pensar nas extraordinárias circunstâncias que envolveram seu encontro; do direito que ele parecia ter de interessá-la por toda a situação, por seus próprios sentimentos, por sua imediata predisposição. Tudo era realmente extraordinário; lisonjeiro, mas penoso. Havia muito a lamentar. Não valia a pena perguntar-se como se teria sentido se não tivesse havido no caso um capitão Wentworth; pois havia um capitão Wentworth; e se a conclusão da atual incerteza fosse boa ou má, sua afeição pertenceria a ele para sempre. Sua união, acreditava ela, não poderia afastá-la mais de outros homens do que sua separação definitiva.

Mais belas reflexões de amor intenso e de fidelidade eterna jamais atravessaram as ruas de Bath do que aquelas que acompanhavam Anne de Camden Place a Westgate Buildings. Pareciam quase espalhar purificação e perfume por todo o caminho.

Ela tinha certeza de uma acolhida agradável; e a amiga parecia particularmente grata a ela, nessa manhã, pela visita, parecia mal tê-la esperado, embora houvesse um compromisso marcado.

Um relato do concerto foi imediatamente solicitado; e as lembranças de Anne sobre o concerto eram bastante felizes para animar suas feições e deixá-la contente ao falar dele. Tudo o que podia contar, contou-o com a máxima alegria; mas o tudo era pouco para alguém que lá havia estado e insatisfatório para uma perguntadora como a senhora Smith que já ouvira, por meio de breve relato de uma lavadeira e de um garçom, bem mais sobre o sucesso geral e a produção da noite do que Anne poderia contar; e que agora pedia em vão diversos pormenores sobre os presentes. Todas as pessoas de alguma importância ou notoriedade em Bath eram bem conhecidas, pelo menos de nome, pela senhora Smith.

– Os pequenos Durand estavam presentes, imagino – disse ela –, com suas bocas abertas para absorver a música; como pardais implumes prontos para serem alimentados. Eles nunca perdem um concerto.

– Sim. Não os vi pessoalmente, mas ouvi o senhor Elliot dizer que estavam na sala.

– E os Ibbotson... estavam lá? E as duas novas beldades com o alto oficial irlandês, que dizem estar interessado numa delas?

– Não sei. Acho que não estavam.

– A velha Lady Mary Maclean? Nem preciso perguntar por ela. Nunca falta, eu sei; e deve tê-la visto. Ela devia ter estado em seu próprio grupo, pois, como vocês acompanhavam Lady Dalrymple, ocuparam os lugares de honra, em torno da orquestra, seguramente.

– Não, isso era o que temia. Teria sido muito desagradável para mim, sob todos os aspectos. Felizmente, porém, Lady Dalrymple sempre prefere ficar mais afastada; e nós estávamos muito bem localizados, isto é, para ouvir; não posso dizer para ver, porque me parece ter visto muito pouco.

– Oh! viu o suficiente para sua própria diversão. Posso compreender. Há uma espécie de satisfação doméstica até mesmo no meio de uma, e isso teve. Vocês formavam um grande grupo e a senhorita nada mais desejava além disso.

– Mas eu deveria ter olhado mais a meu redor – respondeu Anne, consciente, enquanto falava, de que não havia deixado, de fato, de olhar em volta, de que somente o objetivo era mais limitado.

– Não, não... estava ocupada com algo melhor. Não precisa me dizer que teve uma noite agradável. Vejo isso em seus olhos. Vejo perfeitamente como se passaram as horas... que sempre tinha algo agradável para ouvir. Nos intervalos do concerto, havia conversa.

Anne deu um leve sorriso e disse:

– Vê isso em meus olhos?

– Sim, vejo. Sua expressão me informa perfeitamente que ontem à noite estava em companhia da pessoa que julga ser a mais agradável do mundo, a pessoa que no presente momento a interessa mais do que todo o resto do mundo reunido.

Um rubor se espalhou pelas faces de Anne. Ela nada podia dizer.

– E, sendo esse o caso – continuou a senhora Smith, após breve pausa –, espero que acredite que sei como dar valor à sua gentileza por ter vindo a mim esta manhã. É realmente muita bondade sua vir e se sentar aqui comigo quando deve ter tantas solicitações mais agradáveis para seu tempo.

Anne não ouvia nada disso. Ainda estava dominada pela surpresa e pela confusão provocadas pela perspicácia da amiga, incapaz de imaginar como qualquer informação sobre o capitão Wentworth poderia ter chegado a seus ouvidos. Depois de curto silêncio...

– Por favor – disse a senhora Smih –, o senhor Elliot sabe de seu relacionamento comigo? Ele sabe que estou em Bath?

– O senhor Elliot! – repetiu Anne, erguendo os olhos, surpresa. Um momento de reflexão mostrou-lhe o erro em que havia incorrido. Percebeu-o instantaneamente e, recobrando coragem com o sentimento de segurança, logo acrescentou, mais controlada: – Conhece o senhor Elliot?

– Eu o conheci bastante bem – replicou a senhora Smith, séria –, mas parece tudo acabado agora. Muito tempo já transcorreu desde que nos encontramos pela última vez.

– Eu realmente não sabia disso. Nunca fez qualquer menção a respeito. Se eu o soubesse, teria tido o prazer de falar com ele sobre a senhora.

– Para dizer a verdade – disse a senhora Smith, assumindo seu usual tom de alegria –, esse é exatamente o prazer que desejo que a senhorita tenha. Quero que fale de mim com o senhor Elliot. Quero que o interesse por mim. Ele pode me prestar um serviço essencial; e se tiver a bondade, minha cara senhorita Elliot, de fazer disso um objetivo seu, é claro que vai dar certo.

– Eu ficaria extremamente feliz... espero que não duvide de minha disposição em lhe ser útil até nas mínimas coisas – replicou Anne; – mas suspeito que me considera como se tivesse grande influência sobre o senhor Elliot, como se tivesse mais direito de influenciá-lo do que é realmente o caso. Tenho certeza de que, de uma forma ou outra, concebeu essa ideia. Deve me considerar somente como parente do senhor Elliot. Nessa condição, se houver alguma coisa que suponha que a prima possa convenientemente pedir a ele, peço-lhe que não hesite em me usar.

A senhora Smith lançou-lhe um olhar penetrante, e então, sorrindo, disse:

– Fui um pouco precipitada, percebo. Peço-lhe desculpa. Eu deveria ter aguardado a informação oficial. Mas agora, minha cara senhorita Elliot, como velha amiga, dê-me uma indicação de quando poderei falar. Na próxima semana? Na semana que vem, para ter certeza de que possa me permitir pensar que tudo esteja acertado, e traçar meus próprios planos egoístas em relação à boa sorte do senhor Elliot.

– Não – retrucou Anne –, nem na próxima semana, nem na seguinte, nem na seguinte. Posso lhe garantir que nada do que está pensando vai ser definido em qualquer semana. Não vou me casar com o senhor Elliot. Gostaria de saber por que imagina que vou.

A senhora Smith voltou a olhar para ela, olhou-a seriamente, sorriu, sacudiu a cabeça e exclamou:

– Ora, como gostaria de compreendê-la! Como gostaria de saber o que está pretendendo! Tenho a impressão de que não tenha a intenção de ser cruel quando o momento certo chegar. Até que chegue realmente, bem sabe, nós mulheres nunca admitimos ter alguém. É uma coisa normal entre nós que todo homem seja recusado... até que ele se ofereça. Mas por que deveria ser cruel? Deixe-me defender meu… não posso chamá-lo de amigo atual... mas meu antigo amigo. Onde poderia encontrar pretendente mais adequado? Onde poderia encontrar um homem mais cavalheiresco, mais agradável? Permita-me recomendar o senhor Elliot. Tenho certeza de que só ouviu falar bem dele pelo coronel Wallis; e quem pode conhecê-lo melhor do que o capitão Wallis?

– Minha cara senhora Smith, não faz muito mais de meio ano que a esposa do senhor Elliot morreu. Ele não deveria estar fazendo a corte a ninguém.

– Oh, se essas são suas únicas objeções – exclamou a senhor Smith, maliciosamente –, o senhor Elliot está salvo e não vou mais me preocupar com ele. Não se esqueça de mim quando estiver casada, é tudo. Deixe-o saber que sou sua amiga, e então ele vai achar pequeno o incômodo exigido, visto que é muito natural para ele agora, com tantos negócios e compromissos próprios, evitar e livrar-se como pode... muito natural, talvez. De cada cem pessoas, 99 fariam o mesmo. Certamente, ele não pode saber da importância para mim. Bem, minha cara senhorita Elliot, espero e confio, será muito feliz. O senhor Elliot sabe muito bem compreender o valor de semelhante mulher. Sua paz não será arruinada como foi a minha. Está segura em relação a todos os aspectos mundanos e segura em relação ao caráter dele. Ele não se deixará desviar do bom caminho... nem se deixará levar à ruína por outros.

– Não – disse Anne –, posso muito bem acreditar em tudo isso em relação a meu primo. Ele parece ter um temperamento calmo e decidido, de forma alguma aberto a impressões perigosas. Considero-o com grande respeito.

Não tenho motivos, por tudo o que tive a oportunidade de observar, para pensar de outro modo. Mas não faz muito tempo que o conheço; e ele não é um homem, acho, que seja possível conhecer intimamente muito depressa. Essa maneira de me referi a ele, senhora Smith, não irá convencê-la de que ele nada representa para mim? Certamente há serenidade suficiente nisso tudo que digo. E, palavra de honra, ele nada representa para mim. Se algum dia me propuser casamento (o que tenho poucos motivos para que esteja pensando em fazer), não vou aceitá-lo. Garanto-lhe que não. Garanto-lhe que o senhor Elliot não teve participação, como a senhora andou supondo, em qualquer prazer que o concerto de ontem à noite possa ter proporcionado: não o senhor Elliot... não é o senhor Elliot que...

Ela parou, lamentando, com profundo rubor, que tivesse dito tanto; mas menos não teria sido suficiente. A senhora Smith dificilmente teria acreditado tão depressa no malogro do senhor Elliot, senão pela percepção de que havia alguém mais. Diante disso, ela aceitou no mesmo instante e com toda a aparência de nada ver além; e Anne, ansiosa para escapar de ulteriores observações, estava impaciente para saber por que a senhora Smith teria imaginado que ela iria se casar com o senhor Elliot, de onde teria tirado essa ideia ou de quem a teria ouvido.

– Diga-me, por favor, como isso lhe passou pela cabeça?

– Passou-me primeiramente pela cabeça – respondeu a senhora Smith – ao descobrir quanto tempo vocês dois passavam juntos e ao sentir que essa seria a coisa mais provável do mundo a ser desejada por todos os que se relacionassem com ambos; e pode acreditar que todos os seus conhecidos têm pensado do mesmo modo. Mas nunca ouvi comentário até dois dias atrás.

– E houve realmente algum comentário?

– Reparou na mulher que lhe abriu a porta quando veio me ver ontem?

– Não. Não foi a senhora Speed, como de costume, ou a criada? Não reparei em ninguém em especial.

– Foi a minha amiga senhora Rooke... a enfermeira Rooke, que, a propósito, tinha grande curiosidade em vê-la e ficou muito feliz por estar aqui e deixá-la entrar. Ela veio de Marlborough Buildings só no domingo; e foi ela que me falou que a senhorita iria se casar com o senhor Elliot. Ela o soube da própria senhora Wallis, que não me parecia ser mal-informada. Passou uma hora comigo na segunda-feira à noite e me contou toda a história.

– Toda a história! – repetiu Anne, rindo. – Não terá podido contar uma longa história, imagino, a partir de tão pouca informação baseada em notícias sem fundamento.

A senhora Smith nada disse.

– Mas – continuou Anne, em seguida –, embora não haja qualquer verdade em relação a essa influência que eu teria sobre o senhor Elliot, ficaria extremamente feliz em lhe ser útil no que me fosse possível. Devo mencionar a ele que a senhora está em Bath? Quer que eu leve algum recado?

– Não, obrigada: não, certamente não. No calor do momento e sob uma falsa impressão, posso, talvez, ter me empenhado em interessá-la em alguns pormenores; mas não agora. Não, obrigada, não tenho nada com que incomodá-la.

– Acho que disse ter conhecido o senhor Elliot há muitos anos.

– Sim.

– Não antes que ele se casasse, suponho.

– Sim; ele não era casado quando eu o conheci.

– E... conheciam-se bem?

– Intimamente.

– Verdade!? Então me conte como ele era naquela época. Tenho grande curiosidade de saber como era o senhor Elliot quando muito jovem. Parecia tal como é agora?

– Não tenho visto o senhor Elliot nesses últimos três anos – foi a resposta da senhora Smith, dada tão seriamente que se tornou impossível prosseguir com o assunto; e Anne sentiu que não havia conseguido nada a não ser aumentar a própria curiosidade. Ambas estavam caladas... a senhora Smith muito pensativa. Finalmente...

– Peço-lhe desculpas, minha cara senhorita Elliot – exclamou ela, em seu tom natural de cordialidade. – Peço-lhe desculpas pelas respostas breves que andei lhe dando, mas estava indecisa sobre o que devia fazer. Estive duvidando e considerando o que lhe deveria dizer. Havia muitas coisas a levar em consideração. É odioso ser intrometida, causar má impressão, acarretar danos. Mesmo a superfície serena da união familiar parece digna de ser preservada, embora nada de durável possa haver embaixo. Mas agora decidi... acho que estou certa... acho que a senhorita merece conhecer o verdadeiro caráter do senhor Elliot. Embora eu acredite piamente que, no momento, a senhorita não tem a menor intenção de aceitá-lo, não há como prever o que pode acontecer. Pode ser que, mais dia menos dia, a senhorita venha a pensar de modo diferente a respeito dele. Ouça, portanto, a verdade agora, enquanto está sem preconceito contra ele. O senhor Elliot é um sem coração ou consciência; um sujeito manipulador, precavido, de sangue-frio, que só pensa em si; que, por seu próprio interesse ou bem-estar, seria culpado de qualquer crueldade ou de qualquer traição que pudesse ser perpetrada sem riscos para sua reputação. Ele não tem qualquer consideração pelos outros. Aqueles de cuja ruína ele foi o principal causador, é capaz de negligenciar e abandonar sem o menor escrúpulo. É totalmente alheio a qualquer sentimento de justiça ou compaixão. Oh! Ele tem um coração negro, vazio e negro!

O ar atônito de Anne e uma exclamação de perplexidade levaram-na a fazer uma pausa e, de maneira mais calma, acrescentou:

– Minhas expressões a amedrontam. A senhorita deve deduzir que sou uma mulher ofendida e zangada. Mas tentarei me controlar. Não vou injuriá-lo. Vou lhe contar só o que descobri a respeito dele. Os fatos falarão por si. Ele era amigo íntimo de meu querido marido, que confiava nele e o amava, e o considerava tão bom quanto ele próprio. Essa intimidade fora se criando antes de nosso casamento. Já os conheci como amigos íntimos; e eu também passei a gostar imensamente do senhor Elliot e a ter por ele a mais alta consideração. Aos dezenove anos, bem sabe, ninguém pensa com muita seriedade; mas o senhor Elliot me pareceu tão bom quanto os outros e muito mais agradável que a maioria; e estávamos quase sempre juntos. Passávamos a maior parte do tempo na cidade, vivendo em grande estilo. Ele era, então, menos aquinhoado... era ele, então, o pobre; tinha uns quartos em Temple, e isso era o máximo que poderia fazer para manter a aparência de um cavalheiro. Sempre que desejasse, tinha um lar em nossa casa; era sempre bem-vindo; era como um irmão. Meu pobre Charles, que tinha o mais admirável e generoso espírito do mundo, teria dividido com ele seu último vintém; sei que sua carteira estava sempre aberta para ele; sei que o ajudava com frequência.

– Isso deve ter ocorrido mais ou menos naquele período da vida do senhor Elliot – disse Anne – que sempre despertou minha especial curiosidade. Deve ter sido aproximadamente na mesma época em que ele conheceu meu pai e minha irmã. Nunca o vi, só ouvi falar dele; mas havia algo em sua conduta de então em relação a meu pai e minha irmã e, mais tarde, nas circunstâncias de seu casamento, que nunca pude conciliar totalmente com os dias de hoje. Parecia prenunciar um tipo de homem diferente.

– Sei de tudo, sei de tudo – exclamou a senhora Smith. – Ele tinha sido apresentado a Sir Walter e à sua irmã antes que eu o conhecesse, mas o ouvi falar deles desde sempre. Sei que foi convidado e incentivado, e sei que preferiu não aceitar. Posso satisfazê-la, talvez, em pontos que nem sequer poderia imaginar; e quanto ao casamento dele, eu sabia de tudo na época. Estava a par de todos os prós e contras, eu era a amiga a quem ele confidenciava suas esperanças e planos; e embora eu não conhecesse sua esposa antes (sua condição social inferior, na verdade, tornava isso impossível), sei de tudo sobre a vida dela depois do casamento, ou pelo menos até seus dois últimos anos de vida, e posso responder a qualquer pergunta que queira fazer.

– Não – disse Anne –, não tenho nenhuma pergunta especial a fazer a respeito dela. Sempre ouvi dizer que não eram um casal feliz. Mas gostaria de saber por que, nessa época de sua vida, ele menosprezou a amizade de meu pai, como o fez. Meu pai estava certamente disposto a lhe dedicar toda a amável e adequada atenção. Por que o senhor Elliot recuou?

– Naquela época, o senhor Elliot – respondeu a senhora Smith – tinha um único objetivo... fazer fortuna, e por um meio mais rápido que o legal. Estava decidido a obtê-la pelo casamento. Estava determinado, pelo menos, a não frustrar o plano com um casamento imprudente; e sei que ele acreditava (se com razão ou não, é evidente que não posso decidir) que seu pai e sua irmã, com suas gentilezas e convites, pretendiam uma união entre o herdeiro e a jovem; e era impossível tal enlace correspondesse às ideias dele de riqueza e independência. Esse foi o motivo de seu recuo, posso lhe garantir. Ele me contou a história toda. Não tinha segredos para mim. Era curioso que, logo depois de me separar da senhorita em Bath, minha primeira e principal relação sobre o casamento recaísse em seu primo; e que, por meio dele, eu tivesse contínuas notícias de seu pai e de sua irmã. Ele descrevia uma senhorita Elliot e eu pensava com muito afeto na outra.

– Acaso – exclamou Anne, colhida por uma ideia súbita – a senhora falou alguma vez de mim ao senhor Elliot?

– Certamente, e muitas vezes. Eu costumava me vangloriar de minha Anne Elliot e garantir que a senhorita era uma criatura muito diferente de...

Ela se conteve bem a tempo.

– Isso explica algo que o senhor Elliot disse ontem à noite – exclamou Anne. – Isso o explica. Descobri que ele estava acostumado a ouvir falar de mim. Não conseguia compreender como. Que ideias desvairadas se pode ter quando o próprio querido eu está envolvido! Como podemos nos enganar! Mas peço desculpas; eu a interrompi. Então o senhor Elliot se casou unicamente por dinheiro? Esse fato provavelmente foi o que primeiro lhe abriu os olhos para o caráter dele.

Nesse momento, a senhora Smith hesitou um pouco.

– Oh! Essas coisas são muito comuns. Quando se vive no mundo, um homem ou uma mulher se casar por dinheiro é comum demais para chocar alguém como deveria. Eu era muito jovem e só me relacionava com jovens, e éramos um grupo inconsequente e alegre, sem qualquer regra estrita de conduta. Vivíamos para a diversão. Agora penso de modo diferente; tempo, doença e tristeza me deram outras noções; mas, naquela época, devo confessar que nada vi de repreensível no que o senhor Elliot fazia. "Fazer o melhor para si mesmo" era como um dever.

– Mas ela não era uma mulher de condição muito inferior?

– Sim; fiz objeções a isso, mas ele não levou em consideração. Dinheiro, dinheiro, era tudo o que ele queria. O pai dela era criador de gado, o avô tinha sido açougueiro, mas nada disso importava. Ela era uma mulher bonita, tinha recebido uma educação decente, havia sido criada por uns primos, entrou por acaso no grupo de amigos do senhor Elliot e se apaixonou por ele; e da parte dele não houve qualquer dificuldade ou escrúpulo com relação às origens dela. Toda a sua precaução foi dedicada à verificação do verdadeiro montante da fortuna dela antes de se comprometer. Pode estar certa, seja qual for a estima que o senhor Elliot possa ter hoje por sua própria posição social, quando jovem não lhe dava o menor valor. A possibilidade de ele herdar a propriedade de Kellynch já era algo, mas toda a honra da família não valia coisa alguma. Muitas vezes o ouvi declarar que, se os títulos de baronete estivessem à venda, qualquer um poderia ter o seu por cinquenta libras, incluindo brasão e lema, nome e libré; mas não pretendo repetir metade do que costumava ouvi-lo dizer sobre esse assunto. Não seria justo. Mesmo assim, a senhorita precisa ter provas; pois o que é tudo isso senão afirmações? E terá provas.

– Na verdade, minha cara senhora Smith, não quero prova alguma – exclamou Anne. – Nada afirmou de contraditório com o que o senhor Elliot parecia ser alguns anos atrás. Pelo contrário, tudo concorre para confirmar o que costumávamos ouvir e acreditar. Estou mais curiosa em saber por que ele estaria tão diferente agora.

– Mas, por favor, se tiver a bondade de tocar a sineta para chamar Mary... espere, tenho certeza de que terá bondade ainda maior de ir pessoalmente a meu quarto e me trazer a caixinha marchetada que vai encontrar na prateleira superior do armário.

Anne, ao ver a amiga firmemente decidida, fez o que ela pedia. A caixa foi trazida e colocada diante dela; e a senhora Smith, suspirando enquanto a destrancava, disse:

– Está cheia de papéis pertencentes a ele, a meu marido, uma pequena parte somente do que tive de examinar quando o perdi. A carta que estou procurando foi uma escrita pelo senhor Elliot antes de nosso casamento e, por acaso, foi guardada; por que, não consigo imaginar. Mas ele era descuidado e pouco metódico, como outros homens, com relação a essas coisas; e quando fui examinar seus documentos, encontrei-a com outras coisas ainda mais triviais de diferentes pessoas espalhadas aqui e acolá, enquanto muitas cartas e memorandos de verdadeira importância haviam sido destruídos. Aqui está. Não a queimei porque, já então muito pouco satisfeita com o senhor Elliot, estava decidida a preservar todo documento que provasse uma intimidade anterior. Tenho agora outro motivo para ficar contente em poder apresentá-la.

Essa era a carta, endereçada a "Charles Smith, Esq., Tunbridge Wells", e datada, de Londres, com o distante julho de 1803.

"Caro Smith,

Recebi sua carta. Sua bondade quase me deixa acabrunhado. Gostaria que a natureza tivesse feito com maior assiduidade corações como o seu, mas já vivi 23 anos no mundo e nunca vi outro igual. No momento, acredite-me, não preciso de seus serviços, pois estou novamente com dinheiro. Alegre-se comigo: livrei-me de Sir Walter e senhorita. Eles voltaram para Kellynch, e quase me fizeram jurar para visitá-los neste verão; mas minha primeira visita a Kellynch será com um avaliador, para me dizer como leiloá-la da maneira mais vantajosa. Não é improvável, contudo, que o baronete se case de novo; ele é inteiramente tolo para tanto. Se o fizer, no entanto, eles me deixarão em paz, o que pode ser uma compensação decente para a reversão da propriedade. Ele está pior do que no ano passado.

Gostaria de ter qualquer nome, menos Elliot. Estou farto dele. O nome Walter posso abandoná-lo, graças a Deus! E desejo que você nunca mais me insulte com meu segundo W., pretendendo, para o resto de minha vida, ser apenas seu, verdadeiramente,

Wm. Elliot"

Essa carta não poderia ser lida sem que Anne enrubescesse; e a senhora Smith, ao observar o forte rubor em seu rosto, disse:

– A linguagem, sei disso, é altamente desrespeitosa. Embora eu tenha esquecido os termos exatos, tenho perfeita noção de seu sentido. Mas isso lhe mostra o homem. Note bem suas declarações a meu pobre marido. Pode haver algo mais forte?

Anne não conseguiu superar imediatamente o choque e a humilhação de ver essas palavras aplicadas a seu pai. Foi obrigada a lembrar-se de que ver a carta era uma violação das leis da honra, que ninguém deveria ser julgado ou conhecido por semelhantes testemunhos, que nenhuma correspondência particular poderia tolerar olhos alheios, antes que pudesse recuperar calma suficiente para devolver a carta sobre a qual estivera refletindo e dizer:

– Obrigada. Essa é, indubitavelmente, uma prova suficiente, prova de tudo o que me disse. Mas por que voltar a se relacionar conosco agora?

– Posso explicar isso também – exclamou a senhora Smith, com um sorriso.

– Pode mesmo?

– Sim. Eu lhe mostrei o senhor Elliot como era doze anos atrás e vou mostrá-lo como é agora. Não me é possível produzir provas escritas de novo, mas posso dar testemunho oral autêntico do que ele está querendo agora e do que está fazendo. Hoje, ele não é hipócrita. Quer realmente se casar com a senhorita. As atuais atenções à sua família são muito sinceras, vêm do fundo do coração. Vou lhe revelar minha fonte... o amigo dele, coronel Wallis.

– Coronel Wallis! A senhora o conhece?

– Não. Não chega a mim em linha tão direta assim; faz lá uma curva ou duas, mas nada importante. O riacho é tão bom quanto na origem; o pouco lixo que deposita nas curvas é facilmente removido. O senhor Elliot fala sem reservas ao coronel Wallis sobre as intenções que tem a seu respeito, e o dito coronel

Wallis, imagino, é um tipo de personagem sensível, cuidadoso e perspicaz; mas o coronel Wallis tem uma esposa muito bonita e tola, a quem conta coisas que seria melhor não contar, e repete a ela tudo o que ouve. Ela, na transbordante disposição de sua recuperação, repete tudo para sua enfermeira; e a enfermeira, sabendo de minha relação com a senhorita, muito naturalmente me relata tudo. Na segunda-feira à noite, minha boa amiga senhora Rooke me pôs a par dos segredos de Marlborough Buildings. Quando falei em toda a história, portanto, pode ver que não estava romanceando tanto quanto supunha.

– Minha cara senhora Smith, sua fonte é deficiente. Não vai adiantar nada. O fato de o senhor Elliot ter intenções a meu respeito não explica de forma alguma os esforços que envidou para uma reconciliação com meu pai. Isso tudo aconteceu antes de minha vinda para Bath. Encontrei-os já nos termos mais amigáveis quando cheguei.

– Sei que assim foi; sei disso perfeitamente, mas...

– Na verdade, senhora Smith, não devemos esperar obter verdadeiras informações por essa linha. Fatos e opiniões que passaram pelas mãos de tantos, deturpados pela doidice de alguns e pela ignorância de outros, dificilmente conservariam muita verdade.

– Só me ouça. Logo poderá julgar o crédito geral devido, ao ouvir alguns pormenores que poderá por si mesma contradizer ou confirmar imediatamente. Ninguém supõe que a senhorita tenha sido a primeira motivação dele. Ele a tinha visto, de fato, antes de vir a Bath, e a havia admirado, mas sem saber quem era. Assim diz, pelo menos, minha informante. É verdade? Ele a viu no último verão ou outono "em algum lugar no oeste", para usar as próprias palavras dela, sem saber quem a senhorita era?

– Certamente viu. Até aí é tudo verdade. Em Lyme; por acaso eu estava em Lyme.

– Bem – continuou a senhora Smith, triunfante –, conceda à minha amiga o crédito devido pelo primeiro ponto marcado. Então ele a viu em Lyme, e gostou tanto da senhorita que ficou extremamente feliz ao encontrá-la novamente em Camden Place, como senhorita Anne Elliot e, desse momento em diante, não tenho dúvidas, tinha um duplo motivo para suas visitas. Mas havia outro, e anterior, que agora vou explicar. Se houver qualquer coisa em minha história que saiba ser falsa ou improvável, interrompa-me. Fiquei sabendo que a amiga de sua irmã, a senhora que agora vive em sua casa, que já a ouvi mencionar, chegou em Bath com a senhorita Elliot e Sir Walter em setembro (em resumo, quando eles próprios chegaram) e desde então mora lá; que ela é uma mulher inteligente, insinuante, bonita, pobre e esperta, de modo que, por sua situação e atitudes, passa a ideia corrente, entre todos os conhecidos de Sir Walter, de que pretenda se tornar Lady Elliot e, para surpresa geral, que a senhorita Elliot esteja aparentemente cega ao perigo.

Nesse ponto, a senhora Smith fez um momento de pausa; mas Anne não tinha o que dizer, e ela continuou:

– Essa era a situação que se apresentava para aqueles que conheciam a família, muito antes de a senhorita retornar a ela; e o coronel Wallis tinha os olhos voltados para seu pai, de modo a perceber tudo, embora na época não visitasse Camden Place; mas seu apreço pelo senhor Elliot lhe suscitou o interesse de observar tudo o que lá acontecia, e quando o senhor Elliot veio a Bath por um ou dois dias, como costumava fazer pouco antes do Natal, o coronel Wallis deixou-o a par da real situação e dos boatos que começavam a circular. Agora deve compreender que o tempo havia operado uma mudança muito significativa nas opiniões do senhor Elliot quanto ao valor de um título de baronete. No tocante às questões de sangue e parentesco, ele é um homem totalmente mudado. Tendo tido por muito tempo tanto dinheiro quanto pudesse gastar, e nada a desejar em relação a avareza ou libertinagem, ele aos poucos havia aprendido a atribuir sua felicidade ao título do qual é herdeiro. Eu já pensava que isso iria acontecer antes que nosso relacionamento terminasse, mas agora é uma impressão confirmada. Ele não pode suportar a ideia de não se tornar Sir William. Pode imaginar, portanto, que as notícias ouvidas do amigo não foram muito agradáveis e pode imaginar o que delas decorreu: a decisão de retornar a Bath o quanto antes possível e aqui permanecer por algum tempo, com o objetivo de renovar as antigas relações e recuperar um lugar na família que lhe desse os meios de avaliar o grau do risco que corria e neutralizar a dama, se fosse o caso. Os dois amigos concordaram que essa era a única atitude a tomar; e o coronel Wallis deveria assisti-lo de todas as maneiras que pudesse. Ele seria apresentado e a senhora Wallis seria apresentada, e todos deveriam ser apresentados. Consequentemente, o senhor Elliot voltou; e, a pedido, foi perdoado, como sabe, e readmitido na família; e a partir daí era seu constante objetivo, seu único objetivo (até que sua chegada acrescentou outro motivo) observar Sir Walter e a senhora Clay. Não perdia nenhuma oportunidade de estar com eles, aparecia do nada diante deles, visitava-os a qualquer hora... mas não preciso entrar em detalhes nesse assunto. A senhorita pode imaginar o que faria um homem astuto; e, com essas informações, talvez possa relembrar o que já o viu fazer.

– Sim – respondeu Anne. – A senhora não está me contando nada que não esteja de acordo com o que eu já sabia ou podia imaginar. Há sempre algo de ofensivo nos detalhes da astúcia. As manobras de egoísmo e duplicidade são sempre revoltantes, mas nada ouvi que realmente me surpreendesse. Conheço pessoas que ficariam chocadas com essa descrição do senhor Elliot, que teriam dificuldade em acreditar nisso; mas eu nunca me deixei convencer. Sempre desejei conhecer outro motivo para sua conduta além das aparências. Gostaria de saber a opinião atual dele quanto à probabilidade do acontecer o que temia; se ele considera que o perigo está diminuindo ou não.

– Diminuindo, acredito – respondeu a senhora Smith. – Ele acha que a senhora Clay tem medo dele, sabe que ele vê tudo e que não ousa agir como poderia na ausência dele. Mas como deverá se ausentar vez ou outra, não vejo como poderá ficar seguro enquanto ela mantiver a atual influência. A senhora Wallis tem uma ideia divertida, segundo me disse a enfermeira, que é incluir no contrato de casamento, quando a senhorita e o senhor Elliot se casarem, uma cláusula proibindo seu pai de se casar com a senhora Clay. Um plano digno, de qualquer modo, da inteligência da senhora Wallis; mas minha sensata enfermeira Rooke percebe o quanto é absurdo... "Porque, com certeza, minha senhora," disse ela, " isso não o impediria de se casar com nenhuma outra." E de fato, para falar a verdade, não acho que a enfermeira, em seu íntimo, seja uma ardorosa opositora a um segundo casamento de Sir Walter. É preciso reconhecer que ela é uma defensora do casamento; e (desde que o próprio eu se intromete) quem pode dizer que não acalente algum sonho passageiro de prestar seus serviços à próxima Lady Elliot, por recomendação da senhora Wallis?

– Fico muito contente em saber tudo isso – disse Anne, depois de pensar um pouco. – Será mais penoso para mim, sob alguns aspectos, estar na companhia dele, mas saberei melhor o que fazer. Minha conduta será mais direta. O senhor Elliot é evidentemente um homem maldoso, falso e mundano, que nunca teve qualquer princípio melhor a guiá-lo do que o egoísmo.

Mas ainda não tinha sido concluída a conversa sobre o senhor Elliot. A senhora Smith se havia desviado do rumo e Anne havia esquecido, preocupada com seus próprios interesses familiares, de quanto havia sido originalmente insinuado contra ele; mas agora sua atenção foi atraída para a explicação dessas primeiras insinuações e ela ouviu um relato que, se não justificava perfeitamente a intensa amargura da senhora Smith, provava que ele havia sido deveras insensível em sua conduta para com ela, como havia sido relapso tanto em justiça quanto em compaixão.

Ela ouviu que (a intimidade entre eles perdurava inalterada pelo casamento do senhor Elliot) eles haviam continuado como antes a estar sempre juntos e que o senhor Elliot havia levado o amigo a fazer despesas muito além de suas posses. A senhora Smith não quis assumir a culpa e era afetuosa demais para atribuí-la ao marido; mas Anne pôde constatar que a renda deles nunca havia sido compatível com o estilo de vida e que, desde o início, tinha havido muita extravagância geral e conjunta. Pela descrição da esposa, pôde depreender que o senhor Smith havia sido um homem de sentimentos intensos, temperamento calmo, hábitos imprudentes e de fraco discernimento, muito mais amável que o amigo e muito diferente dele... influenciado e provavelmente desprezado por ele. O senhor Elliot, levado pelo casamento a desfrutar de grande riqueza e disposto a satisfazer todo prazer e vaidade que pudesse obter sem se envolver (pois com toda a sua autoindulgência acabara por se tornar um homem prudente) e começando a ser rico justamente quando o amigo se viu obrigado a reconhecer-se pobre, parecia não ter tido qualquer preocupação com os prováveis problemas financeiros desse amigo, mas, pelo contrário, havia incitado e encorajado despesas que só poderiam terminar em ruína; ...e consequentemente os Smith haviam sido arruinados.

O marido havia morrido bem a tempo de ser poupado do pleno conhecimento dessa ruína. Anteriormente, eles haviam passado por embaraços suficientes para pôr à prova a estima dos amigos e para demonstrar que era melhor não pôr à prova a do senhor Elliot; mas somente depois de sua morte é que o deplorável estado de seus negócios foi plenamente conhecido. Confiando na amizade do senhor Elliot, dando mais crédito aos sentimentos do que ao julgamento deste, o senhor Smith o havia nomeado seu testamenteiro; mas o senhor Elliot se eximiu e as dificuldades e aflições que essa recusa haviam causado à viúva, somadas aos inevitáveis sofrimentos de sua condição, tinham sido tantas que não poderiam ser relatadas sem angústia ou ouvidas sem devida indignação.

Anne viu algumas cartas dele na ocasião, respostas a urgentes pedidos da senhora Smith; e todas elas deixando transparecer a mesma firme determinação de não se envolver em problemas infrutíferos e, sob uma fria gentileza, a mesma desumana indiferença em relação a quaisquer males que isso pudesse lhe acarretar. Era um terrível retrato de ingratidão e desumanidade; e Anne sentiu, em alguns momentos, que nenhum crime flagrante e manifesto poderia ter sido pior. Teve muito a ouvir; todos os pormenores de tristes cenas passadas, todas as minúcias de angústia após angústia, que em conversas anteriores haviam sido meramente insinuadas, foram agora expostas com natural liberdade. Anne podia compreender perfeitamente o imenso alívio e só foi levada a admirar ainda mais a compostura do habitual estado de espírito da amiga.

Havia uma circunstância na história de suas queixas que causava especial irritação. A senhora Smith tinha bons motivos para acreditar que uma propriedade do marido nas Índias Ocidentais, que estivera por muitos anos sob uma espécie de embargo para o pagamento de seus próprios custos, poderia ser recuperada por medidas adequadas; e essa propriedade, embora não muito grande, seria suficiente para torná-la relativamente rica. Mas não havia ninguém que se prontificasse para isso. O senhor Elliot nada faria, e ela própria nada podia fazer, duplamente incapacitada tanto para empenhar-se pessoalmente, por causa de seu estado de fraqueza física, quanto para contratar outros, por falta de dinheiro. Não tinha nenhum parente para ajudá-la, nem mesmo com conselhos, e não tinha condições de pagar a assistência legal. Isso era um cruel agravante para seus já limitados recursos. Sentir que poderia estar vivendo em condições melhores, que um pequeno esforço no lugar certo poderia proporcionar isso, e temer que a demora pudesse até mesmo enfraquecer suas reivindicações, era difícil de suportar!

Era nesse ponto que ela havia esperado contar com os préstimos de Anne junto ao senhor Elliot. Tinha ficado muito apreensiva, caso o casamento deles fosse antecipado, com a possibilidade de perder a amiga; mas, ao assegurar-se de que ele não poderia ter feito qualquer tentativa nesse sentido, visto que nem sequer sabia da presença dela em Bath, ocorreu-lhe imediatamente que algo poderia ser feito a seu favor pela influência da mulher que ele amava, e vinha se preparando às pressas para interessar Anne, até onde permitisse a cautela devida ao caráter do senhor Elliot, quando o desmentido de Anne em relação ao suposto compromisso mudou o panorama de tudo; e embora isso lhe tenha tirado a recém-criada esperança de alcançar o objetivo de sua maior preocupação, pelo menos lhe restou o consolo de contar toda a história a seu modo.

Depois de ouvir essa descrição completa do senhor Elliot, Anne não pôde deixar de expressar certa surpresa com o fato de a senhora Smith ter falado dele de forma tão favorável no início de sua conversa. "Ela parecera recomendá-lo e elogiá-lo!"

– Minha querida – foi a resposta da senhora Smith –, não havia mais nada a fazer. Eu considerava como certo seu casamento com ele, embora ele não tivesse feito o pedido ainda, e não poderia mais falar a verdade a respeito dele, desde que já fosse seu marido. Meu coração sangrava quando falei em felicidade; e apesar de tudo, ele é sensível, agradável e, com uma mulher como a senhorita, a situação não poderia ser de modo algum desesperadora. Ele era muito rude com a primeira mulher. Eram muito infelizes juntos. Mas ela era ignorante e leviana demais para ser respeitada, e ele nunca a amou. Eu queria acreditar que a senhorita tivesse melhor sorte.

Anne não podia deixar de reconhecer em seu íntimo a possibilidade de ter sido induzida a casar-se com ele, como a fez estremecer também a ideia do sofrimento que deveria ter-se seguido. Era bem possível que pudesse ter sido persuadida por Lady Russell! E, diante de tal suposição, qual das duas teria ficado mais desesperada quando o tempo viesse a revelar tudo, tarde demais?

Era realmente desejável que Lady Russell não ficasse iludida por mais tempo; e um dos acordos conclusivos dessa importante conversa, que as manteve entretidas durante a maior parte da manhã, foi que Anne tinha total liberdade de comunicar à amiga tudo o que se relacionasse à senhora Smith, em que estivesse envolvida a conduta do senhor Elliot.

≈ CAPÍTULO X ≈

Anne foi para casa refletir sobre tudo o que tinha ouvido. Num ponto, seus sentimentos ficaram aliviados por essas informações sobre o senhor Elliot. Não subsistia mais nenhuma ternura por ele. Ele era o oposto do capitão Wentworth com todas as suas indesejadas intromissões; e o mal causado por suas atenções na noite anterior, o irremediável mal-entendido que havia provocado, foi avaliado com sensações inqualificáveis, imperturbáveis. Não sentia mais qualquer pena dele. Mas esse era o único ponto de alívio. Sob todos os outros aspectos, ao olhar em volta ou pensar no futuro, ela via mais motivos de desconfiança e apreensão. Estava preocupada com a decepção e a dor que Lady Russell sentiria, com as humilhações que pairavam sobre seu pai e sua irmã, e se viu acometida de toda a angústia de prever muitos males, sem saber como advertir qualquer um deles. Estava imensamente agradecida pelo que sabia dele. Nunca se havia considerado merecedora de recompensa por não menosprezar uma velha amiga como a senhora Smith, mas aí estava, na verdade, uma recompensa que brotava disso! A senhora Smith lhe havia contado o que ninguém mais poderia. Se fosse possível estender essas informações a toda a família! Mas era uma ideia inútil. Ela precisava falar com Lady Russell, contar-lhe, consultá-la e, tendo feito o melhor, aguardar os acontecimentos com o maior compostura possível; e, acima de tudo, sua maior falta de compostura estaria naquele parte da mente que não podia ser revelada a Lady Russell, naquele fluxo de ansiedades e temores que deveriam ser só seus.

Descobriu, ao chegar em casa, que, como pretendia, havia escapado de encontrar o senhor Elliot; que ele havia aparecido e que lhes fizera uma longa visita matinal; mas mal se congratulava e sentia a salvo até o dia seguinte quando soube que ele iria voltar à noite.

– Eu não tinha a menor intenção de convidá-lo – disse Elizabeth, com afetada indiferença –, mas ele fez tantas insinuações; assim, pelo menos, diz a senhora Clay.

– É verdade, e o reafirmo. Nunca vi ninguém na vida insistir tanto em ser convidado. Pobre homem! Estava realmente com pena dele; pois sua desalmada irmã, senhorita Anne, parece inclinada a ser cruel.

– Oh! – exclamou Elizabeth. – Já estou mais que acostumada ao jogo para ser logo derrotada pelas insinuações de um cavalheiro. Entretanto, quando descobri quão desolado estava por não ter encontrado meu pai esta manhã, cedi imediatamente, pois realmente nunca deixaria passar uma oportunidade de aproximá-lo de Sir Walter. Eles parecem tão à vontade na companhia um do outro. Ambos se comportam de modo tão agradável. O senhor Elliot demonstra tão grande respeito.

– Encantador! – exclamou a senhora Clay, não ousando, porém, voltar os olhos para Anne. – Exatamente como pai e filho! Querida senhorita Elliot, não posso dizer pai e filho?

– Oh! Não faço restrições às palavras de ninguém. Se quiser ter tais ideias! Mas, palavra de honra, mal percebo que as atenções dele sejam superiores às de outros homens.

– Minha cara senhorita Elliot! – exclamou a senhora Clay, erguendo as mãos e os olhos e mergulhando todo o resto de seu espanto num silêncio conveniente.

– Bem, minha cara Penélope, não precisa ficar tão alarmada por causa dele. Eu o convidei, como sabe. Despedi-me dele com sorrisos. Quando soube que ele passaria mesmo todo o dia de amanhã com os amigos em Thornberry Park, tive pena dele.

Anne admirou o bom desempenho da amiga, ao ser capaz de mostrar tanto prazer, como o fez, na espera e na chegada justamente da pessoa cuja presença devia estar realmente interferindo em seu objetivo principal. Era impossível que a senhora Clay não tivesse de odiar a visão do senhor Elliot; e mesmo assim ela conseguia assumir uma expressão muito meiga e plácida, e parecer inteiramente satisfeita com a reduzida permissão de devotar-se só metade do tempo a Sir Walter do que, de outro modo, lhe teria dedicado.

Para a própria Anne, foi angustiante demais ver o senhor Elliot entrar na sala; e muito doloroso vê-lo se aproximar dela e lhe falar. Antes, estava acostumada a sentir que ele nem sempre podia ser totalmente sincero, mas agora via insinceridade em tudo. A atenciosa deferência a seu pai, contrastada com sua antiga linguagem, era odiosa; e quando ela pensava em sua conduta cruel para com a senhora Smith, mal podia suportar a visão dos atuais sorrisos e brandura ou a expressão de seus bons sentimentos artificiais. Ela pretendia evitar qualquer alteração de atitude que provocasse protestos por parte dele. Era objetivo primordial para ela esquivar-se de qualquer pergunta ou intriga; mas sua intenção era se mostrar a ele tão decididamente fria quanto fosse compatível com o parentesco que tinham; e recuar, com a maior discrição possível, os poucos passos de intimidade desnecessária que gradualmente lhe havia concedido. Consequentemente, estava mais contida e mais fria que na noite anterior.

Ele quis tornar a despertar-lhe a curiosidade sobre como e onde podia ter ouvido anteriormente elogios a respeito dela; quis muito ser gratificado com algumas perguntas; mas o encanto estava quebrado. Ele achava que o calor e a animação de um recinto público eram necessários para agitar a vaidade da modesta prima; achava, pelo menos, que não devia ser feito agora, por nenhuma daquelas tentativas que poderia arriscar em meio às solicitações excessivamente insistentes dos outros. Não imaginava que assim estava agindo exatamente contra seus interesses, trazendo de imediato à lembrança dela todos aqueles fatos menos escusáveis de sua conduta.

Ela teve alguma satisfação ao descobrir que ele realmente deixaria Bath na manhã seguinte, partindo bem cedo, e que estaria fora pela maior parte de dois dias. Foi convidado a voltar a Camden Place na mesma noite de seu retorno; mas de quinta-feira até sábado à noite, sua ausência era certa. Já era bastante ruim ter alguém como a senhora Clay sempre diante dela; mas que um hipócrita ainda maior fosse adicionado ao grupo parecia a destruição de tudo o que significava paz e conforto. Era tão humilhante refletir no constante ardil em que eram envolvidos seu pai e Elizabeth, pensar nas várias fontes de angústia sendo preparadas para eles. O egoísmo da senhora Clay não era tão complicado nem tão revoltante quanto o dele; e Anne teria concordado com o casamento na mesma hora, mesmo com todos os seus males, para se livrar das sutilezas do senhor Elliot em seu esforço para impedi-lo.

Na manhã de sexta-feira, ela pretendia ir bem cedo à casa de Lady Russell e fazer os necessários comunicados; e teria ido logo depois do café da manhã, mas a senhora Clay também iria sair com algum propósito gentil de poupar trabalho à sua irmã, o que a obrigou a esperar até que estivesse a salvo de semelhante companhia. Por isso ficou no aguardo de ver a senhora Clay à distância, antes de começar a falar em passar a manhã em Rivers Street.

– Muito bem – disse Elizabeth –, nada tenho a enviar a ela senão meu carinho. Oh! Bem que poderia devolver aquele livro enfadonho que ela me emprestou e fazer de conta que o li até o fim. Realmente não posso ficar me martirizando continuamente com todos os novos poemas e documentos nacionais que são publicados. Lady Russell incomoda bastante com suas novas publicações.

Não precisa dizer isso a ela, mas achei medonho o vestido dela na outra noite. Costumava pensar que ela tivesse algum bom gosto para se vestir, mas senti vergonha dela no concerto. Havia algo tão formal e afetado na aparência dela! E ela se senta tão ereta! Meu carinho para ela, é claro.

– E o meu – acrescentou Sir Walter. – Meus gentis cumprimentos. E pode dizer que pretendo visitá-la em breve. Dê-lhe o recado de modo cortês. Mas deixarei apenas meu cartão. Visitas matinais nunca são adequadas para mulheres da idade dela, que se enfeitam tão pouco. Se ao menos usasse ruge, não teria medo de ser vista; mas da última vez em que lá estive, reparei que as persianas foram baixadas imediatamente.

Enquanto o pai falava, houve uma batida na porta. Quem poderia ser? Anne, lembrando-se das visitas premeditadas do senhor Elliot, que aparecia a qualquer hora, teria pensado que era ele, se não soubesse de seu compromisso a sete milhas de distância. Depois do habitual período de suspense, os habituais sons de aproximação foram ouvidos, e "o senhor e a senhora Musgrove" foram introduzidos na sala.

Surpresa foi a mais forte emoção provocada pelo aparecimento do casal: mas Anne ficou realmente contente ao vê-los; e os outros não estavam tão tristes a ponto de não assumir um ar decente de boas-vindas; e tão logo ficou claro que os dois, seus parentes mais próximos, não haviam chegado com pretensões de encontrar acomodação naquela casa, Sir Walter e Elizabeth conseguiram demonstrar cordialidade e fazer muito bem as devidas honras. Tinham vindo a Bath por alguns dias com a senhora Musgrove e estavam hospedados no White Hart. Isso foi logo entendido; mas até que Sir Walter e Elizabeth conduzissem Mary para a outra sala de visitas e se deliciassem com sua admiração, Anne conseguiu extrair de Charles uma história aceitável para sua vinda ou uma explicação para algumas alusões sorridentes de negócios particulares, que ostensivamente haviam sido deixadas escapar por Mary, bem como para uma aparente confusão sobre quem fazia parte do grupo.

Descobriu então que consistia da senhora Musgrove, Henrietta e o capitão Harville, além dos dois. Charles lhe fez um relato bem simples e inteligível de tudo; uma narrativa em que ela constatou uma boa porção de procedimentos característicos. O plano havia recebido o primeiro impulso da necessidade do capitão Harville de vir a Bath a negócios. Ele havia começado a falar nisso uma semana antes; e, para fazer alguma coisa, visto que a temporada de caça estava encerrada, Charles havia proposto acompanhá-lo e a senhora Harville parecera gostar muito da ideia, vantajosa para o marido; mas Mary não podia suportar a ideia de ser deixada para trás e se havia mostrado tão infeliz que, por um ou dois dias, tudo parecia incerto ou terminar em nada. Mas então seus pais assumiram o controle. Sua mãe tinha alguns velhos amigos em Bath que desejava visitar; aquela era uma boa oportunidade para Henrietta vir e comprar vestidos de casamento para ela e para a irmã; e, em resumo, acabou sendo o grupo de sua mãe, de modo a tornar tudo mais confortável e fácil para o capitão Harville; e ele e Mary foram incluídos no grupo por conveniência geral. Haviam chegado tarde, na noite anterior. A senhora Harville, seus filhos e o capitão Benwick permaneceram com o senhor Musgrove e Louisa em Uppercross.

A única surpresa de Anne foi que as coisas estivessem bastante adiantadas para se falar desde já no enxoval de Henrietta: havia imaginado existirem dificuldades financeiras impedindo que o casamento se realizasse tão em breve; mas soube por Charles que muito recentemente (depois da última carta de Mary para ela) Charles Hayter havia sido indicado por um amigo para administrar uma propriedade de um jovem que só poderia reivindicá-la dali a muitos anos; e que, com base nessa renda atual, com uma quase certeza de algo mais permanente muito antes de expirado o prazo em questão, as duas famílias haviam cedido aos desejos dos jovens e o casamento deveria provavelmente ocorrer em poucos meses, praticamente ao mesmo tempo que o de Louisa.

– E trata-se de uma propriedade muito boa – acrescentou Charles: – fica a apenas 25 milhas de Uppercross, numa região muito bonita... bela parte de Dorsetshire. Fica no meio de algumas das melhores reservas do reino, cercado por três grandes proprietários, cada um mais cuidadoso e ciumento que o outro; e para dois dos três, pelo menos, Charles Hayter pode conseguir uma recomendação especial. Não que ele valorize isso como deveria – observou ele: – Charles não liga muito para esportes. É o pior defeito dele.

– Estou extremamente contente, de verdade – exclamou Anne –, particularmente contente por isso ter acontecido; e pelas duas irmãs, ambas igualmente merecedoras de todo bem, e sempre tão boas amigas, para que as agradáveis expectativas de uma não venham a ofuscar as da outra... que as duas possam ser iguais também em prosperidade e conforto. Espero que seus pais estejam muito felizes com relação às duas.

– Oh, sim! Meu pai ficaria também muito satisfeito se os cavalheiros fossem mais ricos, mas não vê nenhum outro defeito neles. Dinheiro, bem sabe, gastar muito dinheiro... duas filhas ao mesmo tempo... não pode ser uma operação muito agradável, e o restringe em muitas coisas. Entretanto, não quero dizer que elas não tenham direito a isso. É muito justo que recebam os dotes de filhas; e tenho certeza de que para mim ele é sempre um pai bom e generoso. Mary não gosta muito do pretendente de Henrietta. Jamais gostou, como sabe. Mas ela não lhe faz justiça nem considera Winthrop como deveria. Não consigo fazê-la compreender o valor da propriedade. É uma união muito boa, nesses tempos em que vivemos; e eu sempre gostei de Charles Hayter, a vida inteira, e não é agora que vou deixar de gostar.

– Excelentes pais como o senhor e a senhora Musgrove – exclamou Anne – devem estar felizes com o casamento das filhas. Fazem de tudo para proporcionar felicidade, tenho certeza. Que bênção para os jovens estar em mãos assim! Seus pais parecem totalmente livres de todos aqueles sentimentos ambiciosos que tantos erros e sofrimentos já causaram a jovens e velhos! Espero que Louisa esteja perfeitamente recuperada, ou não?

Ele respondeu com alguma hesitação:

– Sim, acredito que sim... muito bem recuperada; mas está mudada: não há mais correrias ou pulos, não há risos ou dança; muito diferente. Se porventura alguém fecha a porta com um pouco mais de força, ela se sobressalta e se contorce como um passarinho na água; e Benwick passa o dia inteiro sentado ao lado dela lendo versos ou cochichando.

Anne não pôde reprimir o riso.

– Isso não deve ser muito de seu agrado, imagino – disse ela; – mas acredito realmente que ele é um ótimo sujeito.

– Com certeza é: ninguém duvida disso; e espero que não me julgue tão mesquinho a ponto de querer que todos os homens tenham os mesmos objetivos e prazeres que eu. Tenho grande apreço por Benwick; e quando alguém consegue fazê-lo falar, ele tem muito a dizer. As leituras não lhe fizeram mal, pois ele lutou tanto quanto leu. É um sujeito corajoso. Fiquei mais achegado a ele na última segunda-feira, bem mais do que era antes. Travamos um notável combate aos ratos durante toda a manhã nos grandes celeiros de meu pai; e ele desempenhou seu papel tão bem que gostei dele mais do que nunca.

Nesse ponto, foram interrompidos pela absoluta necessidade de Charles acompanhar os outros para admirar espelhos e porcelanas: mas Anne tinha ouvido bastante para compreender a atual situação de Uppercross e se alegrar com a felicidade que lá reinava; e embora suspirasse ao se regozijar, seus suspiros nada tinham da malevolência da inveja. Ela bem que gostaria de ser alvo das mesmas bênçãos, se pudesse, mas não queria diminuir as deles.

A visita transcorreu em clima altamente bem-humorado. Mary estava com excelente disposição, aproveitando da alegria e da mudança de ares; e tão satisfeita com a viagem na carruagem de quatro cavalos da sogra e com sua própria total independência de Camden Place que se sentia à vontade para admirar tudo como devia e captar prontamente todas as maravilhas da casa, à medida que lhe eram descritas. Não tinha nada a reclamar do pai ou da irmã e deu-se ares de mais importância ainda diante das belas salas de visitas.

Elizabeth estava, por breve tempo, bastante agoniada. Pensava que deveria convidar a senhora Musgrove e todo o grupo para jantar com eles; mas não podia suportar lidar com a diferença de estilo, com a redução dos criados, que um jantar pode revelar, testemunhadas por aqueles que sempre haviam sido tão inferiores aos Elliot de Kellynch. Era uma luta entre as convenções sociais e a vaidade; mas a vaidade levou a melhor e Elizabeth então tornou a ser feliz. Essas eram suas persuasões íntimas: "Noções antiquadas... hospitalidade camponesa... não costumamos dar jantares... poucas pessoas em Bath o fazem... Lady Alicia nunca o faz; não convidou nem sequer a família da própria irmã, embora lá estivesse há um mês; e atrevo-me a dizer que seria muito inconveniente para a senhora Musgrove... estragar-lhe inteiramente os planos. Tenho certeza de que ela preferiria não vir... não pode sentir-se à vontade conosco. Vou convidá-los todos para uma noite; será muito melhor, será uma novidade e uma diversão. Eles nunca viram duas salas de visitas como estas. Ficarão encantados em vir amanhã à noite. Será uma reunião normal, pequena, mas muito elegante." E isso satisfez Elizabeth; e quando o convite foi feito aos dois presentes e prometido aos ausentes, Mary ficou mais que satisfeita. Pediu especialmente para conhecer o senhor Elliot e para ser apresentada a Lady Dalrymple e à senhorita Carteret, que felizmente já se haviam comprometido a comparecer; e ela não poderia ter recebido uma atenção mais gratificante. A senhorita Elliot teria a honra de convidar a senhora Musgrove no decorrer da manhã; e Anne saiu imediatamente com Charles e Mary para ver a ela e Henrietta.

Seu plano de conversar com Lady Russell teve de ser posto de lado por ora. Os três pararam em Rivers Street por alguns minutos; mas Anne se convenceu de que um dia de atraso no pretendido comunicado não poderia ter consequências e se apressou em seguir para White Hart, a fim de rever os amigos e companheiros do último outono, com ansiosa boa vontade que muitas associações contribuíam para excitar.

Encontraram a senhora Musgrove e a filha em casa, sozinhas, e Anne recebeu de ambas as mais amáveis boas-vindas. Henrietta estava exatamente naquele estado de novas perspectivas aprimoradas, de felicidade recém-adquirida, que a deixavam cheia de atenção e interesse por todos aqueles de quem antes nem mesmo gostava; e o verdadeiro afeto da senhora Musgrove tinha sido conquistado por sua ajuda quando estavam em dificuldades. Havia uma amabilidade, um calor e uma sinceridade que encantavam Anne ainda mais por causa da triste falta dessas bênçãos em casa. Imploraram-lhe para que lhes desse o máximo de tempo possível, foi convidada a passar todos os dias e o dia inteiro com elas, ou melhor, foi tratada como parte da família; e, em troca, ela naturalmente assentiu com todos os seus modos habituais em dar-lhes atenção e assistência; e quando Charles as deixou, passou a ouvir da senhora Musgrove a história de Louisa e a de Henrietta contada por ela mesma, dando opiniões sobre compras e recomendando lojas; nos intervalos, atendia qualquer pedido de Mary, desde ajeitar uma fita a organizar suas contas, desde encontrar as chaves e arrumar suas bijuterias a tentar convencê-la de que não estava sendo maltratada por ninguém; pois Mary, mesmo entretida como geralmente estava, ficando à janela observando a entrada das termas, não podia deixar de ter seus momentos de imaginar isso.

Era de se esperar uma manhã de total confusão. Um grande grupo num hotel garantia um cenário variável e agitado. Cada cinco minutos traziam um bilhete, em seguida um embrulho; e Anne não fazia meia hora que lá estava quando a sala de jantar, por mais espaçosa que fosse, parecia quase lotada: um grupo de velhos amigos fiéis estava sentado ao redor da senhora Musgrove, e Charles voltou com os capitães Harville e Wentworth. A aparição do último não poderia ser mais que uma surpresa momentânea. Era impossível para ela ter esquecido de imaginar que a chegada de seus amigos em comum logo os deveria reunir novamente. O último encontro havia sido muito importante pela revelação dos sentimentos dele; e ela o havia deixado com uma encantadora convicção; mas ela receava, pela expressão dele, que ainda persistisse aquela mesma infeliz persuasão que o havia apressado a deixar a sala do concerto. Ele não parecia querer ficar suficientemente perto dela para conversar.

Tentou ficar calma e deixar as coisas seguirem seu curso; e tentou se apoiar nesse argumento racional: "Com certeza, se houver afeto constante de ambos os lados, nossos corações deverão se entender em breve. Não somos crianças para criar caso por bobagens, para nos deixarmos iludir por qualquer inadvertência momentânea e brincar temerariamente com nossa própria felicidade." Mas poucos minutos depois, sentiu que o fato de estarem juntos, nas atuais circunstâncias, só poderia expô-los a descuidos e mal-entendidos da mais danosa espécie.

– Anne – exclamou Mary, ainda junto à janela –, ali está a senhora Clay, tenho certeza, em pé sob a colunata e há um cavalheiro com ela. Eu os vi dobrar a esquina de Bath Street precisamente agora. Parecem muito entretidos na conversa. Quem é ele? Venha cá me dizer. Meu Deus! Eu o reconheço. É o senhor Elliot em pessoa.

– Não – exclamou Anne rapidamente –, não pode ser o senhor Elliot, eu lhe garanto. Ele deveria ter partido de Bath às nove da manhã de hoje e não vai voltar até amanhã.

Enquanto falava, sentiu que o capitão Wentworth a estava olhando; e essa consciência a perturbou e a embaraçou, e a levou a lamentar que tivesse dito tanto, por mais simples que fosse.

Mary, ofendida por pensarem que não haveria de reconhecer o próprio primo, começou a falar acaloradamente sobre traços familiares e a afirmar cada vez mais com maior convicção que era o senhor Elliot, chamando Anne de novo para ir e ver com os próprios olhos; mas Anne não fez menção de se mover e tentou mostrar-se fria e despreocupada. Sua aflição, no entanto, retornou ao perceber sorrisos e olhares sugestivos trocados entre duas ou três das senhoras presentes, como se elas a julgassem pelo segredo. Era evidente que o boato a seu respeito se havia espalhado; e uma breve pausa se seguiu, que parecia garantir que agora se espalharia ainda mais.

– Venha, Anne! – exclamava Mary –, venha e veja você mesma! Vai ser tarde demais, se não se apressar. Eles estão se separando, estão apertando as mãos. Ele está voltando para ir embora. Não reconhecer o senhor Elliot, era o que faltava! Você parece ter se esquecido de tudo o que aconteceu em Lyme.

"Essa carta não poderia ser lida sem que Anne enrubescesse."

Para tranquilizar Mary, e talvez disfarçar o próprio constrangimento, Anne moveu-se calada até a janela. Chegou bem a tempo de confirmar que era realmente o senhor Elliot (no que nunca acreditara), antes que ele desaparecesse de um lado, enquanto a senhora Clay caminhava depressa para o outro; e controlando a surpresa, que não poderia deixar de sentir diante da visão de conversa amigável entre duas pessoas de interesses totalmente opostos, disse calmamente:

– Sim, é o senhor Elliot, com certeza. Mudou o horário da partida, suponho, é tudo... ou posso estar enganada; talvez não tenha prestado atenção. – E voltou a seu lugar, recomposta e com a confortável esperança de ter se saído bem.

As visitas se despediram; e Charles, esperando educadamente vê-las sair, fez então uma careta para elas, criticou-as por terem vindo e começou:

– Bem, mãe, fiz algo para a senhora de que vai gostar. Estive no teatro e reservei um camarote para amanhã à noite. Não sou um bom menino? Sei que a senhora adora uma peça; e há lugar para nós todos. Cabem nove. Convidei o capitão Wentworth. Anne não se importará de ir conosco, tenho certeza. Todos nós gostamos de uma peça. Não fiz bem, mãe?

A senhora Musgrove, bem-humorada, estava começando a falar de sua plena disposição em assistir à peça, se Henrietta e todos os outros concordassem, quando Mary a interrompeu impulsivamente, exclamando:

– Pelo amor de Deus, Charles! Como pode pensar numa coisa dessas? Reservar um camarote para amanhã à noite! Esqueceu-se de que temos compromisso em Camden Place amanhã à noite? E de que fomos especialmente convidados para conhecer Lady Dalrymple e a filha, além do senhor Elliot... os principais parentes da família... para sermos apresentados a eles? Como pode ser tão esquecido?

– Ho! Ho! – retrucou Charles. – O que é uma reunião à noite? Nunca vale a pena participar. Acho que seu pai poderia nos ter convidado para jantar, se quisesse nos ver. Pode fazer o que quiser, mas eu vou ao teatro.

– Oh, Charles! Devo dizer que será abominável demais, se fizer isso! Pois você prometeu ir.

– Não, eu não prometi. Apenas sorri e fiz uma inclinação, e disse a palavra "prazer". Não houve promessa alguma.

– Mas você tem de ir, Charles. Seria imperdoável faltar. Fomos convidados com a finalidade de para sermos apresentados. Sempre houve um forte vínculo entre a família Dalrymple e a nossa. Nunca aconteceu algo num dos lados que não tenha sido comunicado imediatamente. Somos parentes bem próximos, como sabe; e o senhor Elliot também, a quem particularmente deveria conhecer! Toda a atenção é devida ao senhor Elliot. Pense bem, o herdeiro de meu pai... o futuro representante da família.

– Não me fale em herdeiros e representantes – exclamou Charles. – Não sou daqueles que negligenciam o poder reinante para me inclinar ante o sol nascente. Se eu não for em consideração a seu pai, acharia escandaloso ir em consideração ao herdeiro dele. O que é o senhor Elliot para mim?

Essa expressão de pouco caso reavivou Anne, que percebeu que o capitão Wentworth estava muito atento, olhando e ouvindo com todo o interesse; e que as últimas palavras desviaram seus olhos inquiridores de Charles para ela.

Charles e Mary seguiram falando no mesmo tom; ele, meio sério e meio brincando, mantendo os planos para o teatro e ela, invariavelmente séria, discordando com veemência e não omitindo dizer a todos que, por mais determinada que estivesse a ir a Camden Place, não se consideraria respeitada se eles fossem ao teatro sem ela. A senhora Musgrove interveio.

– Seria melhor adiarmos. Charles, seria melhor seria melhor você voltar lá e trocar o camarote para terça-feira. Seria uma pena nos dividirmos e estaríamos perdendo também a senhorita Anne, se houver uma reunião na casa do pai dela; e estou certa de que nem eu nem Henrietta haveríamos de gostar da peça se a senhorita Anne não estivesse conosco.

Anne se sentiu verdadeiramente agradecida por tamanha gentileza; e quase mais ainda pela oportunidade que lhe dava de dizer claramente:

– Se dependesse somente de minha inclinação, senhora, a reunião em casa (exceto por causa de Mary) não representaria o menor impedimento. Não gosto desse tipo de reunião e ficaria muito feliz em trocá-la por uma peça de teatro, ainda mais em sua companhia. Mas seria melhor não tentar fazê-lo, talvez.

Disse isso, mas tremia ao terminar, consciente de que suas palavras foram ouvidas e não se atrevendo sequer a tentar observar seu efeito.

Todos logo concordaram que terça-feira seria o melhor dia; somente Charles se reservou o direito de continuar provocando a esposa, insistindo que iria ao teatro no dia seguinte, se ninguém mais fosse.

O capitão Wentworth se levantou e caminhou até a lareira; provavelmente para poder afastar-se dali logo em seguida e ocupar um lugar, sem parecer tão evidente, ao lado de Anne.

– Não está há tempo suficiente em Bath – disse ele – para apreciar as reuniões noturnas do lugar.

– Oh, não! A usual motivação para fazê-las não me atrai. Não jogo cartas.

– Não jogava antes, eu sei. Não costumava gostar do jogo de cartas; mas o tempo opera muitas mudanças.

– Eu não mudei tanto assim – exclamou Anne; e parou, receando que essas palavras provocassem um mal-entendido.

Depois de aguardar alguns instantes, ele disse... e como se isso fosse o resultado de um sentimento imediato:

– É muito tempo, na verdade! Oito anos e meio é muito tempo!

Se ele teria continuado a dizer mais, foi deixado à imaginação de Anne ponderar numa hora mais calma; porque, enquanto ainda ouvia os sons que ele havia articulado, ela foi solicitada em relação a outros assuntos por Henrietta, ansiosa por aproveitar o tempo livre para sair e pedindo aos companheiros para que não perdessem tempo, com receio de que mais alguém pudesse chegar.

Eles foram obrigados a se mover. Anne disse que estava totalmente pronta e tentou parecer como se estivesse; mas sentiu que, se Henrietta soubesse do pesar e da relutância de seu coração em deixar aquela cadeira, ao se preparar para sair da sala, teria encontrado, em seus próprios sentimentos pelo primo, na própria segurança do afeto dele, motivo para ter pena dela.

Os preparativos, porém, logo foram interrompidos. Sons alarmantes foram ouvidos; outros visitantes se aproximavam e a porta foi aberta para Sir Walter e a senhorita Elliot, cuja entrada pareceu provocar um calafrio geral. Anne sentiu uma instantânea opressão e, para onde quer que olhasse, via sintomas iguais. O conforto, a liberdade, a alegria da sala haviam desaparecido, aquietados por fria compostura, silêncio impositivo ou conversa insípida, tudo para condizer com a insensível elegância de seu pai e irmã. Como era constrangedor constatar isso!

Seu olhar ciumento ficou satisfeito com um detalhe. O capitão Wentworth foi novamente cumprimentado por ambos, e por Elizabeth de maneira mais graciosa que antes. Ela chegou até a lhe dirigir a palavra uma vez e a olhar para ele mais de uma vez. Na verdade, Elizabeth estava preparando uma grande cartada. Os fatos seguintes explicaram tudo. Depois do desperdício de alguns minutos dizendo as usuais frivolidades, ela começou a fazer o convite que deveria incluir todos os devidos remanescentes do grupo dos Musgrove. "Amanhã à noite, para conhecer alguns amigos; nada de reunião formal." Tudo foi dito de forma muito graciosa, e os cartões que ela própria havia providenciado, os "Senhorita Elliot recebe", foram postos sobre a mesa com um cortês e abrangente sorriso para todos, e um cartão e um sorriso mais incisivo para o capitão Wentworth. A verdade era que Elizabeth já havia passado tempo suficiente em Bath para entender a importância de um homem com tal semblante e aparência. O passado nada significava. O presente era que o capitão seria presença destacada em sua sala de visitas. O cartão foi devidamente entregue, e Sir Walter e Elizabeth se levantaram e desapareceram.

A interrupção havia sido breve, embora medonha; e o bem-estar e a animação voltaram para a maioria dos presentes quando a porta se fechou atrás deles, mas não para Anne. Ela só conseguia pensar no convite que havia presenciado com tamanho assombro, e na maneira com que havia sido recebido; uma maneira de sentido duvidoso, mais de surpresa que de satisfação, mais de polido reconhecimento que de aceitação. Ela o conhecia; viu desdém em seus olhos; e não se aventuraria a acreditar que ele estivesse decidido a aceitar tal oferta como reparação por toda a insolência do passado. Seu ânimo se esvaiu. Ele continuou segurando o cartão nas mãos depois que os dois saíram, como se o estivesse analisando com todo o esmero.

– Vejam só, Elizabeth incluindo todos! – sussurrou Mary de forma bem audível. – Não me admiro que o capitão Wentworth esteja encantado! Vejam, ele não consegue largar o cartão.

Anne cruzou olhares com ele, viu seu rosto corar e sua boca formar uma momentânea expressão de menosprezo, e voltou-se para outro lado, a fim de não ver nem ouvir mais nada que a irritasse.

O grupo se separou. Os cavalheiros tinham suas próprias ocupações, as senhoras continuaram em seus afazeres, e os dois não se encontraram mais enquanto Anne permaneceu com as Musgrove. Pediram-lhe insistentemente para voltar e jantar em sua companhia, e dedicar-lhes todo o resto do dia; mas sua disposição tinha sido por tanto tempo posta à prova que, no momento, não se sentia disposta a se deslocar, e tudo o que podia fazer era voltar para casa, onde poderia ter certeza de ficar em silêncio quanto quisesse.

Prometendo ficar com elas a manhã inteira do dia seguinte, ela concluiu as tarefas do dia com uma penosa caminhada até Camden Place, onde passou a noite ouvindo especialmente os rumorosos preparativos de Elizabeth e da senhora Clay para a reunião do dia seguinte, a frequente enumeração das pessoas convidadas e os detalhes de todos os embelezamentos para torná-la, em todo sentido, a mais elegante de seu gênero em Bath, enquanto se atormentava secretamente com a incessante pergunta, se o capitão Wentworth compareceria ou não. As duas contavam com ele como certo, mas para ela era uma inquietante ansiedade, nunca aplacada por mais de cinco minutos. Geralmente pensava que ele viria, porque de modo geral pensava que ele deveria vir; mas esse era um caso que não conseguia enquadrar em qualquer atitude positiva de dever ou discrição, sem inevitavelmente desafiar as insinuações de sentimentos realmente opostos.

Ela só despertou das reflexões dessa incontrolável agitação para informar a senhora Clay de que ela havia sido vista com o senhor Elliot três horas depois do horário em que ele deveria ter saído de Bath; pois, após aguardar em vão a própria dama fazer alguma alusão ao encontro, decidiu mencioná-lo; e pareceu-lhe ver culpa no rosto da senhora Clay ao ouvi-la. Foi algo passageiro, desapareceu num instante; mas pôde imaginar ter lido naquela expressão a consciência de ela ter sido, por alguma complicação de estratagema recíproco ou por alguma prepotente autoridade por parte dele, obrigada a ouvir (talvez por meia hora) suas censuras e restrições sobre as intenções dela com relação a Sir Walter. Ela exclamou, porém, com uma imitação bastante razoável de naturalidade:

– Oh, querida! É verdade. Imagine só, senhorita Elliot, para minha grande surpresa encontrei o senhor Elliot em Bath Street! Nunca fiquei tão abismada. Ele voltou atrás e caminhou comigo até Pump Yard. Havia sido impedido de partir para Thornberry, mas realmente me esqueço por qual motivo... pois eu estava com pressa e não pude lhe dar muita atenção, e só posso confirmar que ele estava decidido a não se atrasar na volta. Ele queria saber a partir de que horas poderia ser recebido amanhã. Ele estava cheio de "amanhãs" e eu evidentemente estava cheia deles também desde que entrei em casa e soube da extensão de seus planos, senhorita, e de tudo o que havia acontecido, ou o fato de tê-lo visto nunca haveria de sair tão inteiramente de minha cabeça.

≈ CAPÍTULO XI ≈

Apenas um dia se havia passado desde a conversa de Anne com a senhora Smith; mas um interesse mais vivo se havia apresentado e ela estava agora tão pouco afetada pela conduta do senhor Elliot, salvo quanto a seus efeitos sobre uma única questão, que foi muito natural, na manhã seguinte, adiar novamente sua visita esclarecedora a Rivers Street. Ela havia prometido ficar com os Musgrove do café da manhã ao jantar. Sua palavra estava empenhada, e o caráter do senhor Elliot, como a cabeça da sultana Sherazade, teria mais um dia de vida.

Não conseguiu, no entanto, chegar pontualmente a seu compromisso; o tempo estava desfavorável e ela havia deplorado a chuva por causa da amiga, e sentiu muito também por si mesma, antes de poder tentar a caminhada. Quando chegou a White Hart e se encaminhou para o aposento certo, constatou que nem chegara a tempo nem era a primeira a chegar. O grupo presente era formado pela Musgrove, conversando com a senhora Croft, e pelo capitão Harville com o capitão Wentworth; e ela logo ficou sabendo que Mary e Henrietta, demasiado impacientes para esperar, haviam saído no momento em que a chuva havia diminuído, mas deveriam estar de volta dentro em pouco, e que as mais estritas determinações haviam sido deixadas à senhora Musgrove para mantê-la ali até que voltassem. Só lhe restava submeter-se, sentar-se, mostrar-se externamente composta e sentir-se mergulhada de vez em todas as agitações com as quais pouco se havia preocupado antes de terminar a manhã. Não houve demora, nem perda de tempo. Instantaneamente se viu envolta na felicidade dessa aflição ou na aflição dessa felicidade. Dois minutos após ela entrar na sala, o capitão Wentworth disse:

– Vamos escrever agora a carta sobre a qual estávamos falando, Harville, se me der o material.

O material estava todo ao alcance da mão, sobre outra mesa; ele foi até lá e, praticamente dando as costas a todos, ficou absorto no escrito.

A senhora Musgrove estava contando à senhora Croft a história do noivado da filha mais velha, e justo naquele inconveniente tom de voz que era perfeitamente audível, embora pretendesse ser um sussurro. Anne sentiu que não fazia parte daquela conversa e mesmo assim, como o capitão Harville parecia pensativo e não disposto a falar, não pôde evitar de ouvir vários pormenores indesejáveis;

por exemplo, "como o senhor Musgrove e meu cunhado Hayter se encontraram inúmeras vezes para acertar tudo; o que meu cunhado Hayter tinha dito em um dia e o que o senhor Musgrove havia proposto no dia seguinte e o que tinha ocorrido com minha irmã Hayter, e o que os jovens desejavam, e o que eu disse no início que jamais poderia consentir, mas como depois fui persuadida a pensar que tudo daria certo", e muitas outras coisas no mesmo tom de sincero desabafo... minúcias que, mesmo com todas as vantagens do bom gosto e da delicadeza, que a bondosa senhora Musgrove não podia conferir, só poderiam interessar apropriadamente aos envolvidos. A senhora Croft ouvia com visível bom-humor e, sempre que falava, era algo muito sensato. Anne esperava que os cavalheiros estivessem ocupados demais para ouvir.

– E portanto, minha senhora, levando tudo isso em consideração – disse a senhora Musgrove em seu potente sussurro –, embora pudéssemos ter desejado que fosse diferente, mesmo assim não achamos justo resistir por mais tempo; pois Charles Hayter estava ansioso demais e Henrietta quase tanto quanto ele; e então pensamos que seria melhor que se casassem logo e que vivessem da melhor forma, como muitos outros já fizeram antes deles. De qualquer maneira, eu disse, isso será melhor do que um longo noivado.

– Era precisamente o que eu ia dizer – exclamou a senhora Croft. –

Acho preferível os jovens se casarem logo, dispondo de pequena renda e tendo de enfrentar juntos algumas dificuldades do que ficarem envolvidos em longo noivado. Sempre penso que nenhum mútuo...

– Oh! Minha cara senhora Croft – exclamou a senhora Musgrove, incapaz de deixá-la terminar a frase –, não há nada de tão abominável para os jovens que um noivado longo. Foi o que sempre disse a meus filhos. Está bem e até muito bem, eu costumava dizer, que os jovens fiquem noivos, desde que haja uma certeza de que possam se casar dentro de seis meses ou mesmo doze. Mas um noivado longo!

– Sim, cara senhora, ou um noivado incerto; um noivado que possa ser longo – disse a senhora Croft. – Começar sem saber se nesse período haverá condições de se casar é o que considero pouco seguro e pouco sensato; e o que acho que todos os pais deveriam evitar sempre que possível.

Anne descobriu um inesperado interesse nesse ponto. Sentiu que aquilo se aplicava a ela... sentiu-o com um nervoso arrepio por todo o seu corpo; e, no mesmo momento em que seus olhos instintivamente se voltaram para a mesa mais afastada, a pena do capitão Wentworth parou de se mover, sua cabeça estava soerguida, parada, ouvindo e ele se virou no instante seguinte para lançar um olhar... um olhar rápido e significativo para ela.

As duas senhoras continuaram conversando, reafirmando as mesmas verdades admitidas e reforçá-las com exemplos de maus efeitos de uma prática contrária como haviam podido observar, mas Anne nada ouvia de forma distinta; era só um zumbido de palavras em seus ouvidos, pois sua mente estava confusa.

O capitão Harville, que na verdade nada tinha ouvido, deixou sua cadeira e se dirigiu a uma janela; e Anne, parecendo observá-lo, embora fosse por total ausência de espírito, foi percebendo aos poucos que a estava convidando para chegar-se até onde ele estava. Olhava para ela com um sorriso e um leve meneio de cabeça, que diziam: "Venha cá, tenho algo a lhe dizer"; e a simples e natural gentileza do gesto, que denotava os sentimentos de um amigo mais antigo do que na realidade era, reforçava fortemente o convite. Ela se levantou e foi até ele. A janela, junto à qual ele estava, ficava na outra extremidade da sala em que as duas senhoras estavam sentadas; e embora mais perto da mesa do capitão Wentworth, não muito perto. Quando ela chegou, o semblante do capitão Harville reassumiu a expressão séria, pensativa que parecia lhe ser natural.

– Olhe aqui – disse ele, abrindo um embrulho que tinha nas mãos e mostrando uma pintura em miniatura. – Sabe quem é este?

– Certamente, o capitão Benwick.

– Sim, e a senhorita pode adivinhar para quem é. Mas – num tom bem baixo – não foi feita para ela. Senhorita Elliot, lembra-se de nossa caminhada juntos em Lyme, e de como nos preocupávamos com ele? Até pensei então... mas não importa. Essa foi pintada na cidade do Cabo. Ele conheceu um jovem e hábil artista alemão em Cabo e, para cumprir uma promessa feita à minha pobre irmã, posou para ele e a estava trazendo para casa para ela. E agora cabe a mim mandar emoldurá-la adequadamente para outra! Ele me encarregou disso! Mas a quem mais poderia pedir? Espero poder ser-lhe útil. Na verdade, não lamento passar a incumbência a outro. Ele vai cuidar disso – olhando na direção do capitão Wentworth –, está escrevendo sobre isso agora. – E, com os lábios trêmulos, concluiu acrescentando: – Pobre Fanny ! Ela não o teria esquecido tão cedo.

– Não – respondeu Anne, em voz baixa e emocionada –, nisso posso acreditar com facilidade.

– Não era da natureza dela. Ela o adorava.

– Não seria da natureza de mulher alguma que amasse de verdade.

O capitão Harville sorriu, como se dissesse: "Reivindica isso como peculiar de seu sexo?" E ela respondeu, também sorrindo:

– Sim. Nós certamente não os esquecemos tão depressa quanto os senhores nos esquecem. Talvez seja mais por nosso destino que por nosso mérito. Nada podemos fazer. Vivemos em casa, quietas, confinadas e presas de nossos sentimentos. Os senhores são forçados a empenhar-se. Têm sempre uma profissão, interesses, negócios de um tipo ou de outro, que os fazem voltar imediatamente para o mundo, e contínuas ocupações e mudanças logo enfraquecem as impressões.

– Admitindo sua asserção de que o mundo faz isso tão depressa com os homens (com o que, no entanto, não acho que eu possa concordar), isso não se aplica ao capitão Benwick. Ele não foi forçado a se empenhar em nada. A paz o trouxe para terra imediatamente e desde então tem morado conosco, em nosso pequeno círculo familiar.

– É verdade – disse Anne –, é a mais pura verdade; não me lembrava; mas o que poderemos dizer agora, capitão Harville? Se a mudança não se deve a circunstâncias externas, deve vir de dentro; deve ter sido a natureza, a natureza masculina, que eclodiu no capitão Benwick.

– Não, não, não é questão de natureza masculina. Não admitirei que seja mais da natureza masculina do que da feminina ser inconstante e esquecer os que amam ou amaram. Acredito no contrário. Acredito numa verdadeira analogia entre nossa constituição física e mental; e como nossos corpos são mais fortes, assim o são nossos sentimentos; capazes de suportar os tratamentos mais rudes e de enfrentar os mais inóspitos climas.

– Seus sentimentos podem ser mais fortes – retrucou Anne –, mas o mesmo espírito de analogia me autorizará a afirmar que os nossos são mais ternos. O homem é mais robusto que a mulher, mas não vive mais tempo; o que explica exatamente minha visão da natureza de suas afeições. Não, seria difícil demais para os senhores, se fosse de outra forma. Os senhores já têm dificuldades, privações e perigos em demasia para enfrentar. Estão sempre labutando e trabalhando, expostos a todo tipo de riscos e apuros. Sua casa, país, amigos, tudo deixado para trás. Nem tempo nem saúde nem vida para chamar de seus. Realmente, seria duro demais (com uma voz embargada), se sentimentos femininos se somassem a tudo isso.

– Nunca vamos concordar sobre essa questão... – começava a dizer o capitão Harville quando um leve ruído chamou a atenção deles para a até então perfeitamente silenciosa parte da sala onde estava o capitão Wentworth. Nada mais era do que sua pena que havia caído; mas Anne se sobressaltou ao constatar que ele estava mais próximo do que havia suposto e sentiu-se um pouco inclinada a suspeitar que a pena só havia caído porque ele estivera prestando atenção neles, esforçando-se para captar sons, embora não acreditasse que tivesse conseguido.

– Terminou sua carta? – perguntou o capitão Harville.

– Ainda não... mais algumas linhas. Vou terminá-la em cinco minutos.

– De minha parte, não há pressa. Só estarei pronto quando você estiver. Estou muito bem ancorado aqui – sorrindo para Anne –, bem suprido e não me falta nada. Nenhuma pressa de receber qualquer sinal. Bem, senhorita Elliot – baixando a voz –, como ia dizendo, nunca vamos concordar, suponho, sobre esse ponto. Nenhum homem e nenhuma mulher haveriam de concordar, provavelmente. Mas permita-me observar que todas as histórias estão contra a senhorita… todas, em prosa e verso. Se eu tivesse uma memória como a de Benwick, poderia apresentar-lhe num instante cinquenta citações a favor de meu argumento e não creio ter jamais aberto um livro na vida que não tivesse algo a dizer sobre a inconstância feminina. Canções e provérbios, todos falam da volubilidade da mulher. Mas, talvez, poderá dizer que foram todos escritos por homens.

– Talvez o diga. Sim, sim, por favor, sem referências a exemplos em livros. Os homens tiveram todas as vantagens sobre nós ao contar sua própria história. Tiveram uma instrução muito mais consistente que a nossa; a pena sempre esteve nas mãos deles. Não vou permitir que os livros provem alguma coisa.

– Mas como vamos provar alguma coisa?

– Nunca poderemos. Nunca podemos esperar provar coisa alguma num ponto como esse. Trata-se de uma diferença de opinião que não admite provas. Cada um de nós provavelmente parta de uma pequena tendência em favor de nosso próprio sexo; e, a partir dessa tendência, juntamos todas as circunstâncias em favor dela, que ocorreram dentro de nosso próprio círculo; muitas dessas circunstâncias (talvez aqueles próprios casos que mais nos afetam) podem ser precisamente do tipo que não pode ser revelado sem trair uma confidência ou, sob certo aspecto, dizer o que não deveria ser dito.

– Ah! – exclamou o capitão Harville, num tom de forte emoção –, se ao menos eu pudesse fazê-la compreender o que sofre um homem quando lança um último olhar a sua esposa e filhos, e observa o navio em que os embarcou até perdê-lo de vista, e então se volta e diz: "Só Deus sabe se nos reencontraremos!" E depois, se pudesse lhe dar uma ideia do brilho de sua alma quando torna a vê-los; quando, ao voltar depois de uma ausência de um ano, talvez, e obrigado a ir a outro porto, ele calcula em quanto tempo será possível fazê-los chegar até lá, aparentando iludir-se a si mesmo e dizendo: "Eles não poderão chegar até tal dia", mas o tempo todo esperando por eles doze horas antes, e quando os vê finalmente chegar, como se o céu lhes tivesse dado asas, muitas horas antes! Se pudesse lhe explicar tudo isso e tudo o que um homem precisa suportar e fazer, e que se orgulha de fazer, pelo bem desses tesouros de sua existência! Falo, bem sabe, somente dos que têm coração! – apertando o dele próprio com emoção.

– Oh! – exclamou Anne, impulsivamente –, espero fazer justiça a tudo o que o senhor sente e a todos que sentem da mesma maneira. Que Deus não permita que eu subestime os sentimentos ardentes e leais de nenhum de meus semelhantes. Eu mereceria o mais completo desprezo se ousasse supor que o verdadeiro afeto e a constância fossem privilégio somente da mulher. Não, acredito que os homens são capazes de tudo o que é grande e bom em suas vidas de casados. Acredito que sejam capazes de todo empenho importante e de arcar com todas as obrigações domésticas, desde que... se me permite a expressão... desde que tenham um objetivo. Ou seja, enquanto a mulher que amam estiver viva e viva para os senhores. O único privilégio que reivindico para meu próprio sexo (não é dos mais invejáveis, não precisa cobiçá-lo) é o de amar por mais tempo quando a existência ou a esperança se foram.

Ela não poderia de imediato proferir outra frase; seu coração estava sobrecarregado demais, sua respiração oprimida em demasia.

– A senhorita é uma alma boa – exclamou o capitão Harville, pondo a mão no braço dela, de modo muito afetuoso. – Não há como discutir com a senhorita. E quando penso em Benwick, minha língua fica presa.

Sua atenção foi atraída pelos outros. A senhora Croft estava se despedindo.

– Aqui, Frederick, nos separamos, acredito – disse ela. – Vou voltar para casa e você tem um compromisso com seu amigo. Hoje à noite todos teremos o prazer de nos reencontrar em sua reunião – voltando-se para Anne. – Recebemos o cartão de sua irmã ontem e soube que Frederick também recebeu um, embora eu não o tenha visto... e você não tem outro compromisso, Frederick, não é mesmo, assim como nós?

O capitão Wentworth estava dobrando uma carta com muita pressa, e não pôde ou não quis responder detalhadamente à pergunta.

– Sim – disse ele –, é verdade; aqui nos separamos, mas Harville e eu logo a seguiremos; quer dizer, Harville, se estiver pronto, eu o estarei em meio minuto. Sei que não ficará contrariado se formos embora. Estarei a seu dispor em meio minuto.

A senhora Croft deixou-os e o capitão Wentworth, depois de selar a carta com grande rapidez, estava realmente pronto e tinha até um ar apressado, agitado, que demonstrava impaciência para sair. Anne não sabia como interpretar isso. Ouviu o mais gentil "Bom dia, que Deus a abençoe!" do capitão Harville, mas dele nem uma palavra, nem um olhar! Ele havia saído da sala sem um olhar!

Mal teve tempo, no entanto, de chegar mais perto da mesa na qual ele estivera escrevendo quando se fizeram ouvir passos voltando; a porta se abriu; era ele. Pediu desculpas, mas havia esquecido as luvas e, num instante, atravessando a sala até a mesa e ficando de pé com as costas viradas para a senhora Musgrove, tirou uma carta do meio dos papéis espalhados e a pôs diante de Anne com olhos de ardente súplica fixos nela por um momento, e apanhando rapidamente as luvas, estava outra vez fora da sala quase antes que a senhora Musgrove se desse conta de sua presença... coisa de um instante!

A revolução que um instante tinha operado em Anne é quase impossível de expressar. A carta, com um endereço praticamente ilegível, para "Senhorita A. E...", era evidentemente aquele que estivera dobrando tão depressa. Enquanto supunham que estivesse escrevendo somente para o capitão Benwick, ele estava escrevendo também para ela! Do conteúdo daquela carta dependia tudo o que este mundo poderia fazer por ela! Tudo era possível, tudo poderia ser desafiado menos o suspense. A senhora Musgrove se ocupava de seus afazeres em sua própria mesa; ela precisava confiar nessa proteção e, afundando na cadeira que ele havia ocupado, sucedendo-o no mesmo lugar em que ele se havia inclinado e escrito, seus olhos devoraram as seguintes palavras:

"Não posso mais ouvir em silêncio. Devo lhe falar com os meios que estão a meu alcance. A senhorita dilacera meu coração. Estou dividido entre a agonia e a esperança. Não me diga que cheguei tarde demais, que esses tão preciosos sentimentos desapareceram para sempre. Ofereço-me uma vez mais com um coração ainda mais seu do que quando quase o partiu, há oito anos e meio. Não ouse dizer que um homem se esquece mais depressa que uma mulher, que o amor dele morre mais cedo. Nunca amei ninguém além da senhorita. Injusto posso ter sido, fraco e melindroso posso ter sido, mas nunca inconstante. Foi apenas por sua causa que vim a Bath. Só por sua causa penso e planejo. Será que não percebeu isso? Será que não compreendeu meus desejos? Não teria aguardado nem sequer esses dez dias se pudesse ter lido seus sentimentos como acredito que tenha desvendado os meus. Mal consigo escrever. A todo instante ouço algo que acabrunha. Sua voz submerge em sussurros, mas posso distinguir os tons dessa voz mesmo quando se perdem entre os outros. Boa e excelente criatura! Na verdade, nos faz justiça. Realmente acredita que existam afeto e constância entre os homens. Acredite que são mais fervorosos e mais invariáveis em F.W."

"Preciso ir, incerto de meu destino; mas voltarei aqui ou me reunirei a seu grupo, tão logo seja possível. Uma palavra, um olhar, serão suficientes para decidir se vou entrar na casa de seu pai esta noite ou nunca."

De uma carta dessas não era fácil se recuperar logo. Meia hora de solidão e reflexão poderia tê-la tranquilizado; mas os meros dez minutos que se passaram antes de ser interrompida, com todas as restrições da situação, não poderiam contribuir para sua tranquilidade. Pelo contrário, cada momento trazia nova agitação. Era uma felicidade avassaladora. E antes mesmo que superasse o primeiro estágio de sensação plena, entraram na sala Charles, Mary e Henrietta.

A absoluta necessidade de se controlar produziu então um embate imediato; mas depois de pouco tempo ele não conseguiu mais. Começou a não compreender uma única palavra do que eles diziam, e foi obrigada a alegar uma indisposição e a se desculpar. Puderam ver então que ela parecia muito doente... ficaram chocados e preocupados... e por nada no mundo se moveriam dali sem ela. Era terrível. Se ao menos tivessem saído e a tivessem deixado na quietude daquela sala, teria sido sua cura; mas ter todos eles em pé ou aguardando à sua volta era perturbador e, em desespero, disse que iria para casa.

– Mas claro, minha querida – exclamou a senhora Musgrove. – Vá diretamente para casa, e cuide-se para que esteja bem hoje à noite. Queria que Sarah estivesse aqui para atendê-la, mas eu mesma não sei o que fazer. Charles, chame e peça um coche. Ela não pode caminhar.

Mas um coche, nunca o aceitaria. Seria pior de tudo! Perder a possibilidade de dizer duas palavras ao capitão Wentworth no decorrer de sua tranquila e solitária caminhada pela cidade (e ela estava quase certa de encontrá-lo) era insuportável. O coche foi vivamente recusado; e a senhora Musgrove, que só pensava numa espécie de doença, depois de assegurar-se, com alguma ansiedade, que não houvera nenhuma queda no caso, que Anne recentemente não escorregara em nenhum momento e batera com a cabeça, que estava perfeitamente convencida de que não houve queda alguma, pôde se separar dela muito animada, e confiante em encontrá-la melhor à noite.

Ansiosa para não omitir qualquer precaução possível, Anne fez um esforço e disse:

– Receio, minha senhora, que nem tudo tenha sido perfeitamente esclarecido. Por favor, tenha a bondade de dizer aos outros cavalheiros que esperamos ver todo o seu grupo hoje à noite. Receio que possa ter havido algum engano; e gostaria que a senhora assegurasse especialmente ao capitão Harville e ao capitão Wentworth que esperamos vê-los a ambos.

– Oh! minha querida; isso está mais que entendido, dou-lhe minha palavra. O capitão Harville só pensa em comparecer.

– A senhora acha? Mas estou receosa; e haveria de lamentar muitíssimo. Promete mencionar isso quando os encontrar novamente? Vai ver os dois ainda pela manhã, imagino. Por favor, prometa.

– Com certeza o farei, se assim o deseja. Charles, se vir o capitão Harville em algum lugar, lembre-se de lhe dar o recado da senhorita Anne.

Mas na verdade, minha cara, não precisa ficar aflita. O capitão Harville já se considera comprometido, respondo por ele; e ouso dizer o mesmo do capitão Wentworth.

Anne nada mais podia fazer; mas seu coração profetizava algum infortúnio para abater a perfeição de sua felicidade. Mas isso não durou muito. Ainda que ele não fosse pessoalmente a Camden Place, ela poderia lhe mandar um recado inteligível pelo capitão Harville.

Outra inquietação momentânea surgiu. Charles, em sua real preocupação e boa índole, iria acompanhá-la até em casa; não houve como dissuadi-lo. Era quase cruel. Mas ela não pôde ser ingrata; ele estava sacrificando um compromisso com um armeiro para lhe ser útil; e ela partiu com ele, sem outro sentimento senão aparente gratidão.

Estavam na Union Street quando passos mais rápidos atrás deles, um som algo familiar, deu a ela dois momentos de preparação para a visão do capitão Wentworth. Ele chegou perto, mas como que indeciso se devia juntar-se a eles ou seguir adiante, nada disse... só olhou. Anne conseguiu se controlar o suficiente para receber esse olhar e sem nenhuma repulsa. As faces antes pálidas estavam agora coradas, e os movimentos antes hesitantes eram decididos. Ele caminhou para o lado dela. Nesse momento, tocado por um súbito pensamento, Charles perguntou:

– Capitão Wentworth, para onde vai? Somente até Gay Street ou mais adiante?

– Nem sei – respondeu o capitão Wentworth, surpreso.

– Vai porventura até Belmont? Vai até perto de Camden Place? Porque, se for, não terei escrúpulos em lhe pedir que tome meu lugar e dê o braço a Anne até a casa do pai dela. Está bastante cansada esta manhã e não deve ir tão longe sem ajuda: e eu devo me encontrar com aquele camarada em Market Place. Ele prometeu me mostrar uma arma excepcional que está prestes a despachar; disse que a manteria desembrulhada até o último momento possível para que eu pudesse vê-la; e se eu não voltar agora, vou perder a oportunidade. Pela descrição dele, se parece muito com minha espingarda menor de dois canos, com a qual você já atirou um dia perto de Winthrop.

Não poderia haver objeção. Só poderia haver a mais apropriada espontaneidade, a mais cortês concordância para os olhos do público; e sorrisos refreados e emoções dançando em arroubo privado. Em meio minuto, Charles estava no início da Union Street de novo, e os outros dois seguiram juntos; e logo palavras suficientes haviam sido trocadas entre eles para decidir seu caminho em direção à relativamente tranquila e retirada alameda de cascalho, onde o poder da conversa haveria de transformar o presente momento numa verdadeira bênção e prepará-lo para toda a imortalidade que as mais felizes cogitações de suas próprias vidas futuras pudessem conferir. Lá eles compartilharam novamente aqueles sentimentos e aquelas promessas que uma vez no passado haviam parecido garantir tudo, mas que haviam sido seguidos por tantos, tantos anos de separação e estranhamento. Lá voltaram novamente ao passado, mais deliciosamente felizes, talvez, em sua união do que quando a haviam projetado da primeira vez; mais ternos, mais experientes, mais apoiados no conhecimento do caráter, da lealdade e do afeto um do outro; mais capazes de agir, mais sensatos ao fazê-lo. E ali, enquanto subiam vagarosamente a ladeira, alheios a todos os grupos a seu redor, sem se importar com políticos a passeio, donas de casa atarefadas, meninas flertando, nem babás e crianças, puderam entregar-se a recordações e reconhecimentos, e especialmente àquelas explicações do que havia imediatamente precedido o presente momento, que eram de interesse tão pungente e tão inesgotável. Todas as pequenas variações da última semana foram analisadas; e as de ontem e hoje pareciam nunca chegar ao fim.

Ela não o havia interpretado mal. Ciúme do senhor Elliot havia sido o peso do embaraço, da dúvida, do tormento. Que havia começado a manifestar-se no mesmo instante de seu primeiro encontro em Bath; que havia retornado, depois de breve suspensão, para arruinar o concerto; e que o havia influenciado em tudo o que tinha dito e feito ou deixado de dizer e fazer nas últimas 24 horas. Havia começado aos poucos a ceder a melhores esperanças que olhares ou palavras ou atitudes dela ocasionalmente encorajavam; e tinha sido finalmente vencido por aqueles sentimentos e por aqueles tons de voz que chegaram até ele enquanto ela conversava com o capitão Harville; e sob o irresistível domínio deles havia tomado uma folha de papel e extravasado seus sentimentos.

Do que ele tinha escrito, nada havia a ser retratado ou modificado. Ele insistiu em nunca ter amado outra a não ser ela. Ela nunca havia sido suplantada. Ele nunca acreditou encontrar outra igual. Ainda assim, na verdade, era obrigado a reconhecer... que havia sido fiel inconscientemente, não, involuntariamente; que tinha decidido esquecê-la e acreditou ter conseguido. Ele se havia imaginado indiferente, quando estava apenas zangado; e havia sido injusto em relação aos seus méritos, porque havia sofrido por causa deles. Agora a personalidade dela estava gravada em sua mente como a própria perfeição, mantendo o mais

"...e a pôs diante de Anne."

gracioso equilíbrio entre fortaleza e suavidade; mas ele era obrigado a reconhecer que somente em Uppercross havia aprendido a lhe fazer justiça e só em Lyme havia começado a compreender-se a si mesmo.

Em Lyme, havia recebido lições de mais de um tipo. A passageira admiração do senhor Elliot o tinha, pelo menos, despertado e as cenas no Cobb e na casa do capitão Harville haviam comprovado a superioridade dela.

Quanto a suas precedentes tentativas de se afeiçoar a Louisa Musgrove (tentativas de orgulho ferido), afirmou que sempre havia sentido ser impossível; que não gostava, que não podia gostar de Louisa; embora até aquele dia, até a oportunidade de reflexão que se seguiu, não tivesse compreendido a perfeita nobreza de espirito com a qual a de Louisa mal poderia suportar uma comparação; ou o completo e incomparável domínio que exercia sobre a dele. Ali ele havia aprendido a distinguir entre a firmeza de princípios e a obstinação da teimosia, entre os atrevimentos da imprudência e a determinação de um espírito sereno. Ali havia visto tudo o que o estimulava a elevar em sua estima a mulher que havia perdido; e ali começou a deplorar o orgulho, a insensatez, a loucura do ressentimento que o haviam impedido de tentar reconquistá-la quando ela reapareceu em seu caminho.

A partir desse período, seu penar se havia agravado. Mal se havia libertado do horror e do remorso presentes nos primeiros dias após o acidente de Louisa, mal havia começado a sentir-se novamente vivo, que havia passado a sentir-se, embora vivo, sem liberdade.

– Descobri – disse ele – que eu era considerado por Harville como um homem comprometido! Que nem Harville nem a esposa dele tinham qualquer dúvida quanto a nosso afeto recíproco. Fiquei sobressaltado e chocado. Até certo ponto, poderia contradizer isso no mesmo instante; mas quando comecei a refletir que outros talvez pudessem imaginar o mesmo... a própria família dela, não, talvez ela própria... não pude mais ser dono de mim mesmo. Eu seria dela em nome da honra, se ela assim o quisesse. Eu tinha sido incauto. Não havia pensado seriamente nesse assunto antes. Não havia considerado que minha excessiva intimidade deveria resultar em perigo de más consequências de todo tipo; e que eu não tinha o direito de tentar ver se conseguia me afeiçoar a uma das moças, correndo o risco de provocar até mesmo um comentário desagradável, senão outros efeitos negativos. Eu havia me enganado grosseiramente e devia arcar com as consequências.

Em resumo, ele tinha descoberto tarde demais que se havia metido em apuros; e que, precisamente quando ficou plenamente convencido de que não gostava mesmo de Louisa, deveria se considerar preso a ela, se seus sentimentos por ele fossem o que os Harville supunham. Isso o levou a deixar Lyme e aguardar em outro lugar o completo restabelecimento dela. De bom grado ele haveria de enfraquecer, por todos os meios honestos, quaisquer sentimentos ou especulações que pudessem existir a respeito dele; e, portanto, foi para a casa do irmão, pretendendo, depois de algum tempo, retornar a Kellynch e agir de acordo com as circunstâncias do momento.

– Passei seis semanas com Edward – disse ele – e o vi feliz. Não podia ter outro prazer. Não merecia nenhum. Ele me perguntou sobre você de modo muito especial; perguntou até se estava mudada fisicamente, mal suspeitando que a meus olhos você nunca haveria de mudar.

Anne sorriu e nada disse. Era uma bobagem agradável demais para uma recriminação. É relevante para uma mulher ter notícia, em seus quase 28 anos, de que não havia perdido nenhum encanto de sua juventude: mas o valor de semelhante elogio era indescritivelmente maior para Anne, ao compará-lo com palavras anteriores e perceber que era o resultado, e não a causa, do renascimento de seu ardente afeto.

Ele havia permanecido em Shropshire, lamentando a cegueira de seu próprio orgulho e a tolice de seus próprios cálculos, até se ver livre de uma vez de Louisa pela surpreendente e ditosa notícia de seu noivado com Benwick.

– Nesse ponto – disse ele –, terminou o pior de minha situação; porque agora eu poderia pelo menos trilhar meu caminho para a felicidade, poderia me esforçar, poderia fazer alguma coisa. Mas ficar esperando tanto tempo, e só esperando pelo pior, tinha sido terrível. Nos primeiros cinco minutos eu disse: "Estarei em Bath na quarta-feira", e aqui estava. Terá sido imperdoável pensar que valia a pena vir? E chegar com alguma esperança? Você estava solteira. Era possível que conservasse os sentimentos do passado, assim como eu; e havia algo que me encorajava. Eu nunca poderia duvidar de que pudesse ser amada e cortejada por outros, mas sabia com certeza que havia recusado pelo menos um homem com melhores pretensões que as minhas; e não podia deixar de me perguntar muitas vezes: "Terá sido por minha causa?"

O primeiro encontro dos dois em Milsom Street permitiu que muito fosse dito, mas o concerto ainda mais. Aquela noite parecia ter sido feita de momentos extraordinários. O momento em que ela se havia adiantado, na Sala Octogonal, para falar com ele, o momento em que apareceu o senhor Elliot e a levou embora e um ou dois momentos subsequentes, marcados pelo retorno da esperança ou pelo aumento da desesperança, foram enfrentados com sobranceria.

– Vê-la – exclamou ele – no meio daqueles que não poderiam desejar o meu bem; ver seu primo a seu lado, conversando e sorrindo, e perceber todas as horríveis conveniências e convenções sociais dessa união! Considerar isso como o desejo incontestável de todos aqueles que podiam ter esperança de influenciá-la! Mesmo que seus próprios sentimentos fossem relutantes ou indiferentes, considerar de que poderoso apoio ele dispunha! Não era suficiente para mim fazer o papel de idiota, que eu parecia? Como eu poderia ser mero espectador sem agonia? Não era a precisa visão da amiga sentada atrás de você, não era a lembrança do que havia ocorrido, o conhecimento da influência dela, a indelével, irremovível impressão do que a persuasão havia uma vez conseguido... não era tudo contra mim?

– Deveria ter feito a distinção – replicou Anne. – Não deveria ter suspeitado de mim agora; a situação é tão diferente e minha idade tão diferente. Se errei ao ceder uma vez à persuasão, lembre-se de que foi pela persuasão exercida em favor da segurança, não do risco. Quando cedi, pensei que fosse por dever; mas nenhum dever poderia ser invocado neste momento. Se me casasse com um homem que me fosse indiferente, haveria de correr todos os riscos e violar todos os deveres.

– Talvez eu devesse ter raciocinado assim – retrucou ele –, mas não pude. Não pude me beneficiar do recente conhecimento que adquiri de sua personalidade. Não consegui trazê-la às claras: estava submersa, enterrada, perdida naqueles sentimentos antigos que me prostraram de dor ano após ano. Só conseguia pensar em você como alguém que havia cedido, que havia desistido de mim, que tinha sido influenciada por outra pessoa mais do que por mim. Eu a vi com a mesma pessoa que a havia aconselhado naquele ano terrível. Não tinha razão alguma para acreditar que ela tivesse menos autoridade agora. A força do hábito se evidenciava.

– Certamente pensava – disse Anne – que minha atitude em relação a você pudesse tê-lo poupado muito ou de todas essas coisas.

– Não, não! Sua atitude só podia advir da tranquilidade que lhe daria o compromisso com outro homem. Deixei-a acreditando nisso; e ainda assim... estava decidido a vê-la novamente. Meu ânimo se revigorou pela manhã e senti que ainda tinha um motivo para permanecer aqui.

Finalmente Anne estava em casa, e mais alegre do que qualquer um poderia imaginar. Todas as surpresas e incertezas, e qualquer outra parte dolorosa da manhã, dissipadas por essa conversa, ela reentrou em casa tão feliz que foi obrigada a buscar moderação em algumas apreensões passageiras de que essa felicidade toda não poderia perdurar. Um intervalo de meditação, séria e agradecida, era o melhor corretivo para tudo o que pudesse haver de perigoso naquela tão intensa felicidade; e foi para o quarto, e sentiu-se aos poucos firme e confiante no reconhecimento de sua alegria.

A noite chegou, as salas de visitas foram iluminadas, o grupo se reuniu. Era apenas uma reunião para jogos de cartas, era apenas uma mistura daqueles que nunca se haviam encontrado antes e daqueles que se encontravam com demasiada frequência... nada fora do comum, um grupo grande demais para ser íntimo, pequeno demais para ser variado; mas Anne nunca havia achado uma noite tão curta. Radiante e encantadora em sensibilidade e felicidade, e mais admirada por todos do que poderia imaginar ou se importar, mostrava-se alegre ou tolerante com todos os que a rodeavam. O senhor Elliot estava lá; ela evitava, mas poderia ter pena dele. Os Wallis: divertia-se ao compreendê-los. Lady Dalrymple e a senhorita Carteret: logo seriam primas inócuas para ela. Não se importava com a senhora Clay, e nada tinha a se envergonhar com o comportamento do pai e da irmã. Com os Musgrove, houve a conversa descontraída de perfeito bem-estar; com o capitão Harville, a carinhosa relação entre irmão e irmã; com Lady Russell, tentativas de conversa que uma deliciosa consciência interrompia; com o almirante e a senhora Croft, toda a singular cordialidade e fervoroso interesse que a mesma consciência procuravam ocultar... e com o capitão Wentworth, alguns momentos de comunicação ocorrendo a todo instante a esperança de mais e sempre a consciência de que ele estava lá!

Foi num desses breves encontros, ambos aparentemente ocupados em admirar um belo arranjo de plantas de estufa, que ela disse:

– Estive pensando sobre o passado e tentando julgar com imparcialidade o certo e o errado, quero dizer em relação a mim mesma; e devo acreditar que estava certa, por mais que tenha sofrido, que estava perfeitamente certa ao me deixar guiar por minha amiga, de quem vai aprender a gostar mais do que gosta agora. Para mim, ela ocupava o lugar de mãe. Não me entenda mal, porém. Não estou dizendo que ela não errou em seu conselho. Era, talvez, um desses casos em que o conselho só é bom ou ruim conforme o desenrolar dos acontecimentos;

e eu mesma certamente jamais teria dado semelhante conselho em quaisquer circunstâncias de sofrível similaridade. Mas o que quero dizer é que estava certa ao me submeter ao dela e que, se tivesse agido de outro modo, teria sofrido mais persistindo em nosso compromisso do que ao rompê-lo, porque teria sofrido em minha consciência. Hoje, até onde tal sentimento é admissível na natureza humana, nada tenho a me recriminar; e, se não me engano, um forte senso de dever não é parte danosa da têmpera de uma mulher.

Ele olhou para ela, olhou para Lady Russell e, tornando a olhar para ela, respondeu, como se após fria deliberação:

– Ainda não. Mas há esperanças de que ela seja perdoada com o tempo. Acredito que em breve serei indulgente com ela. Mas eu também estive pensando no passado, e sobreveio uma pergunta: se não pode ter havido alguém mais adverso a mim do que essa senhora? Eu próprio. Diga-me se quando voltei à Inglaterra em 1808, com umas poucas mil libras e fui destinado a servir no Laconia, se então lhe tivesse escrito, teria respondido minha carta? Em resumo, teria renovado o compromisso nessa ocasião?

– Teria! – foi toda a resposta dela; mas o tom era incisivo.

– Meu Deus! – exclamou ele. – Teria! Não que eu não tenha pensado nisso, ou desejado, como a única coisa que poderia coroar todos os meus outros sucessos. Mas eu era orgulhoso, orgulhoso demais para tornar a pedir. Não a compreendi. Fechei os olhos e não a compreendi nem lhe fiz justiça. Essa é uma lembrança que deve me levar a perdoar a todos antes que a mim mesmo. Seis anos de separação e sofrimento poderiam ter sido poupados. É também uma espécie de dor, que é nova para mim. Eu me acostumei à satisfação de me julgar merecedor de todas as bênçãos que desfrutei. Eu me avaliei pelos trabalhos honrosos e pelas justas recompensas. Assim como outros grandes homens em reveses – acrescentou ele, com um sorriso –, preciso me esforçar para sujeitar minha mente a meu destino. Preciso aprender a suportar ser mais feliz do que mereço.

≈ CAPÍTULO XII ≈

Quem pode ter dúvidas sobre o que se seguiu? Quando dois jovens decidem se casar, têm certeza de que, pela perseverança, vão conquistar o que almejam, mesmo que sejam pobres ou imprudentes ou mesmo que seja pouco provável que propiciem conforto elementar um ao outro. Esta pode ser uma moralidade não muito boa para concluir, mas acredito que seja verdadeira; e se esses casais obtêm sucesso, como poderiam um capitão Wentworth e uma Anne Elliot, com a vantagem da maturidade, da consciência de seus direitos e de uma fortuna independente entre si, deixar de vencer toda oposição? Na verdade, poderiam ter vencido muito mais do que aquilo que enfrentaram, porque havia pouca coisa para angustiá-los além da falta de cortesia e entusiasmo. Sir Walter não fez qualquer objeção, e Elizabeth não fez nada pior do que se mostrar fria e desinteressada. O capitão Wentworth, com 25 mil libras e um posto tão elevado em sua profissão quanto o mérito e a atividade poderiam ter-lhe proporcionado, não era mais um ninguém. Agora era considerado inteiramente digno para pedir a mão da filha de um baronete tolo e esbanjador, que não havia tido princípios ou bom senso suficientes para se manter na situação em que a Providência o havia colocado e que agora só podia dar à filha uma pequena parte da quota de dez mil libras que deveria lhe caber no futuro.

Sir Walter, na verdade, embora não tivesse afeição por Anne e sem a vaidade bajulada, o que o deixaria realmente feliz na ocasião, estava longe de pensar que fosse um mau casamento para ela. Pelo contrário, quando viu melhor o capitão Wentworth, quando o viu repetidas vezes à luz do dia e o observou bem, ficou muito impressionado com a compleição física dele e sentiu que essa superioridade de aparência poderia muito bem contrabalançar a superioridade da posição social dela; e tudo isso, somado ao sobrenome que soava bem, permitiu a Sir Walter, finalmente, preparar a pena, de muito bom grado, para a inserção do casamento no volume de honra.

A única pessoa entre eles, cujos sentimentos desfavoráveis poderiam provocar séria ansiedade, era Lady Russell. Anne sabia que Lady Russell deveria estar encontrando alguma dificuldade para entender o desfecho e ainda renunciar ao senhor Elliot, e que deveria estar se esforçando para conhecer realmente o capitão Wentworth e fazer-lhe justiça. Isso, contudo, era o que Lady Russell precisava fazer agora. Precisava aprender a sentir que se havia equivocado em relação a ambos; que se havia deixado influenciar mal pelas aparências de cada um deles; que, porque as maneiras do capitão Wentworth não se haviam adequado a suas próprias ideias, havia sido precipitada ao suspeitar que elas indicavam um temperamento de perigosa impetuosidade; e que, porque as maneiras do senhor Elliot lhe haviam agradado precisamente por sua adequação e correção, por sua cortesia e suavidade em geral, havia sido rápida demais ao considerá-las o resultado incontestável das mais corretas opiniões e de uma mente equilibrada. Nada mais restava a Lady Russell fazer do que admitir que tinha estado inteiramente enganada e compor um novo conjunto de opiniões e esperanças.

Há em alguns uma rapidez de percepção, uma sutileza no discernimento do caráter, uma perspicácia natural, em resumo, que nenhuma experiência em outros consegue igualar, e Lady Russell havia sido menos dotada nessa questão do que sua jovem amiga. Mas ela era uma mulher muito boa e, se seu segundo objetivo era ser sensata e julgar corretamente, o primeiro era ver Anne feliz. Amava Anne mais do que suas próprias qualidades; e, uma vez superado o constrangimento inicial, encontrou pouca dificuldade para se afeiçoar como mãe ao homem que estava garantindo a felicidade de sua outra filha.

De toda a família, Mary foi provavelmente quem ficou mais imediatamente satisfeita pelas circunstâncias. Era honroso ter uma irmã casada, e ela poderia se vangloriar de ter desempenhado um importante papel nesse enlace, por ter hospedado Anne no outono; e como sua própria irmã deveria ser melhor do que as irmãs do marido, era muito agradável que o capitão Wentworth fosse um homem mais rico que o capitão Benwick ou Charles Hayter. Teve algo a lastimar, talvez, quando as duas voltaram a ter contato, ao ver Anne restabelecida em seus direitos de irmã mais velha e dona de uma linda carruagem; mas tinha todo um futuro pela frente, de poderoso consolo. Anne não tinha uma Uppercross Hall a herdar, nenhuma propriedade em terras, nenhuma posição de chefia do grupo familiar; e, se pudessem impedir que o capitão Wentworth fosse investido do título de baronete, ela não trocaria de lugar com Anne.

Teria sido bom para a mais velha das irmãs se ficasse igualmente satisfeita com a própria situação, pois uma alteração não era muito provável. Logo se sentiu aflita ao ver o senhor Elliot se afastar; e ninguém mais, em condições apropriadas, se apresentou para fazer ressurgir as infundadas esperanças que com ele naufragaram.

A notícia do noivado da prima Anne colheu o senhor Elliot da forma mais inesperada. Destruiu seus melhores planos de felicidade doméstica e sua melhor esperança de manter Sir Walter solteiro pela vigilância que lhe teriam dado os direitos de genro. Mas, embora frustrado e desapontado, ele ainda conseguiu fazer algo em seu próprio interesse e para sua própria satisfação. Logo deixou Bath; e com a partida da senhora Clay pouco depois e a posterior informação de que ela se havia estabelecido em Londres sob a proteção dele, ficou evidente o jogo duplo que ele vinha fazendo e, pelo menos, como estava determinado a não ser derrotado por uma mulher astuciosa.

O afeto da senhora Clay havia suplantado seus interesses e ela havia sacrificado, por causa do jovem, a possibilidade de tramar por mais tempo para conquistar Sir Walter. Ela, porém, tinha destreza, além de afeto; e por ora é uma questão duvidosa, se a astúcia dele, ou a dela, poderá finalmente cantar vitória; se, depois de impedir que ela se tornasse a esposa de Sir Walter, não pode ser induzido e afagado a ponto de fazer dela a esposa de Sir William.

Não se pode duvidar que Sir Walter e Elizabeth ficaram chocados e humilhados com a perda da companheira e com a descoberta da desilusão que ela causara. Tinham as primas importantes, certamente, a quem recorrer por reconforto; mas devem ter sentido que lisonjear e servir os outros, sem ser por sua vez lisonjeado e servido não é senão um prazer pela metade.

Anne, satisfeita com o rápido empenho de Lady Russell no sentido de gostar do capitão Wentworth como deveria, não tinha qualquer outro obstáculo à felicidade de seus projetos a não ser o que advinha da consciência de não ter nenhum parente a lhe apresentar que um homem de bom senso pudesse apreciar. Nesse ponto, sentia vivamente a própria inferioridade. A desproporção de suas fortunas não era nada; não lhe dava um momento de amargura; mas não ter uma família que o recebesse e estimasse de forma apropriada, nenhuma respeitabilidade, harmonia, boa vontade com que retribuir todo o apreço e imediata acolhida que recebeu dos irmãos e irmãs dele, era uma fonte de dor tão viva quanto podia sentir em circunstâncias que, caso contrário, seriam de extrema felicidade. Ela só tinha duas amigas no mundo a acrescentar à lista do marido, Lady Russell e a senhora Smith. A essas, porém, ele estava muito bem-disposto a se afeiçoar. Apesar de todos os equívocos anteriores, ele agora podia dar valor a Lady Russell de coração. Mesmo não sendo obrigado a dizer que acreditava que ela estivesse certa ao separá-los, estava pronto a dizer tudo o mais a favor dela; e quanto à senhora Smith, tinha méritos de variados tipos para recomendá-la rápida e permanentemente.

Seus recentes bons ofícios a Anne haviam sido por si suficientes; e o casamento, em vez de privá-la de uma amiga, deu-lhe dois amigos. Ela foi a primeira visita na casa deles; e o capitão Wentworth, ao lhe dar os meios de recuperar a propriedade do marido nas Índias Ocidentais, ao escrever por ela, agir por ela, e resolver por ela todas as pequenas dificuldades do caso com a presteza e o empenho de homem corajoso e amigo determinado, retribuiu plenamente os serviços que ela havia prestado ou havia pretendido prestar à sua esposa.

As alegrias da senhora Smith não foram desgastadas por esse incremento de renda, com alguma melhora de saúde e a aquisição desses amigos com quem podia conviver, pois seu contentamento e vivacidade mental não a abandonaram; e enquanto essas fontes primordiais de bem-estar perdurassem, ela poderia ter resistido até às maiores ofertas de prosperidade mundana. Poderia ter sido extremamente rica e perfeitamente saudável, e ainda assim ser feliz. Sua fonte de felicidade estava no ardor de seu espírito, assim como a de sua amiga Anne estava no calor de seu coração. Anne era a própria ternura e tinha a total retribuição no afeto do capitão Wentworth. A profissão dele era tudo o que poderia levar suas amigas a preferirem uma ternura menor; e o medo de uma futura guerra tudo o que poderia turvar sua felicidade. Ela se orgulhava de ser a esposa de um marinheiro, mas devia pagar o tributo de repentino alarme por pertencer a essa profissão que é, se possível, mais valorizada por suas virtudes domésticas do que por sua importância nacional.

Persuasão
foi impresso pela gráfica Araguaia, para a Editora Lafonte Ltda.